Paradies
The Last Humans
Die letzten Menschen: Buch 3

Dima Zales

Aus dem Amerikanischen von

Grit Schellenberg

♠ Mozaika Publications ♠

Copyright © 2016 Dima Zales
www.dimazales.com/series/deutsch/

Veröffentlicht von Mozaika Publications, einer Druckmarke von Mozaika LLC.
www.mozaikallc.com

Lektorat: Fehler-Haft.de

Cover: Najla Qamber Designs
www.najlaqamberdesigns.com

e-ISBN: 978-1-63142-197-6
Print ISBN: 978-1-63142-198-3

ERSTES KAPITEL

Ich sprudele fast vor Glück über, als ich am Strand entlanggehe und dabei Phoes schlanke Hand halte. Die Höhepunkte unserer Aktivitäten spielen sich vor meinem inneren Auge ab: in der Sonne herumtoben, Bücher lesen, Musik hören, Filme anschauen, im warmen Meer schwimmen, Phoes köstliche kulinarische Erfindungen essen und viele intime Dinge tun, die die Einwohner von Oasis als mehr als obszön ansehen würden. Wir haben gefühlte Wochen damit verbracht, hier, in dem Strandparadies, das Phoe geschaffen hat, die oben genannten Dinge zu tun. Ich bin gerade ein hochgeladenes Gehirn – ein animierter Speicherauszug –, aber das macht den Spaß nicht weniger real. In dieser ganzen subjektiven Zeit hier sind in der echten Welt in Oasis, in der mein biologischer Körper in seinem Bett schläft, nur wenige Minuten vergangen.

Theoretisch könnten wir das die ganze Nacht lang tun, was hier an diesem Ort Jahren entsprechen würde. Das bringt mich zum Nachdenken, und ich frage sie: »Werde ich morgen früh erschöpft sein, wenn ich die ganze Nacht hier verbringe? Oder schläft mein Körper unabhängig davon, was diese Version meines Gehirns tut?«

»Du wirst ausgeruht sein.« Phoes Stimme ist genauso klar wie die schäumende Brandung, die meine Füße umspült. »Das wird sich wie der längste Traum anfühlen, den jemals jemand gehabt hat.«

»Cool«, murmele ich, und wir gehen einige weitere Minuten am Wasser entlang. Ich konzentriere mich auf das angenehme Gefühl des Sandes unter meinen Füßen, den scharfen Geruch nach Seetang und mehr als alles andere auf die Tatsache, dass sich Phoes zierliche Hand in meiner befindet.

Während ich über das unendliche Meer schaue, scheinen unsere jüngsten Schwierigkeiten ganz weit weg zu sein. Es ist kaum zu glauben, dass es erst drei Tage her ist, dass ich die schrecklichen Ereignisse des IRES-Spiels erlebt habe und von Jeremiah gefoltert wurde. Die irrsinnigen Dinge, die am Tag der Geburten geschehen sind, sind sogar noch schwerer zu begreifen. Phoe vergessen zu müssen, um die Linse der Wahrheit auszutricksen, mit der Scheibe zum schwarzen Gebäude zu fliegen, diesen entsetzlichen Test durchzustehen – das alles scheint in diesem Moment unglaublich weit weg zu sein. Selbst zu erfahren, dass die Ratsmitglieder nicht sterben, sondern zu einem Ort aufsteigen, den sie Paradies nennen – ein Ort, der der virtuellen Welt gleicht, die ich gerade genieße –, fühlt sich wie etwas an, was vor langer Zeit geschehen ist.

Die Anspannung in Phoes Hand lässt die Seifenblase meines Tagtraums zerplatzen, und ich drehe mich zu ihr um, um sie anzuschauen.

Sie ist stehen geblieben und hat einen eigenartigen Gesichtsausdruck. Bevor ich die Gelegenheit bekomme, sie zu fragen, was los ist, zieht sie ruckartig ihre Hand aus meiner und umfasst beschützend ihren

Kopf, während sich ihr Gesicht schmerzhaft verzieht und sie einige Schritte zurückgeht.

Mein Puls rast. »Phoe?« Ich gehe auf sie zu.

Sie zieht sich weiterhin zurück, ohne die Hände von ihrem Kopf zu nehmen. »Irgendetwas passiert gerade«, sagt sie durch zusammengebissene Zähne. »Es betrifft ganz Oasis –«

»Hallo«, unterbricht uns eine eigenartige, gurgelnde Stimme. »Ich sollte kein Problem damit haben, dich hier, in dieser kleinen Umgebung, genauso leicht zu zerstören wie überall sonst.«

Ich blicke mich hektisch um.

Niemand außer uns ist hier, aber ich erkenne diese Stimme.

Sie ist eine jüngere Version von Jeremiahs, auch wenn sie sich anhört, als käme sie von unter dem Wasser.

»Theodore«, sagt er mit dieser komischen Stimme. »Ich muss sagen, dass es mich überrascht, dass du mit diesem zukünftigen Nichts zusammenarbeitest.«

»Was geht hier vor sich, Phoe?«, denke ich und kämpfe gegen einen plötzlichen Schwindelanfall an. »Ist das ein Witz?«

Bevor Phoe mir antworten kann, schimmert der Sand rechts neben mir und erhebt sich, so als würde ihn ein kräftiger Wind von unten nach oben blasen. Der Sand formt eine kleine Düne und verwandelt sich in eine trübe, dicke, fast flüssige Substanz. Ich erinnere mich daran, gelesen zu haben, dass Glas aus Sand hergestellt wird, und einen Augenblick lang frage ich mich, ob ich genau das sehe – eine Art geschmolzenes Glas. Worum auch immer es sich bei dieser Substanz handelt, sie beginnt zu erstarren und eine Form anzunehmen.

»Das ist wirklich übel«, flüstert Phoe in meinem Kopf, und ich bekomme das Gefühl, dass ihre Stimme zittern würde, wenn sie laut spräche.

»Warum?« Ich versuche, nicht in Panik zu verfallen. »Was ist das –«

Ein Rascheln links von mir zieht meine Aufmerksamkeit auf sich. Ich drehe mich herum und sehe, dass sich der Sand dort ebenfalls in diese Flüssigkeit verwandelt.

Ich will gerade meine Frage wiederholen, als ich ein weiteres Rascheln rechts von mir höre und mir auffällt, dass auch dort das Gleiche mit dem Sand geschieht.

Mit hämmerndem Herzen blicke ich zu Phoe. Sie starrt dieses flüssige Zeug hinter mir mit einem so alarmierten Gesichtsausdruck an, dass er bereits an Entsetzen grenzt.

Ich folge ihrem Blick und muss einige Male blinzeln.

Jetzt ist es möglich, die wirkliche Form der Flüssigkeit ganz rechts zu erkennen – nicht, dass dieses »wirklich« Sinn ergeben würde. Die Düne ist jetzt viel größer, und anstatt an geschmolzenes Glas erinnert sie mich an Quallen. Ich erkenne die vage Andeutung eines menschlichen Gesichts an der höchsten Stelle dieses formlosen Haufens, und es sieht ein wenig wie Jeremiahs aus – auch wenn mir das vielleicht nicht aufgefallen wäre, wenn ich nicht seine Stimme gehört hätte.

Das Wesen beginnt, sich hin- und herzuschaukeln, wie es scheint, um sich fortzubewegen. Wo diese Abscheulichkeit den Sand berührt, verwandelt sich dieser in das gleiche zähe, klare Protoplasma, aus dem die Kreatur besteht. Ich blicke mich hektisch um. Der gleiche Prozess findet überall um mich herum statt, auch wenn der Jeremiah-Haufen hinter mir sich erst im Frühstadium seiner gelatineartigen Entwicklung befindet.

»Phoe, hast du das erschaffen?«, frage ich mit verzweifelter Hoffnung. »Ist das deine Vorstellung von Spaß – einen Jeremiah zu erschaffen, der mit einer riesigen Amöbe gekreuzt wurde?«

»Nein, das ist nicht mein Werk.« Phoes Stimme ist angsterfüllt. »Und anstatt das hier mit einer Bakterie zu vergleichen, ist es wahrscheinlich richtiger, zu sagen, dass es sich um einen Virus handelt.«

»Ein Vi …«

Ich werde von Phoes plötzlichen Bewegungen unterbrochen. Sie gestikuliert, und ein Objekt erscheint in ihrer Hand. Es sieht aus wie eine Kreuzung aus einem altertümlichen Staubsauger und einer Panzerfaust.

Sie richtet sie auf den Jeremiah-Haufen ganz rechts – den größten – und drückt ab.

Mit einem Aufschrei wird die eigenartige Kreatur in Phoes Waffe gesaugt. Sobald sie verschwunden ist, zielt Phoe mit der Waffe etwa einen Meter von sich entfernt auf den Sand und drückt erneut ab. Als ein Strahl ekelerregender Flüssigkeit ergießt sich die Kreatur halb fliehend, halb fallend auf den Sand, wobei sie auf dem Weg dorthin in kleine Stücke zerfällt. Wo die Tropfen des Protoplasmas hinfallen, entsteht ein neuer Haufen. Jetzt, da ich weiß, worauf ich achten muss, sehe ich, dass sich auf allen Haufen Jeremiahs Gesicht formt.

Phoe ergreift meine Hand und drückt sie hart, während sie mich über den Sandstreifen zieht, den sie gerade mit ihrem Panzerfaust-Staubsauger freigeräumt hat. Die Jeremiah-Amöben – oder Viren, falls Phoe recht hat – kriechen wie riesige Schnecken hinter uns her. Während sie rutschen, bemerke ich entsetzt, dass der Sand hinter ihnen sich in weitere dieser Kreaturen verwandelt.

Phoe lässt ihre Waffe fallen und hebt ihre Hände mit den Handflächen gen Himmel. Ein blendender Blitz folgt auf ihre Geste. Ich kann einen Augenblick lang nichts sehen, aber sobald sich mein Blick klärt, bemerke ich zwei weitere Menschen am Strand. Beide sehen genauso aus wie Phoe. Die beiden Frauen mit den kurzen Haaren betrachten die Schnecken, die sich ihnen nähern.

Die Original-Phoe nimmt die Panzerfaust hoch und schießt auf den Haufen, der genau hinter uns kriecht.

»Fass diese Substanz nicht an.« Phoe ergreift meine Hand erneut und rennt den schnell schwindenden unverdorbenen Sand entlang, wobei sie mich hinter sich herzieht.

Ich muss einfach hinter uns schauen. Die beiden anderen Phoes heben ihre Hände mit der gleichen Geste an, die Phoe benutzt hat, um sie zu erschaffen. Ich blicke weg, aber der Blitz, der diesmal doppelt so hell ist, brennt trotzdem in meinen Augen. Sobald das Licht nachlässt, sehe ich mich wieder um. Es ist keine Überraschung, dass es jetzt vier Phoes gibt. Dann heben die vier Phoes ihre Hände gen Himmel. Ich wende meinen Blick schnell ab und kneife meine Augen fest zusammen, aber ich werde durch den Blitz trotzdem fast blind. Aus den vier Phoes sind jetzt sechzehn geworden.

Meine Anführerin zieht ruckartig an meiner Hand, und ich laufe schneller. Ein Schnecken-Haufen befindet sich drei Zentimeter von meinem Bein entfernt, als meine Phoe, die, mit dem Staubsauger in der Hand, ihre eigenartige Waffe dazu benutzt, das Ding aus unserem Weg zu räumen.

»Das ist sinnlos«, sagen Jeremiahs Stimmen im Chor. »Du zögerst nur das Unausweichliche hinaus.

Ich habe genug von dir gesäubert, um das zu beweisen, oder etwa nicht? Oder macht diese menschenähnliche Instanziierung dich dümmer?«

Ich schaue zurück und sehe, dass diese sechzehn Phoes ihm antworten, indem sie ihre Arme in die Höhe heben. Nach einem Blitz, der so hell war wie eine Supernova, vervielfachen sie sich erneut. Dadurch, dass die neue Anzahl immer das Quadrat der vorherigen war, nehme ich an, dass es jetzt zweihundertsechsundfünfzig Duplikate von Phoe gibt, und das scheint auch der Fall zu sein, soweit ich das überblicken kann. Sollten sie das Manöver ein weiteres Mal durchführen, wird es über sechzigtausend von ihnen geben.

Der Virus, oder was immer es ist, muss zu dem gleichen Ergebnis gekommen sein und ist entschlossen, das zu verhindern. Gleichzeitig werfen sich die Hunderte von Jeremiah-Instanzen auf die Vielzahl von Phoes.

Das ist ein schmerzhafter Anblick. Die Stellen, an denen der Schleim die Haut einer Phoe berührt, verwandeln sich in die ekelerregende schleimige Substanz, und die betroffene Phoe beginnt, von diesem Punkt ausgehend zu klarem Protoplasma zu schmelzen. Das wirklich Entsetzliche ist das Ende dieser Transformation. Jene unglückliche Version von Phoe wird zu einer weiteren Instanziierung dieses Jeremiah-Schnecken-Dings.

Die restlichen Phoes warten nicht darauf, das gleiche Schicksal wie ihre Schwestern zu erleiden. Sie führen eine Geste durch, und ein Panzerfaust-Staubsauger erscheint in ihren anmutigen Händen. Sie benutzen die Waffen, um die Wellen von Jeremiahs zurückzustoßen.

Die Phoe, die meine Hand hält, schaut zurück und bekommt große Augen. Sie sagt eindringlich: »Das wird nicht viel länger funktionieren. Ich habe diese Version von mir – mit den Erinnerungen an dich – in die DMZ beziehungsweise den Limbus geschrieben. Sollte ich mich jemals wieder von diesem Angriff erholen –«

Die Welt erzittert.

Ich folge Phoes versteinertem Blick, aber verstehe nicht, was ich da sehe.

Das, was ich für ein Meer gehalten hatte, besteht nicht länger aus Salzwasser, sondern aus dem widerlichen Jeremiah-Schleim, der uns auch auf dem Strand umgibt. Wenn mein Herz keine Simulation wäre, hätte es wahrscheinlich bereits aufgehört zu schlagen. Der ganze Ozean beginnt, sich zu verformen. Ein Lachen, so laut wie ein Wirbelsturm, dröhnt in einiger Entfernung, und ein Tsunami in der Größe eines Berges trifft auf den Strand – und mit ihm Millionen Gallonen dieses ekelerregenden Protoplasmas. Es bedeckt die Phoes, die sich kaum noch wehren, und rauscht danach auf die letzte Phoe und mich zu.

Sie tritt vor mich, um sich mutig dem Tsunami zu stellen, und schreit: »Ich schreibe dich zurück in dein schlafendes Gehirn.«

Sobald ich die Bedeutung ihrer Worte verstehe, verliere ich mein Bewusstsein.

ZWEITES KAPITEL

Durch einen schläfrigen Nebel höre ich einen sirenenartigen Lärm.

Mit bildhafter Klarheit erinnere ich mich an das, was am Strand passiert ist, und meine Müdigkeit verschwindet. Bevor ich meine Augen öffne, denke ich eindringlich zu Phoe: »War das alles ein Traum? Und wenn es kein Traum war, was zur Hölle war es dann?«

Phoe antwortet nicht. Stattdessen wird das sirenenartige Geräusch lauter.

»Phoe?«, frage ich lautlos.

Sie antwortet nicht, aber der Alarm, oder um was es sich auch immer handelt, wird noch lauter.

»Phoe«, flüstere ich und öffne meine Augen.

Rote Lichtblitze stürmen auf meine Augen ein, und ich sehe mich gezwungen, mehrmals zu blinzeln.

»Was hast du gerade gemurmelt?«, fragt Liam.

Die Stimme meines Freundes ist dicht an meinem Ohr. Ich zucke zusammen und rolle mich weg. Es könnte mein verwirrtes Gehirn sein, das mir einen Streich spielt, aber Liam hört sich verängstigt an – ein Gefühl, von dem ich nicht gedacht hätte, dass er es empfinden kann.

Meine Augen gewöhnen sich an die Umgebung, und ich erkenne Liams Gesichtszüge deutlich, da er sich gerade über mein Bett beugt. Seine Augenbrauen sind zu seiner charakteristischen »Stirnraupe« zusammengezogen, und die flackernden roten Lichtblitze lassen ihn eigenartig leuchten.

»Ein Alarm ist losgegangen«, sagt Liam, als ich mich hochdrücke, um mich hinzusetzen. »Ich habe so etwas noch nie gesehen.«

»Komisch«, murmele ich, während ich meine Füße nach unten schwinge und die Geste für die Mundreinigung durchführe.

Nichts passiert.

Ich gestikuliere für Essensriegel und Wasser – nichts.

Als ich gerade dabei bin, ein Gedankenkommando zu geben, höre ich, wie Liam sagt: »Falls du gerade versuchst, einen Bildschirm oder irgendetwas anderes erscheinen zu lassen, das wird nicht klappen. Es ist hier wie im Hexengefängnis.«

Um seine Worte zu überprüfen, führe ich die Geste für einen Bildschirm durch.

»Ich habe es dir doch gesagt«, meint Liam, als nichts passiert. Seine Atmung hört sich schwer an.

Ich versuche, einen Bildschirm per Gedankenkommando aufzurufen – und nichts passiert.

»Phoe, was zum Henker …?«, sage ich laut und stehe auf.

Liam schaut mich irritiert an, und Phoe antwortet mir nicht, obwohl ich ihren Namen laut ausgesprochen habe – was die letzte Bestätigung dessen ist, was ich schon weiß.

Irgendetwas ist furchtbar schiefgelaufen. Die Frage ist: was?

Ohne meine Schuhe, die für gewöhnlich an meinen Füßen erscheinen, werden meine Füße zu Eisklötzen, als sie den kalten Boden berühren. Ich ignoriere diese Tatsache, drehe eine Runde in dem Zimmer und versuche dabei, die Situation zu verstehen. Das flackernde rote Licht kommt aus allen Richtungen und ersetzt unsere üblicherweise weiße Beleuchtung.

»Hast du nachgeschaut, ob die Tür unverschlossen ist?«, frage ich Liam, bevor ich Phoe mental anschreie: »Wo bist du? Was zur Hölle ist hier los?«

Phoe antwortet immer noch nicht. Liam geht zur Tür und führt die Geste zum Öffnen durch, aber die Tür reagiert nicht auf sein Kommando.

»Versuche, sie mit den Händen zu öffnen«, schlage ich verzweifelt vor und wiederhole lautlos meine Bitte an Phoe.

Sie schweigt.

Liam drückt mit seinen Händen gegen die Tür, und sie öffnet sich in Richtung Gang. Der Alarm dröhnt weiterhin. Ich frage mich, ob es sich um irgendeine Notfallübung oder eine echte Gefahr handelt. Die Luft im Raum ist mit Sicherheit abgestanden und ungewöhnlich bewegungslos.

Liams Atmung scheint die zweite Möglichkeit zu bestätigen. Seine Brust hebt und senkt sich in einem schnellen, angestrengten Rhythmus. Natürlich muss es sich dabei nicht um eine Kohlenmonoxidvergiftung handeln; es könnte genauso gut einfach die Angst sein.

»Achtung«, sagt Phoe mit einer formalen, extrem lauten Stimme. »Achtung, bitte.«

»Phoe«, schreie ich in Gedanken, bevor mir auffällt, dass Liam aufmerksam dasteht, so als habe er sie auch gehört.

»Sauerstoffproduktion und -zirkulation beeinträchtigt. Sofortige Evakuierung des Gebäudes«, ertönen dröhnend Phoes Anweisungen.

»Ist das eine Übung?«, fragt Liam.

Ich ziehe meine Augenbrauen in die Höhe. »Hast du das gehört?«

Liam legt seinen Kopf auf die Seite und runzelt seine Stirn. »Mann, eine taube Person hätte das gehört.«

»Sauerstoffproduktion und -zirkulation beeinträchtigt. Sofortige Evakuierung des Gebäudes«, wiederholt die Stimme, und mir fällt auf, dass, auch wenn sie sich wie Phoe anhört, sie nicht dieselbe ist.

Jetzt, da ich genauer hinhöre, klingt es eher wie eine Aufzeichnung von Phoes Stimme, wie die von einem dieser altertümlichen automatisierten Telefonsysteme. Sie ist emotionslos, und die Sprechweise ist ein wenig eigenartig.

Liam tritt auf den Gang und kommt eine Sekunde später zurück. »Wir sollten gehen.« Seine Stimme ist ungewöhnlich rau. »Alle anderen sind bereits unterwegs.«

So als wolle sie seinen Vorschlag unterstützen, wiederholt Phoes mechanische Stimme den Befehl an uns, das Gebäude zu verlassen.

»Okay«, antworte ich. »Gehen wir.«

Im Gang sind die roten Lichter greller und die düstere Ansage lauter. Die Jugendlichen, die Liam eben gesehen hatte, sind bereits weg, so dass der Korridor leer ist.

Da wir uns immer unwohler fühlen, beginnen Liam und ich, den Gang hinunterzurennen. Während wir laufen, denke ich an die Entfernung, die wir hinter uns bringen müssen, um das Gebäude zu verlassen, und verfluche mein jüngeres Ich. Damals, als wir unsere Unterkünfte ausgesucht haben, war es meine Idee gewesen, einen Raum im obersten Stock und in der am weitesten entfernten Ecke zu nehmen. Zur Verteidigung meines jüngeren Ichs muss ich sagen, dass ich nicht glaube, dass es in Oasis jemals einen Ausnahmezustand gegeben hat. Ich kann selbst jetzt immer noch nicht wirklich glauben, dass das gerade der Fall ist.

»Phoe«, schreie ich in Gedanken. »Phoe, wenn du mir nicht antwortest, werde ich nie wieder mit dir reden.«

Sie antwortet nicht – außer natürlich, wenn die automatisierte Ansage als eine Antwort zählt.

Als wir um die Ecke biegen, sehe ich einige mitgenommen aussehende Jugendliche, die zu den Treppen rennen. Sie haben einen riesigen Vorsprung.

Ich kann jetzt deutlich Liams Atmung hören, was mich beunruhigt. Der Optimist in mir hofft, dass Liams Atmung deshalb so angestrengt ist, weil er sein Ausdauertraining vernachlässigt hat, aber ich weiß, dass Liam wahrscheinlich deshalb solche Schwierigkeiten mit dem Luftholen hat, weil die Sauerstoffversorgung dieses Gebäudes aufgehört hat zu arbeiten und er gerade eine Asphyxie erlebt – einen Zustand, den ich nur aus Büchern und Filmen kenne.

Ich überprüfe mich, und mir fällt auf, dass ich völlig normal atme. Das verblüfft mich einen Moment lang, bis ich mich an die Respirozyten erinnere – die Nanomaschinen, die Phoe vor einigen Tagen in meinem Blutkreislauf aktiviert hat. Diese Technologie hat die gleiche Funktion wie die roten Blutzellen, nur dass die Respirozyten hundertmal effizienter darin sind, Sauerstoff zu transportieren, als die kleinen biologischen Jungs. Kurz nachdem Phoe sie in Gang gesetzt hatte, habe ich sie getestet, indem ich mit angehaltenem Atem gerannt bin – und noch nie habe ich mich beim Laufen so wenig anstrengen müssen. Ich habe die Respirozyten außerdem benutzt, um den Versuch eines Wächters, mich umzubringen, zu überleben.

Meine egoistische Selbstbetrachtung wird davon unterbrochen, dass ich sehe, dass Liam Probleme hat, die Tür zum Treppenhaus zu öffnen.

»Lass mich das machen«, sage ich.

Als er seine Hand zur Seite bewegt, ziehe ich an der Tür. Sie öffnet sich so leicht, dass ich mich besorgt darüber wundere, dass Liam überhaupt Schwierigkeiten damit gehabt hat.

Wir rennen die Treppen hinunter. Mir fällt auf, dass Liams Atmung immer hektischer wird, während seine Geschwindigkeit mit jedem Schritt nachlässt.

»Mann, willst du dich auf dem Weg nach unten auf mir abstützen?«, frage ich ihn, als aus seinem Rennen ein vorsichtiges Gehen wird.

»Ich mich auf dir abstützen?«, fragt er keuchend. Auch wenn er ganz offensichtlich Schwierigkeiten damit hat, zu reden, hellt sich sein Gesichtsausdruck ein wenig auf. Er denkt, dass ich Witze mache, da er immer als der Stärkste in unserer Gruppe angesehen wurde. »Ja, genau. Das wird passieren. Jetzt halt den Mund. Es ist kaum Sauerstoff vorhanden, und wir verschwenden ihn durch Reden.«

»Das Hinabsteigen der Treppen ist aber leichter für mich«, sage ich. »Dafür gibt es einen guten Grund, den ich dir erklären werde, sobald wir draußen sind, aber vertrau mir, wenn ich dir sage, dass du dir von mir helfen lassen solltest.«

Liam schüttelt stur seinen Kopf und beginnt, die Treppen schneller hinabzusteigen. Sein Energieausbruch hält allerdings nicht lange an. Als wir uns der zweiten Etage nähern, schwankt er und geht so langsam, um nicht zu fallen, dass er schon fast kriecht. Einige Momente später scheint selbst langsames Gehen zu viel für ihn zu sein, und er krallt sich stöhnend am Geländer fest.

»Okay, das reicht. Du wirst dir jetzt von mir helfen lassen.« Ohne darauf zu warten, dass er mir widerspricht, ergreife ich seinen linken Arm und lege ihn um meinen Nacken. Sobald ich ihn gut im Griff habe, bewege ich mich, so schnell ich kann.

Ich dachte, dass Liam sich beschweren würde, aber er grunzt dankbar und lehnt sie auf mich, während wir nach unten gehen. Ich drücke meinen Zeigefinger auf sein Handgelenk und kontrolliere heimlich seinen Puls. Sein Herz schlägt erschreckend schnell. Ich betrachte ihn mit einem neutralen Gesichtsausdruck, um meine Besorgnis zu verbergen. Es ist schwer zu sagen, ob es eine Nebenwirkung der roten Alarme ist, aber Liams Augen sehen blutunterlaufen aus, und sein Gesicht ist bläulich. Außerdem sehen die Venen auf seiner Stirn und an seinem Hals geschwollen aus.

Einen Treppenabsatz später schmerzt mein Rücken, weil ich mich bücken muss, um Liams kürzeren Körper zu stützen. Aber wenigstens wirkt sich der Sauerstoffmangel nicht auf mich aus.

»Phoe«, schreie ich in Gedanken. »Du musst mir nicht einmal antworten. Aktiviere bitte einfach Liams Respirozyten.«

Sie antwortet nicht.

Liam stützt sich stärker auf mich und zwingt mich dadurch, langsamer zu gehen. Wir sind jetzt nur noch eine Etage vom Erdgeschoss entfernt, aber wenn wir es erst einmal erreichen, haben wir immer noch fünf lange Flure hinter uns zu bringen.

Auf dem halben Weg nach unten beginnt Liam, stärker zu keuchen, und fasst sich an den Hals.

Ich knirsche mit den Zähnen und ignoriere meinen Rücken, der bei jedem Schritt lauthals protestiert.

Noch zwanzig Schritte bis nach unten.

Fünfzehn Schritte.

Um mich von den Anstrengungen abzulenken, konzentriere ich mich darauf, die Stufen zu zählen und Liams schneller Schnappatmung zu lauschen, während ich versuche, die beißende Kälte, die in meine nackten Füße eindringt, zu ignorieren.

Doch dann geschieht etwas, was mich aus meinem tranceartigen Zustand reißt. Liams hektisches Atmen hört auf – oder verlangsamt sich zu kaum hörbar.

Gleichzeitig bricht er zusammen und stützt sein ganzes Gewicht auf mich.

Wir sind noch zehn Stufen vom Erdgeschoss entfernt, aber wir könnten uns genauso gut auf dem Mount Everest befinden.

Nein. Ich werde Liam aus dem Gebäude schaffen.

Mein Herz beginnt, wie eines der altertümlichen elektrischen Werkzeuge zu arbeiten, als Adrenalin durch mich hindurchrast. Ich verstärke meinen Griff um Liam, und in einem Nebel aus bis zum Zerreißen angespannten Muskeln kann ich uns eine Stufe nach unten bewegen.

Ein Schritt geschafft, neun weitere vor uns.

Ich ignoriere die Schmerzen in meinem Rücken und schleife Liam eine weitere Stufe hinab, und dann noch eine.

Die letzten sieben Stufen nehme ich wie in Trance. Das Einzige, was ich sehe, ist rot; das Einzige, was ich höre, ist das Dröhnen der Anweisungen. Ich spüre nicht länger meine strapazierten Muskeln noch meine schmerzende Wirbelsäule.

Erst als ich das Erdgeschoss betrete, trifft mich die Schwäche mit voller Wucht. Anstatt ihr nachzugeben, lege ich Liam vorsichtig auf den Boden, ergreife ihn danach unter seinen Armen und beginne, ihn aus dem Gebäude zu ziehen.

Nach weiteren sechs Metern fühlen sich meine Arme an, als würde Blei durch meine Adern fließen. Ich erwische mich außerdem dabei, dass ich schwer atme, auch wenn ich mir nicht sicher bin, ob das am Sauerstoffmangel oder der Anstrengung liegt. Nicht, dass das für Liam noch lange von Bedeutung wäre.

Ich weiß, dass meine Muskeln in wenigen Sekunden versagen werden.

DRITTES KAPITEL

»Phoe«, schreie ich angestrengt, um den dröhnenden Alarm zu übertönen – als ob die Lautstärke in Unterhaltungen mit Phoe einen Unterschied machen würde. »Hilf mir. Bitte.«

Ich bekomme keine Antwort.

Ich versuche, meine Panik zu unterdrücken. Phoe ist verschwunden, und ich muss damit klarkommen. Es muss eine Verbindung zwischen dem Anschlag am Strand und dem, was hier gerade passiert, geben. Der Jeremiah-Haufen hat etwas mit Phoes Schweigen zu tun, genauso wie mit dem Sauerstoffproblem im

Gebäude, aber wie das alles zusammenpasst, kann ich gerade nicht herausfinden, weil ich zu überwältigt bin. Ich muss versuchen, einen klaren Kopf zu bekommen, und mich darauf konzentrieren, meinen Freund in Sicherheit zu bringen.

Ich bewege gefühlte Stunden lang immer wieder meinen linken Fuß, und danach meinen rechten – auch wenn ich rational weiß, dass nur wenige Minuten verstreichen. Meine Muskeln zerreißen fast durch die Anstrengung, Liam noch einen halben weiteren Gang hinter mir herzuziehen. Während ich das tue, bemerke ich, dass ich langsamer werde.

Nein. Ich kann nicht langsamer werden. Wenn das passiert, wird Liam sterben.

Plötzlich nehme ich verschwommen eine Bewegung wahr, als jemand sich an der Abzweigung zu mir gesellt und Liams Gewicht unendlich leichter wird. Benebelt starre ich den Jugendlichen an, der uns eingeholt und Liams Beine angehoben hat, um mir dabei zu helfen, ihn zu tragen.

Es ist Owen – derjenige, der in dem behüteten Leben auf Oasis am ehesten so etwas wie Liams Todfeind ist. Owen – die Person, die ich bewusstlos geschlagen habe, als sie sich wie ein Arschloch verhalten hat, und deren Kopf, zumindest nach Phoes Erzählung, die Manifestation meines schlimmsten Albtraums geschmückt hat, den das Programm gegen Eindringlinge in dem Test der Betagten erschaffen hatte.

»Danke«, kann ich gerade so sagen, während ich gegen meine schockierte Überraschung ankämpfe. »Ich glaube nicht, dass ich ihn noch viel länger hätte tragen können.«

Owen bewegt seinen Kopf ruckartig, und die Bewegung lässt ihn wie einen Rettungshund aussehen. Anstatt zu sprechen, spitzt er seine Lippen und deutet mit dem Kopf in Richtung der Alarme. Was er sagen will, ist klar: »Verschwende deinen Sauerstoff nicht, Idiot, und zwinge mich nicht dazu, das Gleiche zu tun.«

Durch seine Hilfe ermutigt, werde ich schneller, bis ich mich fühle, als würde ich Liam und Owen aus dem Gebäude schleifen. Der Rest des Weges ist eine vernebelte Mischung aus roten Lichtern und Phoes automatisierten Ansagen.

Ich bin beinahe fassungslos, als wir schließlich den Ausgang erreichen.

Ich lasse Liam los, um die Tür zu unserem Schlafgebäude manuell zu öffnen, und als sie aufspringt, fühlt sich die Luft ein kleines bisschen frischer an. Ich bemerke, dass Owen ein wenig leichter atmet, auch wenn sich Liams Brust immer noch nicht bewegt.

Wir eilen aus dem Gebäude und schieben uns durch die Ansammlung mitgenommen aussehender Jugendlicher.

»Macht Platz«, schreit Owen.

»Geht verdammt nochmal aus dem Weg«, wiederhole ich deutlicher.

Die Jugendlichen, die es nicht gewohnt sind, derartige Worte zu hören, sind dermaßen schockiert, dass sie sich in Bewegung setzen. Sie machen Platz, und wir legen Liam auf dem Boden ab.

Ich beuge mich nach unten, um die hervorstehende Vene meines Freundes zu überprüfen, und erfriere innerlich.

Liams Puls ist kaum zu spüren, und er atmet nicht.

Owen sagt etwas, bevor er wegeilt, aber ich nehme seine Worte nicht auf. Ich bin zu beschäftigt damit, mir das in Erinnerung zu rufen, was ich über erste Hilfe weiß. Wie ging diese Technik nochmal, die unsere Vorfahren in solchen Situationen anwendeten? Herz-Lungen-Reanimation?

Ich gebe mein Bestes, um das nachzuahmen, was ich in alten Filmen gesehen habe. Ich nähere mich Liams Oberkörper und lege meine Hand auf den Mittelpunkt seiner Brust.

Irgendetwas daran fühlt sich falsch an, also lege ich meine linke Hand auf meine rechte und verschlinge meine Finger.

»Okay, das sieht genauso aus wie das, was die Menschen in den Filmen tun«, denke ich zu Phoe, bevor ich mich daran erinnere, dass sie nicht da ist.

Ich bringe meine Schultern über meine Hände und benutze das Gewicht meines Oberkörpers, um nach unten zu drücken. Liams Brust bewegt sich nach innen. Ich löse den Druck, warte eine halbe Sekunde, bis seine Brust wieder nach oben kommt, und wiederhole dann mein Manöver.

Nichts passiert.

»Versuche, in seinen Mund zu atmen«, meint eine weibliche Stimme. Ich erkenne sofort, dass sie zu Grace gehört, auch wenn ich nicht bemerkt habe, dass sie zu uns gekommen ist. »Diese Kombination ist effektiver«, fügt sie hinzu, als ich zu ihr nach oben schaue.

Mit zitternden Händen drücke ich erneut zu und sage: »Ich bin mir nicht sicher, wie –«

Mit fliegenden roten Haaren kniet sich Grace auf Liams rechte Seite und legt ihre Hand auf meine. Ich höre mit meiner Herzmassage auf und beobachte Grace dabei, wie sie Liams Nase zudrückt und ihre Lippen auf seine presst, bis sie versiegelt sind. Dann atmet sie in ihn, und ich fühle, wie sich seine Brust erst einmal, dann ein zweites Mal hebt.

»Jetzt du«, sagt Grace.

Ich drücke zwei Dutzend Male auf Liams Brust, bevor sie mich innehalten lässt und ihm mehr Luft gibt.

Wir wechseln uns auf diese Weise noch einige weitere Male ab. Ich massiere Liams Herz, und Grace zwingt gnadenlos ihren Atem in seine Lungen. Die Luft um mich herum ist kalt, aber trotzdem ist mein Gesicht schweißüberströmt. Allerdings ist nicht die gesamte Flüssigkeit auf meinem Gesicht Schweiß; ein Teil davon sind brennende Tränen, die aus meinen Augen strömen.

»Liam«, sagt Grace nach einer weiteren Runde. »Liam, kannst du uns hören?«

Ich kämpfe gegen die kalte Angst in mir an und starre auf Liam, aber er ist immer noch komatös.

»Er atmet eigenständig«, meint Grace und beantwortet damit meine unausgesprochene Frage, als ich sie anschaue. »Und seine Herzfrequenz ist stabiler.«

Ich bewege meine Hand auf Liams Brust nach links und atme erleichtert auf.

Sie hat recht. Sein Herzschlag ist regelmäßig.

»Du musst ihm keine Herzmassage mehr geben«, sagt Grace. »Wir müssen nur noch darauf warten, dass er wieder zu Bewusstsein kommt.«

Trotz meines benebelten Zustands wundere ich mich über Graces ungewöhnliche Kompetenz. »Woher wusstest du, wie –«

»Ich wollte immer eines Tages Krankenschwester werden, schon vergessen?«, fragt Grace mit einer leicht enttäuschten Stimme.

Sobald sie das ausspricht, erinnere ich mich daran, dass sie davon gesprochen hat, als wir noch sehr jung waren, damals, als sie noch mit uns befreundet war. Ich erinnere mich sogar daran, dass sie an jenem Tag der Geburten zum Stand der Krankenschwester gegangen ist.

»Ich dachte, dass du mittlerweile deine Meinung geändert hast«, murmele ich in dem Versuch, meinen Fauxpas zu überspielen. Die eisige Panik in mir lässt leicht nach. »Das war vor mehr als einer Dekade.«

Grace öffnet ihren Mund, um mir zu antworten, als Liam nach Luft schnappend und grunzend seine Augen öffnet. »Grace?«, fragt er schwach. »Was machst du um diese Uhrzeit in meinem Zimmer?«

Danach sieht er mich und schweigt, während sein Blick langsam von einer Seite zur anderen wandert. Ich drehe mich um und bemerke zum ersten Mal die Jugendlichen, die mit blassen und besorgt aussehenden Gesichtern um uns herumstehen.

»Es ist eine Ausnahmesituation eingetreten, und wir mussten das Gebäude verlassen«, sage ich und drehe mich wieder zu Liam um. »Wahrscheinlich bist du gegen Ende ohnmächtig geworden.«

Liam schließt seine Augen und zieht seine raupenartigen Augenbrauen zusammen. Dann sagt er: »Ach ja. Wir sind gerade die Stufen hinabgegangen, als –«

»Entschuldigt bitte, dass ich euch unterbreche«, meint Grace. »Aber ich muss weg.«

»Warte, warum? Wohin gehst du?« Meine Fragen hören sich ein wenig zu nachdrücklich an. Ruhiger füge ich hinzu: »Was ist, wenn Liam noch einmal ohnmächtig wird?«

»Da er sich jetzt draußen befindet und bei Bewusstsein ist, sollte es ihm gutgehen«, sagt Grace. »Ich habe gerade mit Nicky gesprochen.« Sie nickt in Richtung eines blassen Jugendlichen, der etwa zwölf Jahre alt ist. »Er hat das Schlafgebäude der mittelalten Jugendlichen aus dem gleichen Grund verlassen, wie wir unseres. Aber ihr Alarm ging früher los als bei uns.«

Sie blickt mich an, als würde das alles erklären.

Ich reibe meine Schläfen. »Es tut mir leid, aber ich verstehe nicht, warum du deshalb schnell verschwinden musst. Mein Kopf ist –«

»Das muss das Adrenalin sein«, sagt Grace. »Ich muss gehen, weil ich mir Sorgen mache, dass die Schlafräume der Grundschüler das gleiche Problem haben könnten.« Sie schaut in Richtung des Waldes, wo sich das betreffende zylindrische Gebäude befindet. »Die Kleinen könnten Hilfe brauchen.«

»Sie hat recht«, sagt Liam und versucht, sich hinzusetzen. »Wir sollten helfen.«

»Du musst eine Weile hier liegenbleiben«, erwidert Grace entschieden und kniet sich hin, um ihn zurück nach unten zu drücken. »Aber du, Theo, könntest dich nützlich machen.«

»Ich weiß nicht«, entgegne ich, da mein Zögern bei dem Gedanken, meinen gerade erst wieder zu Bewusstsein gekommenen Freund zu verlassen, gegen die Vorstellung von kleinen, erstickenden Kindern kämpft. »Was ist –«

»Mir geht es gleich wieder gut«, meint Liam. »Geh und hilf Grace.«

Ich lasse meinen Blick über die Jugendlichen um uns schweifen, um zu sehen, ob einer von ihnen Grace an meiner Stelle helfen könnte. Ich entdecke Kevin, einen Jugendlichen, den ich nicht besonders gut kenne. Unsere Blicke treffen sich, und ich winke ihn zu mir.

»Nein, du solltest gehen«, sagt Liam, als er sieht, dass der Jugendliche zu uns kommt.

Ich will gerade protestieren, als mir auffällt, dass ich mit meinen Respirozyten wahrscheinlich die geeignetste Person in Oasis bin, um in Situationen zu helfen, die mit eingeschränkter Sauerstoffversorgung zu tun haben. Im Gegensatz dazu kann gerade so ziemlich jeder auf Liam aufpassen.

Kevin bleibt neben mir stehen, schaut mich erwartungsvoll an, und ich sage zu ihm: »Kannst du bitte ein Auge auf Liam behalten? Er fühlt sich nicht gut, und ich will sichergehen, dass er sich erholt. Hast du diese Herz-Lungen-Reanimation gesehen, die Grace und ich eben durchgeführt haben?«

»Ja«, antwortet Kevin unsicher.

»Kannst du sie anwenden, sollte er erneut das Bewusstsein verlieren?«

»Das werde ich nicht«, wirft Liam ein.

»Das wird er wirklich nicht«, versichert uns Grace.

»Okay«, meint Kevin. »Geh und hilf Grace. Ich werde auf Liam aufpassen.«

Ich stehe auf und sage zu Nicky: »Hilf Kevin, falls er etwas braucht.«

Nicky nickt.

Grace stellt sich hin und bahnt sich ihren Weg durch die Menge der Jugendlichen, und ich folge ihr, während ich versuche, den ohrenbetäubenden Lärm von Hunderten von Stimmen auszublenden. Einige der Jugendlichen schnappen als Nachwirkung des

Sauerstoffmangels keuchend nach Luft, einige andere fragen lautstark, was gerade passiert, und viele weinen oder beruhigen sich gegenseitig, indem sie sich gemeinschaftlich die Lüge einreden, dass es sich nur um eine Übung handelt.

Als wir uns über den menschlichen Hindernisparcours bewegen, fallen mir einige eigenartige Dinge auf. So sind wir zum Beispiel alle barfuß und tragen unsere Schlafbekleidung. Einige Jugendliche sind sogar halbnackt. In dem roten Licht vom Himmel – der nächsten komischen Sache – sehen sie deshalb wie ein Rudel ausgesetzter Welpen aus.

Der Himmel hat nicht das Rot eines Sonnenuntergangs, sondern eher das von Sirenen, genau wie in unserem Schlafgebäude. Es sieht aus, als habe jemand die Kuppel mit einer leuchtend roten Farbe angemalt. Mehr als nur einige wenige Jugendliche starren mit einer Mischung aus Entsetzen und Faszination an den Himmel. Ich nehme an, dass das bedeutet, dass die erweiterte Realität nicht mehr funktioniert, auch wenn es möglich ist, dass der Himmel in Gefahrensituationen so aussehen soll.

Der Gedanke an die erweiterte Realität lenkt meine Aufmerksamkeit auf eine dritte, unauffälligere Eigenheit. Alle Statuen und viele der unzugänglicheren Bäume sind verschwunden, so dass die Umgebung kahl aussieht – ein Eindruck, der durch das rote Licht des Himmels verstärkt wird.

Es ist ein Oasis, das niemand von uns jemals zuvor gesehen hat: ein Ort, der das Gegenteil dieses normalerweise fröhlichen, grünen Paradieses ist.

Auf unserem Weg untersucht Grace einige der Jugendlichen, die auf dem Boden liegen. Es sieht ganz so aus, als sei Liam nicht der Einzige gewesen, dem zwischenzeitlich die Luft ausgegangen war. Einige dieser Jugendlichen haben sich sogar ihre Köpfe gestoßen, als sie in Ohnmacht gefallen sind, zumindest nehme ich das an, da eines der Mädchen leichte Verletzungen am Kopf aufweist. Allerdings befindet sich niemand von ihnen in einem besonders schlimmen Zustand, weshalb Grace weitergeht und auf den Rand der Menge zueilt.

Je weiter Grace und ich uns von den anderen Jugendlichen entfernen, desto deutlicher erkenne ich, dass das Stimmengewirr ein anderes Geräusch übertönt hat. Ich kann jetzt eine neue Nachricht der allgegenwärtigen, mechanisch klingenden Phoe hören.

»Heizfunktion des Lebensraums ausgefallen. Sauerstoffproduktion –«

Ein ohrenbetäubender Alarm schneidet durch die Luft. Er ist so laut, dass der Rest der Ansage in ihm untergeht.

Kälte breitet sich von meinen eisigen Füßen ausgehend in meinem ganzen Körper aus – eine Kälte, die nichts mit der nicht funktionierenden Heizung zu tun hat, sondern einzig und allein mit dem Ort, von dem der neue Alarm ausgeht.

Er dröhnt aus dem zylinderförmigen Schlafgebäude der jungen Jugendlichen, das etwa dreißig Meter entfernt vor uns liegt.

Grace hatte recht damit, dorthin zu eilen. Was in unserem Wohngebäude passiert ist, wird gleich die kleinen Kinder treffen.

VIERTES KAPITEL

Gleichzeitig beginnen Grace und ich, auf das Gebäude zuzurasen. Als wir den halben Weg dorthin hinter uns gebracht haben, bricht die erste Welle der Kinder durch die Tür nach draußen. Selbst aus dieser Entfernung kann ich sehen, dass es sich dabei um die älteren Jahrgänge handelt. Danach kommen weitere Kinder herausgerannt, wobei diesmal die älteren einige der jüngeren mit sich führen.

Ein etwa zehn Jahre alter Junge fängt uns in der Nähe des Gebäudes ab. »Ich musste zwei Mädchen zurücklassen«, sagt er und atmet hektisch ein. »Ihre

Mitbewohnerinnen.« Er blickt auf die Erstklässlerin hinab, deren kleine Hand er hält.

»Wo finden wir das Zimmer?«, fragt Grace mit einer Stimme, die fast die Autorität eines Erwachsenen besitzt.

»Es ist Zimmer 405, der zweite ganz oben auf der rechten Seite, wenn ihr das östliche Treppenhaus nehmt«, erklärt der Junge nach Luft schnappend, und wir rennen zum Gebäude.

Als wir uns unseren Weg durch die Horde der zitternden, halberstickten jungen Jugendlichen bahnen, fluche ich leise. Wer auch immer für diese Situation verantwortlich ist, wird eine Menge zu erklären haben.

»Grace«, sage ich, als wir am Eingang ankommen. »Warum gehe ich nicht alleine und du bleibst hier? Ich habe vielleicht eine höhere Chance –«

Grace ignoriert mich und läuft in das Gebäude. Sie war schon immer stur, also überrascht mich das nicht besonders. Natürlich weiß sie nichts von meinen Respirozyten, also könnte sich mein Vorschlag für sie überheblich angehört haben.

Ich schiebe meine Frustration zur Seite und renne hinter Grace her. In dem Licht der roten Sirenen sieht ihr Haar aus, als sei es mit Blut bespritzt. Die mechanische Stimme wiederholt die gleichen Worte wie in unserem Gebäude. »Sauerstoffproduktion und – zirkulation beeinträchtigt. Sofortige Evakuierung des Gebäudes«

Als wir fast bei dem östlichen Treppenhaus angekommen sind, sehe ich in einiger Entfernung einen Jugendlichen meines Alters, der ein kleines Kind trägt. Als wir näher kommen, erkenne ich, um wen es sich handelt, und mir wird klar, dass Owen nach Liams Rettung sofort hierhergerannt sein muss. Offensichtlich hat er den gleichen Gedanken wie Grace gehabt. Ich nicke ihm ernst zu. Er rollt mit den Augen, was typisch ist, aber schaut danach das kleine Mädchen in seinen Armen besorgt an und eilt weiter zum Ausgang.

Grace und ich laufen weiter, und als Owen aus unserem Blickfeld verschwunden ist, bemerke ich, dass ich ihn jetzt in einem anderen Licht sehe. Ich hatte erwartet, dass Grace Held spielen würde, aber nicht Owen. Andererseits ist es schwer, vorauszusagen, wie eine Person sich in einer Notsituation verhalten wird. Einige sind vor Angst wie gelähmt – von diesen Exemplaren habe ich heute einige gesehen –, während andere die Situation akzeptieren und über sich hinauswachsen. Manchmal können Menschen uns angenehm überraschen.

Meine Träumereien werden unterbrochen, als Grace in der Nähe der ersten Tür stehen bleibt und eine weitere Person anstarrt.

Es handelt sich um einen der Wächter, der allerdings seinen Helm abgenommen hat.

Ich bin sogar noch entsetzter als Grace. Wenn ein Wächter ohne seinen reflektierenden Helm im Bereich der Jugendlichen auftaucht und dadurch Zeichen der Alterung zur Schau stellt, müssen die Dinge wirklich schlimm liegen. Dieser betreffende Wächter ist nicht sehr alt, aber ich kann trotzdem erkennen, wie das rote Licht von seinen weißen Schläfen reflektiert wird. Ich bin mir allerdings nicht sicher, ob das Grace auffallen wird. Plötzlich wird mir noch etwas anderes klar: Ich kenne den Typen sogar.

Es ist Albert, der Wächter, der dagegen protestiert hat, dass Jeremiah mich foltert.

»Was tut ihr hier?«, fragt Albert und zieht hörbar Luft ein.

Er trägt einen kleinen Jungen auf seinem rechten Arm, und mit seiner linken Hand umfasst er die Hand eines leicht älteren Mädchens. Das Mädchen schaut mit riesigen Augen und zitternder Unterlippe hinter dem Wächter hervor, um uns zu betrachten.

»Wir sind auf dem Weg zu Zimmer 405«, sagt Grace. Sie hört sich ebenfalls außer Atem an.

»Wir versuchen, einige Kinder dort herauszuholen«, sage ich, um Grace das Sprechen zu ersparen. »Was tust du hier? Warum trägst du deinen Helm nicht? Was geht hier vor sich?«

Der Wächter schüttelt nur seinen Kopf. »Keine Zeit«, keucht er. »Ich musste den Helm abnehmen, weil alle Visoren durchgedreht sind –«

Albert hält inne, weil das Mädchen hinter ihm anfängt, laut zu schluchzen, und Tränen ihre Wangen hinunterlaufen. Albert atmet erneut ein und sagt entschieden zu uns: »Ihr geht nirgendwohin. Hier,« – er gibt mir den Jungen – »du nimmst ihn. Und du« – er gibt Grace die Hand des Mädchens – »nimmst sie. Ich werde in dem Zimmer nachsehen. 405, richtig?«

Ich drücke den kleinen Jungen an mich und sage in einem Atemzug: »Ja, es ist die zweite Tür auf der rechten Seite, wenn du in diesem Treppenhaus bis ganz nach oben gehst.«

»Geht«, befiehlt Albert, und ich rase die Treppen hinunter, dicht gefolgt von Grace und ihrem Kind.

Während wir laufen, versuche ich den Puls des Jungen zu kontrollieren, aber ich kann ihn nicht spüren. Er atmet auch nicht. Was noch viel schlimmer ist, ist, dass das Mädchen mit jeder Sekunde schwerer atmet.

Nach der Hälfte des Flurs, der zum Ausgang führt, stolpert es und fasst sich unter lautem Keuchen an die Kehle.

»Nimm ihre Füße«, befehle ich Grace, während ich den Jungen so mit meinem rechten Arm umfasse, wie ich es vorher bei Albert gesehen habe. Mit meiner linken Hand ergreife ich das Mädchen unter ihren Achseln.

Die einzige Antwort darauf ist Graces flaches Keuchen, aber sie nimmt die Füße des Mädchens, und wir tragen sie den restlichen Weg nach draußen.

Sobald wir das Gebäude verlassen haben, legen wir das Mädchen auf den Boden, und Grace sieht sich um. »Du da.« Sie macht eine Bewegung in Richtung eines schlaksigen Mädchens, das so aussieht, als sei es neun oder zehn Jahre alt. »Schau mir zu, damit du das lernst, was ich tue.« Dann kontrolliert sie die

Lebenszeichen des Mädchens, das wir aus dem Gebäude getragen haben. »Sie atmet. Man kann niemanden wiederbeleben, der noch atmet«, erklärt sie ihrer neuen Helferin. »Das könnte das Herz stoppen.«

Die frisch rekrutierte zukünftige Krankenschwester sieht aus wie ein Kaninchen in den Klauen eines tollwütigen Wolfs, aber sie schafft es, leicht zu nicken, um Grace zu zeigen, dass sie sie verstanden hat.

Als mir auffällt, dass ich den keinen Jungen immer noch auf dem Arm halte, lege ich ihn ab, und Grace übernimmt die Herz-Lungen-Reanimation, während ihre Schülerin sie beobachtet.

»Vermisst noch jemand irgendwelche seiner Freunde?«, brülle ich, um die verängstigten jungen Stimmen zu übertönen. »Bitte sagt mir Bescheid, falls ihr wisst, dass sich noch jemand im Gebäude befindet.«

Ein etwa siebenjähriger Junge hebt seine Hand, und ich gehe durch die Menge, um mit ihm zu sprechen.

»Jason ist noch dort drin«, sagt der Junge mit zittriger Stimme, als ich neben ihm stehenbleibe. Er umarmt sich und beginnt zu weinen, während er murmelt: »Ich hätte ihn aufwecken sollen. Er ist mein Freund. Es tut mir leid.«

»Wo ist sein Zimmer?«, frage ich und versuche, mich so autoritär wie möglich anzuhören, ohne das Kind dadurch zu verängstigen.

»In der zweiten Etage«, antwortet er und bekommt Schluckauf. »Auf der Seite des westlichen Treppenhauses. Raum 204.«

»Danke«, sage ich und eile zu Grace zurück.

»Er ist stabil, aber du musst hierbleiben und ihn beobachten«, sagt Grace gerade zu ihrer neuen Assistentin. »Theo und ich, wir gehen –«

»Ich kann das alleine machen, Grace.« Die Tatsache, dass sie nichts von Jason mitbekommen hat, könnte meine Chancen darauf erhöhen, dass sie auf mich hört.

Ihre blauen Augen leuchten in dem roten Licht auf, und ich weiß, dass meine Hoffnungen vergebens waren.

»Hör damit auf, Zeit zu verschwenden, Theo«, erwidert sie. »Ich werde gehen. Du könntest meine Hilfe brauchen.«

»Gut«, sage ich und renne auf das Gebäude zu.

Bevor wir es betreten, erkläre ich Grace, wohin wir müssen, um im Gebäude nicht mehr zu sprechen. Ich will Grace nicht in eine Unterhaltung verwickeln, durch die sie ihren Sauerstoff schneller verbraucht.

Ich sehe die Umrisse eines Wächters, als wir zum westlichen Treppenhaus abbiegen. Das muss Albert mit den Kindern aus dem Zimmer 405 sein, außer er hat sie bereits nach draußen gebracht und rettet jetzt den Nächsten.

Ich steige den Treppenabsatz in einem Atemzug hoch. Grace beginnt, leicht zurückzufallen. Ich drücke die Tür auf, verlasse das Treppenhaus, und in zwei großen Schritten bringe ich den Weg zum Zimmer 204 hinter mich.

»Jason«, rufe ich, während ich die Tür aufreiße. »Bist du hier?«

Niemand antwortet, aber ich sehe einen kleinen Körper auf dem am weitesten entfernten Bett liegen.

Wie sein Freund sieht der bewusstlose Junge so aus, als sei er etwa sieben Jahre alt. Ich strecke mich aus, um seinen Puls zu fühlen, aber dann höre ich, dass Grace das Zimmer betritt. Als ich aufschaue, bemerke ich, wie schnell ihre Brust sich unter ihrer

Nachtwäsche hebt und senkt, und wie sehr die Adern auf ihrem schlanken Hals hervorstehen.

»Grace, ich kann ihn tragen«, sage ich und beginne, den Jungen hochzuheben. »Wahrscheinlich wiegt er nur –«

Ohne ihren Sauerstoff auch nur durch ein Wort zu vergeuden, geht sie zu dem Jungen und nimmt seine Beine. Da ich nicht möchte, dass sie wegen meines Widerspruchs auch nur eine Sekunde später das Gebäude verlässt, ergreife ich die Schultern des Jungen und hebe ihn an.

Grace hatte wahrscheinlich recht, als sie darauf bestanden hat, mir zu helfen. Zusammen bewegen wir uns viel schneller, als ich es allein getan hätte, was gut für den Jungen ist. Das Problem ist, dass Grace mit jedem Schritt abgehackter atmet.

Wir schaffen es bis ins Erdgeschoss und biegen in den ersten Gang ein. Das Geräusch einer weinenden Person erreicht meine Ohren.

Grace und ich schauen uns an und gehen schneller.

Als wir um die nächste Ecke biegen, sehen wir einen Körper auf dem Boden liegen, neben dem ein kleines Mädchen steht, das halb weint und halb nach Luft schnappt.

Es ist Owens Körper. Es sieht so aus, als sei er ohnmächtig geworden, während er versucht hat, das weinende Mädchen zu retten.

»Lass Jasons Beine los«, sage ich zu Grace.

Behutsam folgt sie hektisch atmend meiner Anweisung.

Ich umfasse Jasons Taille und lege ihn mir wie einen Sack Kartoffeln über meine linke Schulter. Sobald ich den Jungen fest im Griff habe, beuge ich mich nach unten und schiebe meinen rechten Arm unter Owens Schultern. Meine Muskeln sind bereits mehr als müde, und als ich mich anspanne, um ihn vom Boden hochzuheben, wünschte ich mir, ich hätte mich mehr für Sport interessiert – besonders für Kreuzheben.

»Du nimmst sie«, weise ich Grace an und nicke in Richtung des kleinen Mädchens.

Grace ergreift die Hand des jetzt stillen Mädchens und schiebt ihren freien Arm unter Owens Knie, um mir dabei zu helfen, ihn anzuheben.

Unter gewaltigen Anstrengungen gehe ich einen Schritt, dann noch einen. Meine Muskeln fühlen sich an, als würden sie gleich reißen.

Mit übermenschlicher Willensanstrengung schaffen wir es fast bis zum Ausgang. In der Stille zwischen den Durchsagen kann ich Graces flaches Keuchen hören. Um die nagende Angst in mir zu unterdrücken, stelle ich mir bildlich vor, wie wir es schaffen, dieses Gebäude zu verlassen. Ich bilde mir ein, dass die Luft weniger abgestanden riecht, und sehe die rote Kuppel über meinem Kopf.

Als auf einmal das volle Gewicht Owens in meinen Armen hängt, werde ich aus meinen Fantasien gerissen.

Das kleine Mädchen keucht und schluchzt wieder, und Grace liegt mit der Hand an ihrer Kehle auf dem Boden.

FÜNFTES KAPITEL

»Nein«, brülle ich. »Nein, Grace, das kannst du mir nicht antun!«

Graces Krämpfe lassen langsam nach.

Ich werde vor eine schreckliche Wahl gestellt. Ich kann auf gar keinen Fall den Jungen, das Mädchen, Owen und Grace tragen. Das ist körperlich unmöglich. Ich werde dem Mädchen sagen müssen, selbst zu gehen, und mich zwischen Grace und Owen entscheiden müssen.

In der altertümlichen Zeit mussten Rettungskräfte, so wie Feuerwehrmänner, wahrscheinlich andauernd derartige Entscheidungen treffen. Ich weiß allerdings nicht, wie sie es gemacht haben, weil ich vor Unentschlossenheit wie gelähmt bin. Ich weiß, dass es noch schlimmer ist, nichts zu tun, aber ich kann mich einfach nicht bewegen.

So müssen sich die moralischen Dilemmata in dem Test angefühlt haben.

»Phoe«, rufe ich verzweifelt. »Ich brauche wirklich deine Hilfe.«

Ich denke so schnell, dass nur Nanosekunden vergehen, bis ich eine Entscheidung treffe. Allerdings habe ich Angst, dass eher meine Vorurteile als meine Logik meine Auswahl beeinflussen. Würde Logik in dieser Situation überhaupt helfen?

Das kleine Mädchen hört auf zu weinen und blickt über meine Schulter.

»Mann«, sagt Liam und erschreckt mich damit. Seine Stimme ist das willkommenste Geräusch, das ich jemals gehört habe. »Warum stehst du hier bewegungslos rum?«

Ich habe keine Zeit, mich darüber zu beschweren, dass er sich erneut in Gefahr gebracht hat, also frage ich das kleine Mädchen: »Kannst du laufen?«

Sie schaut mich an, als sei ich eine Kreatur aus ihren schlimmsten Albträumen, aber nickt fast unmerklich.

Ich fasse das als ein Ja auf und erkläre Liam: »Nimm ihre Hand. Sollte sie Probleme mit dem Gehen bekommen, lege sie dir über die Schulter, so wie ich das mit dem kleinen Jungen getan habe. Und jetzt hebe Grace an ihren Schultern an. Schnell.«

Liam ergreift die Hand des Mädchens. Ich erwarte, dass sie wieder zu weinen beginnt, aber sie bleibt stumm. Mit einem Stöhnen, das mich zusammenzucken lässt, schiebt Liam seine Arme unter Graces Achseln und beginnt, sie um die Ecke in den letzten Gang zu ziehen.

Ich gehe voran. Wenn ich vorher gedacht hatte, dass meine Last schwer war, hatte ich Unrecht. Owens volles Gewicht fühlt sich wie ein Sack Backsteine an, und Jason scheint heimlich gegen eine Eisskulptur in menschlicher Form ausgetauscht worden zu sein. Mein Rücken ist kurz davor durchzubrechen, und mein Herz droht mit jedem Schritt, den ich mache, aus meinem Brustkorb zu springen. Trotz der Respirozyten atme ich durch den Stress schnell und flach, und meine Sicht verschwimmt.

Bei jedem Schritt konzentriere ich mich auf alles andere als die unglaubliche Überanstrengung meiner Muskeln. Ich denke an Musik und Kunst, aber auch das hilft nicht. Die Musik in meinem Kopf ist Heavy Metal, und die Kunst, die mir in den Sinn kommt, ist ein Gemälde eines berühmten altertümlichen russischen Malers, auf dem elf Männer dargestellt sind, die sich damit abquälen, eine Barge durch einen Fluss zu ziehen.

»Wir sind fast da«, keucht Liam von hinten. »Nur noch ein kleines Stück.«

Diese Aussicht gibt mir neue Kraft, und ich werde schneller, bis ich den restlichen Gang mit der rasenden Geschwindigkeit von einem Schritt pro Sekunde hinter mich bringe. Als ich mich nur noch etwa einen Meter vom Ausgang entfernt befinde, schaffe ich es, noch schneller zu werden, während ich meine Last hinter mir her schleife.

Sobald ich mich draußen befinde, knie ich mich hin und lege zuerst Owen auf dem Boden ab, bevor ich Jason vorsichtig neben ihm platziere. Danach atme ich tief ein und schaue mich nach Graces Auszubildender in der Herz-Lungen-Reanimation um.

Als sich unsere Blicke treffen, winke ich ihr zu. »Komm, hilf mir!«

Das Mädchen und einige andere Jugendliche eilen herbei.

Ich springe auf, um zurück zu Liam zu gehen, aber in diesem Moment kommt er gerade aus dem Gebäude.

Ich renne zu ihm und helfe ihm, Grace auf dem Boden abzulegen. Sobald sie auf dem Rücken liegt, knie ich mich neben sie und bereite mich auf die Herzmassage und Beatmung vor.

Unter allen anderen Umständen wäre es komisch gewesen, meine Hand so nah neben Graces Brüste und meinen Mund auf ihren zu legen, aber in diesem Moment ist es klinisch. Ich beende meine Massage und pumpe Luft in ihre Lunge. Alle meine Gedanken konzentrieren sich darauf, ihr zu helfen, damit sie wieder atmet.

»Bitte, Grace«, denke ich verzweifelt. »Atme.«

Als hätte sie meine unausgesprochene Bitte gehört, schnappt Grace nach Luft. Ihre langen Wimpern schlagen nach oben, und sie starrt mich mit blutunterlaufenen, aber wachsamen Augen an.

»Owen«, stöhnt sie. »Hat er es geschafft?«

Mein Puls rast. Ich war so damit beschäftigt, sie zu retten, dass ich ganz vergessen hatte, dass Owen sich in einem ähnlich bedrohlichen Zustand befindet.

Als ich aufspringe, um zu Owen zu laufen, sehe ich, dass Grace versucht, aufzustehen. Ich beuge mich nach unten, um ihr meine Hand anzubieten, und sie nimmt meine Hilfe an, indem sie ihre kalte und klamme Hand in meine legt.

Zusammen laufen wir zu dem Mädchen, in dessen Händen ich Owen zurückgelassen hatte. Sie atmet hektisch in Owens Mund, während Liam darauf wartet, mit der Herzmassage fortzufahren.

Grace kniet sich neben Owen, um mit ihrer Hand seinen Hals zu berühren, während ich dastehe und hilflos dabei zusehe. Ein sichtbarer Schauer durchfährt sie, bevor sie mit erstickter Stimme sagt: »Zur Seite, alle beide.«

Grace versucht weiterhin, Owens Puls zu finden, erst an seinem Handgelenk, dann an seiner Brust.

Als sie aufschaut, hat sie Tränen in den Augen.

»Nein«, sage ich wie betäubt. »Nein, er kann nicht …«

Grace beginnt mit entschlossenem Gesichtsausdruck, Owen wiederzubeleben.

»Phoe«, schreie ich in Gedanken. »Phoe, komm schon! Er kann nicht tot sein.«

Keine Antwort. Wie durch einen Nebel sehe ich, wie Grace mehrere Durchgänge der wiederbelebenden Maßnahmen durchführt. Als sie innehält und aufsieht, zittert sie, und Tränen laufen ihre Wangen hinunter.

»Ich denke, es ist zu spät«, sagt sie mit bläulichen Lippen, aber ich kann sie durch die kalte Taubheit, die mich an dieser Stelle versteinern lässt, kaum hören.

Neben mir starrt Liam sie mit großen Augen an, und die Helferin sieht aus, als sei sie kurz davor, bis zur Kante von Oasis zu laufen.

Theoretisch sollte es für mich leichter sein als für die anderen, mit dem Tod konfrontiert zu werden. Schließlich habe ich ihm in den letzten Tagen wiederholt in die Augen geschaut. Trotzdem gehe ich trotz der Kälte innerlich in Flammen auf, und ich muss unkontrolliert würgen.

Ich werde erst aus meiner qualvollen Betäubung gerissen, als mir auffällt, dass Grace wie eine Wahnsinnige Runden um mich dreht und etwas Morbides vor sich hin murmelt. Liam reibt sich seine Arme, und Graces Helferin hat ihre Knie mit den

Armen an die Brust gezogen und schaukelt nach vorne und hinten.

Ich suche nach etwas Beruhigendem, was ich ihnen sagen könnte, aber bevor mir passende Worte einfallen, schüttelt Grace kräftig ihren Kopf und rennt auf das Gebäude zu. Als sie an mir vorbeiläuft, höre ich sie murmeln: »Ich muss sichergehen, dass nicht noch jemand stirbt …«

Die Jugendlichen um uns verstummen, da ihnen Graces Toben und eigenartiges Verhalten Angst machen, und in der daraus resultierenden Stille höre ich eine neue Warnung: »Sauerstoffgehalt der Umgebung anormal. Stickstoffgehalt der Umgebung anormal. Lebenserhaltungsfunktionen aus dem Gleichgewicht –«

Die Kinder beginnen alle gleichzeitig zu reden und zu weinen und verhindern dadurch, dass ich verstehe, was die schiffsweite Sprechanlage noch sagt. Auf einer bestimmten Ebene weiß ich, dass die Nachricht besorgniserregend ist, aber ich bin zu schockiert von Owens Tod und Graces Reaktion, um sie vollständig verarbeiten zu können. Ich kann an nichts anderes denken als an die Tatsache, dass sie in das tödliche Gebäude zurückgeht.

Meine Beine fühlen sich hölzern an, als ich hinter ihr herstolpere. »Warte, Grace.«

Entweder hört sie mich nicht oder sie ignoriert mich, als sie durch die Tür verschwindet.

Ich fluche leise vor mich hin, bevor ich beginne, ihr nachzujagen, aber jemand umfasst mich mit schwitzigen, zittrigen Händen fest von hinten.

»Geh dort nicht hinein«, flüstert Liam in mein Ohr. »Du wirst sterben.«

»Mann, mir wird nichts passieren«, entgegne ich und drücke ihn weg. »Im Gegensatz zu ihr.«

»Dann werde ich –«

»Denk den Satz nicht einmal zu Ende!« Ich drehe mich blitzschnell um und starre ihn wütend an. »Wenn du auch nur in die Nähe dieses dummen Gebäudes gehst, werde ich dich verdammt nochmal bewusstlos schlagen.«

Liam blinzelt mich an, und sein Gesicht verzieht sich, so als würde er sich darauf vorbereiten, dass ich meine Drohung in die Tat umsetze.

Ich warte nicht darauf, dass er sich erholt, und renne in das Gebäude. Grace ist nirgendwo zu sehen.

Die Gänge schlängeln sich endlos dahin, und das rote Licht führt dazu, dass ich nur verschwommen sehen kann, während ich von Korridor zu Korridor laufe, um nach Grace zu suchen.

»Grace«, schreie ich über Phoes mechanische Stimme hinweg. »Grace, wo bist du?«

Ich betrete einen Raum und führe instinktiv die Geste durch, um die leeren Betten verschwinden zu lassen. Als das Kommando nicht funktioniert, beuge ich mich nach unten, um unter jedem Bett nachzuschauen. Der Raum ist leer. Dann betrete ich einen anderen Raum, und noch einen – alle leer.

Mein Adrenalinspiegel stört mein Zeitgefühl. Ich habe keine Ahnung, wie lange ich das Gebäude bereits durchsuche, aber ich bin mir sicher, dass ich in jeden Raum im Erdgeschoss nachgeschaut habe.

Ich gehe im nächstgelegenen Treppenhaus in die erste Etage. Irgendwo über mir schlägt eine Tür zu.

»Grace!«, rufe ich und nehme drei Stufen auf einmal. »Bist du das?«

Albert kommt mir auf der Treppe entgegen. Er hat mit dem schweren Gewicht seiner Last zu kämpfen. Über seiner rechten Schulter hängt ein Junge und auf seiner linken Grace.

»Lass mich dir helfen.« Ich beeile mich, zu ihm zu gelangen.

»Nein«, keucht Albert. »Verschwinde von hier.«

Ich trete vor ihn. »Du kannst kaum noch gehen. Verschwende deinen Sauerstoff nicht mit Diskussionen. Gib mir jemanden, und dann gehen wir.«

Albert zögert den Bruchteil einer Sekunde, bevor seine praktische Seite gewinnt. Er weiß, dass er doppelt so lange brauchen wird, Grace und den Jungen allein nach draußen zu tragen, vorausgesetzt, dass er nicht auch ohnmächtig wird. Er gibt mir vorsichtig den Jungen. Stöhnend lege ich ihn mir über meine Schulter. Sein Körper fühlt sich leblos an, und Grace sieht auch nicht viel besser aus.

»Geh«, krächzt Albert.

Da mir klar wird, dass ich den Mann wertvolle Luft koste, gehe ich schnell die Treppe hinunter.

Meine Atmung ist hektisch, aber ich kann unmöglich sagen, ob es daher kommt, dass ich ersticke, oder ob es sich um einen Nebeneffekt des hohen Adrenalinspiegels handelt.

Alberts Keuchen wird lauter. Ich bin beeindruckt von seinem Durchhaltevermögen. Ältere Menschen sind in der Regel schwächer, aber andererseits ist er für einen Betagten noch nicht so alt. Außerdem muss er beträchtlich trainiert haben, um einer der Wächter werden zu können – auch wenn das Training ihm nicht helfen wird, wenn er nicht mehr atmen kann. Er sieht so aus, als könne er nicht mehr lange durchhalten.

Ich öffne die Tür zum Erdgeschoss und halte sie für Albert auf. Er grunzt dankbar, während er hindurchgeht, und ich folge ihm schnell.

Entweder bin ich durch die Erschöpfung wie betäubt oder ich habe so etwas wie die »zweite Luft« der Läufer bekommen, weil ich mit dem Jungen auf meinen Schultern durch die Gänge laufe, aber weder die Kälte noch die Anspannung meiner Muskeln spüre. Ich höre nicht einmal die Alarme.

Als Alberts Schritte schwanken, stütze ich ihn mit meiner Schulter ab. Er lehnt sich zuerst zögerlich auf mich, bis der Sauerstoffmangel seinen Tribut fordert und er sich stärker auf mir abstützen muss. Die schützende Taubheit, die mich umgeben hat, beginnt zu verschwinden, und im letzten Gang wird mir klar, dass ich meinem Körper zu viel abverlange.

Jeder Schritt ist jetzt eine Qual. Wenn die Alarmlichter die Welt nicht rot färben würden, würde ich jetzt schwarze Punkte sehen, und trotz des ohrenbetäubenden Lärms bin ich mir ziemlich sicher, dass meine Ohren dumpf klingeln.

Rational weiß ich, dass ich es bin, der die letzte Hälfte des Ganges zum Ausgang hinter sich bringt, aber es fühlt sich an, als sei es jemand anders.

Ich komme erst wieder zu Verstand, als ich draußen die Jugendlichen sehe – auch wenn mir nicht entgeht, dass die Luft hier, im Gegensatz zu vorher, nicht viel frischer ist als im Gebäude.

Albert legt Grace auf den Boden, und ich tue das Gleiche mit dem Jungen auf meiner Schulter, bevor wir mit den Wiederbelebungsmaßnahmen beginnen.

Ich massiere die Brust des Jungen und atme mindestens ein Dutzend Mal in seinen Mund, bevor ich daran denke, seinen Puls zu kontrollieren. Ich kann keinen Herzschlag spüren. Ich blicke zu Albert, und meine Hoffnungen werden zunichte gemacht, als ich seinen Gesichtsausdruck sehe.

Er bemerkt meinen Blick, wischt sich mit seinem weißen Ärmel die Nässe aus dem Gesicht und schüttelt seinen Kopf.

»Nein.« Hektisch nehme ich meine Herzmassage bei dem Jungen wieder auf. »Nein, nein, nein.«

Albert kniet sich neben mich, drückt mich weg und überprüft die Lebenszeichen des Kindes.

»Es tut mir leid«, sagt er und hebt seinen Kopf an. Sein Blick spiegelt das Entsetzen wider, das in meiner Brust sticht. »Wir haben getan, was wir konnten.«

Ich ignoriere ihn, springe auf und renne zu Grace, die immer noch still und leblos auf dem Boden liegt.

Hektisch suche ich nach ihrem Herzschlag.

Es gibt keinen.

Stur beginne ich mit der Herz-Lungen-Reanimation. Ihre Lippen sind blau und kalt, als ich Luft in sie pumpe, und ihre Brust fühlt sich so leblos wie die einer Puppe an. Ich mache immer weiter, bis ich das Gefühl dafür verliere, wie lange ich schon über Grace kauere.

Jemand ergreift meinen Arm und zieht mich weg.

»Das reicht, Theo«, sagt Liam, als ich aufschaue und bereit bin, mich gegen diese Unterbrechung zu wehren. Seine Stimme bricht, als er rau sagt: »Wir müssen es akzeptieren. Grace ist tot.«

SECHSTES KAPITEL

Ich starre meinen Freund verständnislos an. Der Schmerz in seinen Augen spiegelt den pochenden Schmerz in meiner Brust wider. Meine Trauer, oder um was es sich dabei handelt, ist so überwältigend, dass meine Gedanken, einen Moment lang abschweifen. Über Liams Schulter sehe ich den roten Himmel, und ich starre ihn stumpf an. Irgendwann fällt mir ein weißer Text auf, der sich über die Kuppel zieht. Vielleicht stand er dort schon die ganze Zeit und ich hatte ihn bis jetzt einfach nicht bemerkt. Ich kneife meine Augen zusammen und kann einen Teil der Nachrichten entziffern, die vorbeiziehen. Die meisten sind Warnungen. Ich erkenne dieselbe Warnung, den falschen Sauerstoff- und Stickstoffgehalt betreffend. Ich hatte die ursprüngliche Durchsage aus meinem Kopf verbannt, aber während ich jetzt über sie nachdenke, fällt mir auf, wie schwerwiegend die Folgen sind. Es bedeutet, dass wir –

Ein brennender Schmerz reißt mich aus meinem Nebel.

Blinzelnd starre ich Liam an – der mir gerade eine Ohrfeige verpasst hat, wie es die altertümlichen Ehefrauen bei ihren untreuen Ehemännern taten.

»Mann, was soll das?« Ich reibe meine schmerzende Wange.

»Du hast nicht reagiert«, erklärt Liam verteidigend. »Ich wollte nur, dass du wieder zu dir kommst. Wir müssen etwas tun.«

Mir fällt auf, dass er versucht, auf keinen Fall auf Graces Leiche oder den toten Jungen zu schauen – oder auch Owen, was das betrifft.

Ich schaue mich nach dem Wächter um. »Wo ist Albert?«

»Wer?« Liam folgt verwirrt meinem Blick.

»Der Wächter, der mit mir aus dem Gebäude kam. Wo ist er? Er ist nicht verrückt genug, um noch einmal hineingegangen zu sein, oder?«

»Ach, der Wächter«, meint Liam. »Er muss nicht zurück in das Gebäude gehen. Er hat gesagt, es sei vollständig evakuiert.«

»Also, wo ist er dann?«

»Er ist in diese Richtung gegangen.« Liam deutet auf den Wald. »Er hat nicht gesagt, warum.«

Ich fahre den Golfplatz, der in einiger Entfernung liegt, mit den Augen ab. Das kurze Gras hat eine eigenartige rot-schwarze Färbung durch die rote Kuppel, und Albert in seinem Raumanzug ist gut zu erkennen.

»Wir sollten ihm folgen«, sage ich, da sich ein vager Plan in meinem Kopf formt.

»Warum?«, fragt Liam.

»Du wolltest doch etwas tun«, erwidere ich. »Unter den gegebenen Umständen ist das doch genauso gut wie alles andere.«

»Ich nehme an, das stimmt, aber ich verstehe nicht, inwiefern es hilft, die Gruppe zu verlassen.«

»Das werde ich dir unterwegs erklären«, sage ich und beginne, mir meinen Weg durch die

Ansammlung von Jugendlichen zu bahnen. Ich murmele vor mich hin: »Zumindest wenn ich herausfinde, was zum Henker ich tun muss«.

Liam, der hinter mir geht, sieht aus wie ein Entenküken, das seiner Mutter folgt. Ich kann sehen, dass er sich nicht sicher darüber ist, die Jugendlichen zu verlassen, aber sein Vertrauen zu mir – oder einfach seine generelle Verwirrtheit – gewinnt Oberhand, und er folgt mir weiterhin.

Als wir die Menge hinter uns gelassen haben, hat sich Liam genug erholt, um Albert nicht aus den Augen zu lassen und die Führung zu übernehmen.

»Sauerstoffniveau der Umgebung auf kritisch niedrigem Niveau«, gibt Phoes Himmelsstimme bekannt. »Stickstoffniveau kritisch hoch. Kohlenmonoxidniveau steigt. Fehlfunktion der thermostatischen Module.«

»Was bedeutet das?«, fragt Liam und bleibt so abrupt stehen, dass ich fast in ihn laufe.

»Ich denke, es bedeutet, dass jetzt draußen das Gleiche passiert wie das, was in den Gebäuden geschehen ist«, antworte ich und versuche, den immer größer werdenden Angstknoten in meinem Hals zu ignorieren. »Es bedeutet, dass die Luft in Oasis bald nicht mehr zum Atmen geeignet sein wird und wir alle ersticken werden.«

»Aber wie kann das sein?« Die Sehnen in Liams Hals stehen hervor. »Ist es wegen des roten Lichts? Stört es die Sauerstoffproduktion der Pflanzen?«

»Lass uns weitergehen, während wir reden«, sage ich. Ich trete vor ihn und erkläre ihm: »Die Pflanzen haben noch nie den Großteil des Sauerstoffs erzeugt. Es gibt Maschinen, die das tun.«

Liam folgt mir, aber sein Gang ist unsicher und seine Atmung wird schwerer. »Jeder weiß, dass die Pflanzen den Sauerstoff produzieren –«

»Genau.« Ich kann den Sarkasmus in meiner Stimme nicht unterdrücken. »Genauso wie jeder weiß, dass der Himmel niemals rot ist.« Ich schaue zur bildschirmartigen Kuppel hoch. »So wie jeder weiß, dass wir uns auf der Erde befinden, in einem Paradies, in dem nichts schieflaufen kann.«

Liam schaut mich verwirrt an und sagt: »Okay, angenommen, Maschinen arbeiten daran. Warum wird es so schnell schwieriger, zu atmen?«

»Das weiß ich nicht mit Sicherheit.« Zum millionsten Mal hoffe ich, dass Phoe sich mit einer wissenschaftlichen Erklärung zu Wort melden wird, aber sie schweigt weiterhin. »Es könnte an dem Teil mit dem Stickstoff liegen«, schwindele ich, während ich einen Schauer durch die Kälte, die in meine Haut eindringt, unterdrücke. »Ich habe gelesen, dass zu viel Stickstoff in der Luft zum Ersticken führen und außerdem den Sauerstoff aus der Luft verdrängen kann. Wenn es nicht der Stickstoff ist, laufen die Maschinen vielleicht nicht so, wie sie sollten. Es ist nicht schwierig, keinen Sauerstoff mehr zu haben, wenn die Produktion sich verlangsamt oder stehenbleibt, weil wir ihn alle beim Atmen aufbrauchen. Da die Luft nicht von außerhalb der Kuppel kommen kann …«

»Was ist mit diesem thermostatischen … wie heißt das nochmal?«, fragt Liam, nachdem er einige Schritte lang zu Luft kommen musste. »Worum ging es dabei?«

»Ist dir nicht aufgefallen, wie kalt es ist?«, meine ich und reibe mit meinen Händen über meine nackten Arme.

Liam betrachtet die Gänsehaut auf seinen eigenen Armen. »Ich dachte, das sei wegen der fehlenden Bekleidung und der Tatsache, dass es mitten in der

Nacht ist. Zumindest nehme ich an, dass gerade Nacht ist. Weißt du denn ungefähr, wie spät es ist?«

»Nein, keine Ahnung«, antworte ich. Die Luft, die ich ausatme, sieht aus wie Rauch, oder genauer gesagt Dampf. So sah der Atem der Vorfahren aus, wenn sie im Winter draußen umhergingen. Im wirklichen Leben habe ich so etwas noch nie gesehen.

Liam schiebt sich seine Hände in seine Achselhöhlen. »Also, was wird mit uns geschehen? Was wird mit allen geschehen?«

»Ich bin mir nicht sicher.« Ich versuche, nicht mit meinen Zähnen zu klappern.

»Wohin gehen wir dann? Warum folgen wir dem Wächter?«

Als hätte Albert darauf gewartet, dass Liam diese Frage stellt, verschwindet er genau in diesem Moment im Wald.

Ich gehe schneller. »Wenn wir rennen, bleiben wir warm«, erkläre ich Liam, als er mich fragend anblickt. »Außerdem könnte es im Wald wegen der ganzen Bäume mehr Sauerstoff geben.«

Ohne sich darüber zu beschweren, dass ich seine Frage nicht beantwortet habe, rennt mir Liam hinterher. Als wir die Baumgrenze erreichen, hört sich sein Atmen wie eine kaputte Dampflok an.

Der Wald sieht unter dem roten Licht angsteinflößend schwarz aus und erinnert mich an den bösen, magischen Wald aus den Märchen. Ich erwarte, dass Liam etwas dazu sagt, aber das tut er nicht – kein gutes Zeichen.

Nach etwa anderthalb Kilometern im Wald bleibt Liam stehen, und ich kann sehen, dass er mich gleich fragen wird, warum wir Albert folgen und wohin wir gehen. Damit er seinen Sauerstoff spart, erkläre ich ihm: »Der Wächter ist nicht wirklich unser Ziel. Er könnte etwas wissen, aber der Ort, an den wir wirklich gehen müssen, ist das Gebiet der Betagten. Sie könnten einige Antworten haben.«

Liam atmet einige Male schwer ein und aus, bevor er fragt: »Aber wie sollen wir durch die Barriere kommen?«

»Gehen wir weiter«, meine ich und ergreife seinen eiskalten Arm. »Ich hoffe, dass wenn wir den Wächter einholen, er dich hindurchlassen kann.«

Ich sage Liam nicht, dass auch dann eine gute Chance besteht, die Barriere zu durchqueren, wenn wir Albert nicht einholen, allein deshalb, weil er in meiner Begleitung ist. Dank Phoes Hacken am Tag der Geburten, seitdem das System denkt, ich sei einer der Betagten, habe ich Zugang zu allen Gebieten Oasis'.

Der Geruch des Kiefernwaldes, oder vielleicht der Sauerstoff, den er produziert, gibt mir neue Kraft, aber ich kann nicht das Gleiche von Liam behaupten. Aus seinem relativ schnellen Rennen wird ein langsameres Laufen, bevor wir einfach nur noch gehen. Zu dem Zeitpunkt, an dem wir das Ende des Waldes erreichen, kann er sich kaum noch voranschleppen.

Als wir hinaustreten, überrascht es mich nicht, dass die schimmernden Barrieren fehlen. Da sie Teil der erweiterten Realität waren, und die Bildschirme, Bäume und anderen Dinge, die auf dieselbe Weise erschaffen wurden, ebenfalls verschwunden sind, ist es nur logisch – wenn man mit logisch komplett chaotisch meint –, dass die Barriere auch nicht mehr da ist. Außerdem hat Liam die Schwelle, an der die Angst ihn überkommen haben sollte, problemlos überschritten, also dachte ich mir schon, dass etwas mit der Barriere nicht stimmen würde.

Liam schleppt sich bis in die Mitte der Lichtung. Als er den Wald auf der Seite der Erwachsenen sieht, wirft er mir einen verzweifelten Blick zu.

»Noch ein Wald«, bestätige ich ihm. »Aber das bedeutet gleichzeitig mehr Sauerstoff.«

Liam sagt nichts. Er lässt die Schultern hängen und beginnt, sich mit dem gleichen Enthusiasmus fortzubewegen wie ein Mann, der dazu verurteilt wurde, ins Gefängnis zu gehen.

»Stütz dich auf mir ab«, sage ich und gehe zu ihm.

Liam protestiert nicht, sondern legt seinen rechten Arm gehorsam über meine Schultern. Sein zusätzliches Gewicht macht mich langsamer, aber ich bin dankbar für seine Körperwärme. Ich wünschte mir allerdings, ich könnte die Entfernung schneller hinter mich bringen.

Als wir den Wald im Erwachsenenteil erreichen, hebe ich für uns beide jeweils einen Stock zum Aufstützen auf. Unsere improvisierten Krücken helfen uns eine Weile, aber als wir das Ende einer kleinen Lichtung erreichen, lässt Liam den Stock fallen und lehnt sich verzweifelt nach Luft schnappend gegen eine riesige Kiefer.

Ich lasse ihn los und trete einen Schritt zurück, da ich nicht weiß, was ich tun soll. Dann habe ich eine Idee.

»Ich gehe vor und suche eine Scheibe«, sage ich halb zu mir und halb zu Liam. »Die Erwachsenen haben diese fliegenden Geräte. Du kannst dich auf eines setzen und –«

»Bitte«, keucht Liam. Sein Gesicht sieht unter dem roten Licht der Kuppel bläulich-lila aus. »Geh nicht. Lass mich nicht allein.«

»Natürlich nicht«, willige ich sofort ein. Diese Worte müssen meinen Freund eine Menge Sauerstoff gekostet haben.

Er nickt und atmet tief ein, immer wieder. Mit jedem Atemzug werden seine Augen größer, und sein Gesicht immer lilafarbener.

Mein Puls rast, als ich sehe, wie Liam nach seiner Kehle greift, genauso wie er es in unserem Schlafgebäude getan hatte. *Nein, bitte nicht.* Ich strecke mich hektisch nach ihm aus, aber es ist zu spät.

Mein Freund gleitet an dem riesigen Stamm des Baumes hinunter und fällt auf seine Knie.

Seine Augen und die Venen auf seiner Stirn stehen hervor, während er weiterhin seinen Hals umfasst. Er keucht einige Male mühsam, bevor er aufhört zu atmen.

»Liam!« Ich ergreife seinen Arm in dem Moment, in dem er auf den Boden fällt.

SIEBENTES KAPITEL

Mein Kopf sucht krampfhaft nach einem Plan, während ich mich neben meinen gefallenen Freund knie und die Wiederbelebungsmaßnahmen beginne.

»Phoe«, flüstere ich verzweifelt, und meine kalten Muskeln zucken unter meiner Haut, als ich auf Liams Brust drücke. »Phoe, bitte.«

Sie antwortet nicht.

Meine aufgeplatzten Lippen zittern, als ich Luft in seine Lungen pumpe, und ich habe den unlogischen Gedanken, dass sich so die Ahnen gefühlt haben müssen, wenn ihre Gebete nicht erfüllt wurden. Ich zittere am ganzen Körper, und meine Hände, Füße und meine Magengrube sind vereist, während ich die Beatmung und die Herzmassage durchführe.

Nichts.

Er reagiert nicht.

Zitternd kontrolliere ich seinen Puls.

Nichts. Der riesige Baum hat wahrscheinlich eher einen Herzschlag als er.

Ich balle meine Hände zu Fäusten und drücke auf seine Brust, einmal, zweimal, dreimal. Ich schlage ihn schon fast, aber nichts passiert. Mit jeder Sekunde, die vergeht, fühlt sich Liam definitiv kälter an.

Nein, nichts passiert.

»Ist das ein Traum? Ein IRES-Spiel?« Mein Schrei hört sich an wie das Heulen eines Wolfs. »Bitte, hol mich hier raus. Bitte, Phoe. Ich würde alles dafür tun.«

Als Antwort darauf leuchtet der rote Himmel leidenschaftslos.

Liam bewegt sich immer noch nicht, ist immer noch kalt.

Ich habe mich noch nie so machtlos, so überwältigt gefühlt.

Ich drücke meine Angst zur Seite und fahre mit meinen Wiederbelebungsmaßnahmen fort. Irgendwann spüre ich, wie Liams Rippen brechen. Die kalte Luft brennt in meiner Lunge, meine Arme sind steif und schmerzen, und meine Beine krampfen, aber ich kann nicht aufhören. Trotz der immer schlimmer werdenden Kälte fühle ich mich, als würde ich brennen. Mein Herz hämmert unregelmäßig, und eine Übelkeitswelle überkommt mich, aber ich schlucke die Galle, die in meinem Hals aufsteigt, hinunter und mache weiter.

Ein von mir losgelöster Teil sagt mir, dass ich den toten Körper meines Freundes schände, wenn ich fortfahre, dass ich das nicht für ihn, sondern für mich tue – dass ich Wiederbelebungsmaßnahmen durchführe, um mich nicht der noch kälteren Realität zu stellen – aber ich kann nicht aufhören.

Ich halte erst inne, als meine Arme diese repetitive Bewegung nicht mehr ausführen können.

Erst dann stelle ich mich unsicher hin. Zitternd betrachte ich Liam.

Das Grausamste an der Tatsache, dass die Systeme in Oasis versagen, ist, dass sich die Leichen nicht länger in ihre Moleküle auflösen, um von den Nanos wiederverwendet zu werden, wie das bei Mark und Jeremiah der Fall war. Liam bleibt genauso liegen wie Owen und Grace, kalt und leblos.

Jetzt verstehe ich, warum unsere Vorfahren ihre Toten begraben haben. Ich verspüre das gleiche Verlangen, aber ich weiß, dass es verrückt wäre. Der Boden ist steinhart, wie meine kalten Füße – in denen ich gerade sehr schnell mein Gefühl verliere – bestätigen können.

Eine Sekunde lang frage ich mich, ob ich mir Sorgen um Frostbeulen machen sollte, bevor ich diesen lächerlichen Gedanken fallen lasse. Wenn ich das, was gerade in Oasis vor sich geht, nicht irgendwie in den Griff bekommen kann, wird der Verlust einiger Zehen mein kleinstes Problem sein.

Wie betäubt verabschiede ich mich schweigend von Liam und gehe tiefer in den Bereich der Erwachsenen.

Auch wenn ich so getan habe, als hätte ich einen Plan, damit Liam die Hoffnung nicht verliert, weiß ich jetzt ganz sicher die Wahrheit: Ich wandere ziellos umher. Es besteht eine winzige Möglichkeit, dass die Erwachsenen etwas tun können, aber ich halte nicht erwartungsvoll meinen Atem an – zumindest nicht im übertragenen Sinne.

Die Kälte wird schlimmer. Ich fühle mich, als würde sich mein Knochenmark verfestigen, also tue ich das Einzige, was mir einfällt, um mich aufzuwärmen.

Ich renne.

Bewegung verschafft eine kleine Erleichterung. Das Durcheinander in meinem Kopf rückt wegen der Äste, die mir schmerzhaft ins Gesicht schlagen, in den Hintergrund. Als ich mich schneller bewege, breitet sich so etwas wie Wärme in meinem Körper aus, und ein Hauch von Taubheit kehrt in meine Füße zurück – was das intensivste Gefühl ist, das meine Füße seit einer ganzen Weile wahrgenommen haben.

Während ich renne, konzentriere ich mich auf etwas, was mir auf einer unbewussten Ebene durch den Kopf geht, seit ich aufgewacht bin: Was zur Hölle geht hier vor sich? Eine Art Virus hat Phoe und mich angegriffen. Die Computer der Vorfahren fingen sich andauernd Viren ein, aber könnte Phoe dadurch verletzt worden sein? Als die Ressourcen der Schiffscomputer für andere Dinge benutzt wurden, wie zum Beispiel das IRES-Spiel, war sie verletzt oder zumindest geschwächt. Wenn der Virus also Tonnen von Ressourcen verbrauchen würde, könnte Phoe eventuell lahmgelegt werden. Und wenn der Virus genügend ihrer Ressourcen durcheinanderbringen würde, könnte er die Funktionen außer Kraft setzen, die wir als gegeben hingenommen haben, wie die Sauerstoffproduktion des Schiffes. Das scheint plausibel zu sein, zumindest, wenn ich die größte Frage außer Acht lasse: Woher sollte ein Virus kommen?

Alberts Anblick unterbricht meine Spekulationen.

Er liegt etwa einen Meter vom Waldrand entfernt auf dem Boden, bewegungslos.

Ich lasse die Bäume hinter mir, als ich zu dem Beschützer eile und nach seinem Puls suche. Ich finde keinen. Ich habe noch nie so etwas Kaltes berührt wie Alberts Hals, und sein Körper ist mit Frost überzogen, der durch die Lichter der Kuppel rot leuchtet.

Ich hatte geglaubt, dass meine Fähigkeit, Trauer zu spüren, mit Liams Tod aufgebraucht worden sei, aber eine Lawine von Gefühlen überrollt mich erneut. Ich kannte Albert nicht besonders gut, aber er schien ein guter Mann zu sein, eine Art –

Nein.

Unter Anstrengungen reiße ich mich zusammen. Wenn ich mich darauf einlasse, werde ich neben ihn fallen und darauf warten, zu sterben, und das wird nicht passieren.

Eine makabere Idee macht sich in meinem Kopf breit, und ich setze sie in die Tat um, bevor ich es mir anders überlegen kann.

Ich nehme mir Alberts Schuhe und ziehe sie über die gefrorenen Blöcke, die einmal meine Füße gewesen waren. Danach streife ich mir seine Hose, das Oberteil seines Anzugs und seine Handschuhe über.

Als ich damit fertig bin, ist mir noch kälter, aber der rationale Teil meines Gehirns sagt mir, dass das meine Einbildung ist. Ich löse meine Augen von dieser weiteren Leiche – die wegen ihrer Nacktheit ein besonders trauriger Anblick ist – und beginne zu rennen.

Es dauert nicht lange, bis sich meine schlimmsten Befürchtungen bestätigen. Überall liegen die Leichen der Erwachsenen.

»Bitte, lass es nur in den Randgebieten so sein«, murmele ich vor mich hin, während ich auf das nächste Gebäude zuhalte.

Selbst aus weiter Entfernung kann ich Menschen auf dem Boden liegen sehen. Hunderte und Aberhunderte von ihnen. Als ich nahe genug bin, erkenne ich, dass sie wirklich tot sind, da sie alle die gleichen Merkmale eines Erstickungstodes aufweisen.

Zitternd wende ich mich dem größeren Gebäude in etwa hundert Metern Entfernung zu.

Dort sieht es genauso trostlos aus. Die toten Erwachsenen sehen genauso mitgenommen aus, wie das bei den Jugendlichen der Fall war: keine Schuhe, minimale Bekleidung und entsetzte Gesichter.

Ich finde ein weiteres Massengrab neben dem größten Gebäude.

Als ich durch die toten Erwachsenen wandere, sehe ich einige Menschen, die ich kenne. Rechts von mir liegt Lehrerin Filomena, eingefroren in einer Umarmung mit Lehrer George. Ich erblicke weitere Lehrer der Schule und einige Männer und Frauen, die ich im Laufe der Jahre auf den Feiern der Geburten gesehen habe.

Ich habe genug davon und beeile mich, aus der Nähe der Gebäude – Orte, an denen sich die Leichen häufen – zu verschwinden. Ich kann den Tod nicht mehr sehen.

Ich laufe in Richtung des Weges, der sich am weitesten von allen Bauwerken entfernt befindet, und während ich renne, vermindert sich die Anzahl der herumliegenden Leichen – aber selbst diese sind noch zu viele.

Die Kälte scheint sich zu verschlimmern. Meine Ohren fühlen sich tatsächlich gefroren an. Ich denke, dass meine Ohrläppchen abbrechen würden, wenn jemand jetzt daran zöge. Ich bleibe stehen, schnappe mir die Schlafbekleidung einer unbekannten, älter aussehenden Frau und wickele sie mir um meinen Kopf, bevor ich weiterlaufe.

Die Hoffnung, an der ich mich festklammere, ist jetzt noch schwächer als zuvor. Sie baut auf der vagen Annahme auf, dass vielleicht die Betagten als selbsternannte Herrscher unserer Welt wissen, was gerade vor sich geht.

Ich versuche, mich an den genauen Standort des Gebäudes zu erinnern, in dem die Ratsversammlungen abgehalten werden, während ich auf den Wald zuhalte, der das Gebiet der Erwachsenen von dem der Betagten trennt.

* * *

Die erste Leiche sehe ich fast augenblicklich, als ich das Territorium der Betagten betrete. Der dünne, alte Mann muss sich auf dem Weg zum Bereich der Erwachsenen befunden haben. Vielleicht dachte er, dass es im Wald mehr Sauerstoff geben würde, oder vielleicht ist er genau wie ich in seiner Verzweiflung einfach ziellos umhergewandert.

Ich war noch nie so müde und mir war noch nie so kalt. Ich kann mich gar nicht mehr an eine Zeit erinnern, zu der ich nicht gerannt bin, nicht gefroren habe und mich nicht so gefühlt habe, als würde ich gleich sterben.

Es gab keine Barriere zum Bereich der Betagten, und es gibt auch keine Anzeichen dafür, dass den Betagten das Schicksal der Ältesten erspart worden ist. Alle Jugendlichen, die ich hinter mir gelassen habe – selbst die kleinen Kinder – müssen jetzt auch bereits von uns gegangen sein.

Jeder, den ich kannte, ist tot.

Stur halte ich auf das Gebäude des Rats zu. Ich nehme an, dass es sich dabei um dasselbe handelt, das Phoe und ich verlassen haben, nachdem Jeremiah mich fast getötet hätte.

Rund um die anderen Gebäude sieht alles erschreckend wie in den anderen Bereichen aus. Ich kann mir vorstellen, was geschehen ist: Zuerst ging der Alarm zufällig in verschiedenen Gebäuden los, genauso wie im Bereich der Jugendlichen; daraufhin rannten alle nach draußen, wo noch mehr Alarme losgingen, und sie irgendwann erstickten.

Hier und da liegen tote Wächter. Einige tragen immer noch ihre Helme, während andere, wie Albert, ihre abgenommen haben. Keiner von ihnen lebt.

Je näher ich meinem Ziel komme, desto mehr Leichen gibt es. Bald bleibt mir nichts anderes übrig, als auf die Toten zu steigen, und das tue ich auch, obwohl ich alle paar Schritte trocken würgen muss.

»Gravitationssimulation ausgefallen«, sagt Phoes Himmelsstimme, und ich bemerke, dass ich mich so sehr an ihre Warnungen gewöhnt habe, dass ich nicht mehr zugehört habe. Bevor ich die Bedeutung dieser neuen Durchsage begreifen kann, beginne ich zu fallen.

Einen Moment später verstehe ich, dass ich nicht wirklich falle. Ich schwebe.

Genauso wie die ganzen Leichen um mich herum.

Sie alle treiben in der Luft und formen ein Bild, das man nur in einem surrealen Gemälde eines Künstlers erwarten würde, dessen Gehirn durch eine Quecksilbervergiftung angegriffen wurde.

Ich strampele einige Minuten lang mit meinen Armen und Beinen, aber es ist sinnlos. Das Einzige, was ich erreiche, ist, dass sich meine gefrorenen Gliedmaßen leicht erwärmen.

Trotzdem zieht mich etwas zu diesem Gebäude. Ich weiß nicht, was es ist. Vielleicht hoffe ich, ein neonfarbenes Zeichen mit der Aufschrift »Tor« zu entdecken, oder vielleicht hoffe ich, auf die Ratsmitglieder zu stoßen und sie sagen zu hören: »Das war eine hübsche Zusammenstellung moralischer Dilemmata. Du kannst den Test jetzt verlassen.«

Vielleicht möchte ich herausfinden, ob sie das Chaos ausgelöst haben, und sollte das der Fall sein, möchte ich sie einen nach dem anderen erwürgen, bevor ich wie die restlichen Bewohner Oasis sterbe.

Durch Ausprobieren lerne ich, dass, wenn ich eine tote Person in eine Richtung schiebe, ich selbst in die entgegengesetzte gedrückt werde, weshalb ich die Toten auf eine neue Weise entehre. Anstatt mir ihre

Bekleidung anzueignen, benutze ich sie, um mich fortzubewegen.

Ich fliege einen gefühlten Tag durch diese kranke Leichenhalle. Als ich den nächsten Körper ergreife, erkenne ich das Gesicht dieser Person wieder.

Es handelt sich um Fiona, die derzeitige Vorsitzende des Rats und die Hüterin der Information.

Mittlerweile bin ich schon zu betäubt, um noch irgendetwas zu fühlen. Ja, diese Frau war nett zu mir, und auf ihre Leiche zu stoßen, hat meine letzten Hoffnungen zerstört, aber das interessiert mich nicht mehr.

Mir ist zu kalt. Ich bin zu müde.

Tränen sind auf meinem Gesicht vereist.

Ich schiebe Fiona weg und lasse mich zu einer großen Ansammlung von Körpern treiben. Als ich dort ankomme, vergrabe ich mich im Zentrum des Rudels und hoffe, dass mich das vor der Kälte schützen wird.

Dann schließe ich meine Augen und schwebe.

Meine Höhenangst ist verschwunden. Ich genieße dieses Gefühl der Schwerelosigkeit sogar.

Ich frage mich, wie es sich anfühlen wird, zu sterben. Wird es so sein wie das eine Mal, als ich in dem IRIS-Spiel in den Ozean aus Goo gefallen bin? Ich nehme an, dass es darauf ankommt, wie ich sterben werde. Ersticken scheint ein entsetzlicher Tod zu sein, aber ich denke, meine Chancen, zu erfrieren, sind höher. Ich habe gelesen, dass man einfach einschläft, wenn man erfriert, und niemals wieder aufwacht, was sich nicht sehr beängstigend anhört.

Ich treibe noch eine Weile, bevor mir auffällt, dass der Schmerz durch die Kälte verschwunden   ist – eines der letzten Stadien der Unterkühlung.

Es fällt mir schwerer, zu denken. Mit jedem Moment, der vergeht, fühle ich mich mehr und mehr wie ein körperloses Gehirn, das in einem Reich purer Gedanken schwebt.

Die einzige Empfindung, die ich verspüre, ist Müdigkeit.

Alles, was ich möchte, ist schlafen.

Ein Teil von mir weiß, dass ich gegen diese Schläfrigkeit ankämpfen sollte. Wenn ich einschlafe, wird das mein Ende bedeuten. Aber es fällt mir schwer, mir darüber Sorgen zu machen.

Wenigstens werde ich im Schlaf sterben.

Ich höre auf, dagegen anzukämpfen.

Ich lasse mein Bewusstsein ziehen und schlafe ein.

* * *

Ich wache auf, weil ich nach Luft schnappe. Ein hektisches Keuchen später erinnere ich mich daran, dass ich nicht gedacht hatte, noch einmal aufzuwachen – dass ich sogar gehofft hatte, es nicht zu tun.

Das ist keine Erleichterung, ganz im Gegenteil. Ich habe lediglich einen weniger schlimmen Tod gegen einen entsetzlicheren getauscht.

Nur einen Augenblick lang erlaube ich mir selbst eine Fantasie, eine, in der alles das, was passiert ist, nichts weiter als ein erschreckender Traum war. Ich stelle mir vor, hyperventilierend in meinem Bett aufzuwachen, weil ich einen Albtraum hatte.

Schwierigkeiten mit dem Atmen zu haben, weil ich gestresst bin.

Als ich mich umsehe, weiß ich allerdings, dass das eine Lüge ist.

Ich bin immer noch ein menschlicher Eiszapfen. Ich schwebe immer noch inmitten einer Wolke aus Leichen von Betagten.

Die Kälte hat mich in den Schlaf gelullt, aber hatte keine Zeit, mich zu töten.

Kalter Schweiß gefriert auf meiner Haut, und mein Herz dröhnt in meinen Ohren, als ich darum kämpfe, Luft in meine schreiende Lunge zu ziehen.

Der ganze Sauerstoff muss aufgebraucht sein. So effizient die Respirozyten auch sind, wenn sie keine Luft mehr transportieren können, sind sie nutzlos.

Mein Körper kämpft instinktiv um mehr Sauerstoff. Meine Halsmuskulatur krampft, und mein Zwerchfell fühlt sich an, als könnte es jeden Moment reißen.

Nach Hilfe zu schreien funktioniert nicht, also rufe ich in Gedanken nach Phoe – wahrscheinlich zum letzten Mal. Sie antwortet nicht.

Mein krampfhaftes Strampeln lässt die Leichen in alle Richtungen fliegen.

Ich greife mir an meinen geschwollenen Hals. Meine Augen fühlen sich an, als würden sie gleich aus meinem Kopf fallen. Schwäche überkommt mich. Mein Gehirn scheint keinen Sauerstoff mehr zu haben. Mein Puls wird langsamer, während Ereignisse aus meinem Leben an mir vorbeiziehen.

Mein Herz bleibt stehen, und die Röte, die mich umgeben hatte, wird zu einem Tunnel aus weißem Licht.

Ich sterbe.

ACHTES KAPITEL

Ich treibe an der Schwelle des Bewusstseins wie ein körperloser Geist.

Dadurch, dass ich gestorben bin, wirklich gestorben bin, ist jede Form des Bewusstseins, selbst ein flüchtiges, eine gute Entwicklung, auch wenn ich nicht verstehe, wie sie zustande gekommen ist.

Ich denke über meine Existenz nach. Für wie lange weiß ich nicht, da ich kein Zeitgefühl besitze.

Bin ich ein Geist? Eine übernatürliche Erscheinung? Eine Seele?

Hatten die Ahnen recht, als sie sich diese fantastischen Konzepte ausgedacht haben?

Meine Erinnerungen sind verschwommen. Ich erinnere mich nicht daran, wer ich bin, warum ich hier bin, oder wo »hier« ist. Ist Gedächtnisverlust Teil des Lebens nach dem Tod? Ein Weg, um sicherzustellen, dass ich das, was ich zurückgelassen habe, nicht vermissen werde? Die einzige konkrete und unerschütterliche Erinnerung, die ich habe, ist das Wissen, dass ich tot bin. Ich bin außerdem überzeugt davon, dass ich einige wichtige Entscheidungen treffen muss.

Ja. Auch wenn alles andere noch verschwommen ist, sind diese Entscheidungen, die ich zu treffen habe, wie Inseln der Klarheit. Die erste Entscheidung ist, wie meine Flügel aussehen sollten.

Bevor ich das in Frage stelle – so wie man es bei einem unlogischen Traum tun würde –, überkommen mich Bilder von unzähligen verschiedenen Flügeln, was aus vielen Gründen eigenartig ist, aber hauptsächlich deshalb, weil ich keine Augen habe. Aber auch ohne etwas sehen zu können, erblicke ich alle diese Flügel in ihrer ganzen Vielfalt und Schönheit.

Altertümliche Legenden steigen erneut in meinem Kopf auf. Ist das das Paradies? Werde ich mich gleich in einen der geflügelten Engel mit einem Heiligenschein über meinem Kopf verwandeln? Brauche ich deshalb Flügel?

So als hätte sie meine Theorie angespornt, breiten sich Bilder unzähliger stereotyper Engelsflügel in meinem Kopf aus, jeder eine Variation dieses Anhangs aus Taubenfedern, allerdings in verschiedenen Weißtönen.

Ich muss eine Auswahl unter Millionen treffen.

Andere Möglichkeiten erscheinen vor meinem inneren Auge: Drachenflügel, Hummelflügel, Fledermausflügel, unzählige Reihen von Insekten-, Vogel-, Reptilien- und fliegenden Säugetierflügeln. Es gibt sogar eine Auswahl an flügelartigen Flossen, die denen eines Stachelrochens ähneln. Ohne zu wissen, warum, weiß ich, dass, wenn ich mich auf einen spezifischen Flügeltyp konzentriere, mir im nächsten Schritt dieses Auswahlprozesses unzählige Variationen dieser Form vorgestellt werden, so ähnlich wie am Anfang die Flügel mit dem Engelsthema erschienen.

Einige Vorschläge haben ihren Ursprung nicht in der Realität. Zum Beispiel gibt es eine Unzahl an abstrakten Formen, die ich faszinierend finde. Als Antwort auf mein Interesse präsentiert sich mir eine unvorstellbar große Auswahl dieser surrealen Flügel.

Ich weiß nicht, wie lange ich brauche, um mich zu entscheiden, aber letztendlich wähle ich ein Paar Flügel, die wirken, als seien sie aus Feuerfäden gewebt und in eigenartigen mathematischen Mustern angeordnet worden. Sie sehen aus, als habe jemand diese fraktalen Musikvisualisierungen mitten im Muster eingefroren.

Mein benebeltes Gehirn findet irgendetwas daran leicht amüsant; meine neuen Flügel sind das genaue Gegenteil des Designs, mit dem ich angefangen hatte. Sie sehen wie eine abstrakte Version der Flügel eines Feuerdämons aus.

Eigentlich erinnern mich diese Flügel auch an diesen Feuervogel aus den altertümlichen Legenden, eine Kreatur, die Phönix genannt wurde. Der Gedanke daran löst ein Gefühl in mir aus, das ich nicht wirklich einordnen kann, also lasse ich mich einfach, ohne nachzudenken, treiben, bis mir auffällt, dass ich noch weitere Entscheidungen zu treffen habe.

Die nächste ist viel einfacher. Ich muss mir aussuchen, wie ich aussehen möchte.

Mir werden alle Versionen eines menschlichen Gesichts angeboten: einige jüngere, einige ältere, einige hübsche, und einige umwerfend schöne. Ein Teil von ihnen ist männlicher, während andere leicht weiblich sind. Jeder Gesichtstyp bietet außerdem eine breite Auswahl an Details, so wie Augen, die jede mögliche Farbe, Form und Größe besitzen können.

Ich werde aber sofort von einer bestimmten Art von Gesicht angezogen.

Als ich meine metaphysischen Augen auf diese Gruppe lege, entscheide ich mich fast augenblicklich für ein Gesicht. Meine Auswahl wird von schmerzhafter Vertrautheit geleitet. Irgendetwas an diesen schönen Gesichtszügen, den blauen Augen, dem blonden Haar und dem neugierigen Blick berühren etwas Vergessenes in mir.

Den Körper wähle ich genauso schnell, obwohl die Auswahl hier genauso vielfältig ist.

Ein Gefühl von Vollständigkeit breitet sich in meinem schwerfälligen Kopf aus. Es gibt weitere Dinge, die ich auswählen kann, aber sie sind optional und können später angepasst werden. Trotzdem entscheide ich fast automatisch, dass ich, ja, Kleidung tragen möchte, um genau zu sein eine Hose, und, ja, auch gerne Waffen haben möchte. Feurige Schwerter würden gut zu meinen Flügeln passen, also entscheide ich mich für zwei im Katana-Stil. Andere Merkmale werden zufällig für mich ausgewählt, wie der Klang meiner Stimme und mein Teint. Ich nehme diese Auswahl gerne an.

Dieser ganze Vorgang erinnert mich an den Beginn eines Videospiels, wo der Spieler zuerst seinen Charakter erschaffen muss, bevor er seine virtuelle Reise beginnen kann.

»Du weißt gar nicht, wie nahe du damit an der Wahrheit bist«, sagt eine vertraute weibliche Stimme in meinem Kopf. »Ich wünschte, du hättest dich nicht so –«

Ich bekomme nicht die Möglichkeit, in diesem Moment herauszufinden, wer in meinen Kopf gesprochen hat oder wie oder warum sie sprach, weil der Auswahlprozess jetzt offiziell beendet ist und ich spüre, wie ich woandershin gezogen werde, und auf dem Weg dorthin meine Erinnerungen zurückbekomme und wieder eins mit mir werde.

* * *

Ich komme mit einem gewaltigen Erschaudern zu mir. Ich erinnere mich daran, dass ich das letzte Mal eingeschlafen bin, weil ich gerade erfror. Irgendwie scheint das allerdings nicht passiert zu sein, da ich ja wach bin.

Anstatt bei Temperaturen unter null Grad umgeben von einem Haufen gefrorener Leichen in Oasis zu schweben, stehe ich an einem warmen, offenen Ort und bin umgeben von wunderschönen Menschen mit Flügeln, die mit melodiösen Stimmen aus einer anderen Welt miteinander reden.

Irgendetwas nagt an meinem Unterbewusstsein. Zwischen dem Erfrieren und diesem Ort hatte ich eine traumartige Erfahrung. In ihr habe ich mich selbst in eine dieser Figuren verwandelt – mit Flügeln und allem.

Ich erinnere mich an meine Theorien, dass das hier eine Art Leben nach dem Tod ist, und diese Gedanken scheinen nicht so dumm zu sein, wie sie in meinem Traumzustand wirkten. Aber diese Menschen sind keine Engel. Ich habe bereits ähnliche Kreaturen gesehen: Die beiden Gesandten – derjenige, der mit

Jeremiah gesprochen hat, als der alte Mann noch lebte, und Jeremiah selbst, nachdem er gestorben war und der neue Gesandte wurde.

Würden Räume wie dieser im Leben nach dem Tod existieren? Ich nehme an, dass das möglich ist. Der Ort erinnert mich an eine Kathedrale, obwohl das Wort einen religiösen Beiklang hat, auch wenn er einem altertümlichen Museum noch ähnlicher sieht. Die Decken sind mindestens dreißig Meter hoch, und die Entfernung von einer Wand zur anderen wahrscheinlich das Doppelte. Riesige Spiegel bedecken alle Oberflächen und geben dem Raum ein weites, offenes Erscheinungsbild, während sie gleichzeitig die geflügelten Menschen zeigen, die hier umhergehen und -fliegen.

Ich ignoriere diese Wesen um mich herum und gehe zum nächstgelegenen Spiegel. Das ist der Moment, in dem ich, ohne dass es mich sehr überrascht, feststelle, dass meine traumartige Flügelauswahl real war.

Real im Sinne von: Meine Flügel sind echt.

Und sie sind an meinem Rücken angewachsen.

Abgesehen von den Flügeln ist auch mein Gesicht ein wenig anders, als ich es in meinen Erinnerungen habe. Es sieht aus, als hätte es jemand aus Marmor gefertigt und alle Makel und Unregelmäßigkeiten wegpoliert. Mein Spiegelbild sieht ein wenig älter und größer aus als vorher, und mein nackter Oberkörper ist deutlich muskulöser. Was alles übertrifft, ist die Tatsache, dass ich irgendwie leuchte – nicht so hell wie einige der anderen im Raum, aber schon sichtbar. Ich erinnere mich vage daran, dass das eine meiner Entscheidungen in diesem traumartigen Zustand war.

»Dass du dich für dein eigenes Gesicht entschieden hast, ist ein Problem«, meint Phoe als Stimme in meinem Kopf. »Ich habe versucht, während der Entscheidungsphase mit dir zu reden, aber als ich endlich zu dir durchdringen konnte, war es bereits zu spät. Allerdings hast du sehr hübsche Flügel.«

Jetzt erinnere ich mich wieder daran, dass sie am Ende der Auswahlphase etwas zu mir gesagt hat, aber in jenem Moment wusste ich nicht, wer sie war. Auf einmal erinnere ich mich auch an den wichtigsten Teil: dass sie während jener verhängnisvollen Stunden, in denen alle um mich herum gestorben sind, nicht mit mir gesprochen hat. Entsetzliche Erinnerungen überschwemmen meinen Kopf und ich schreie laut heraus: »Phoe! Wo zur Hölle bist du gewesen? Wo bin ich, verdammt nochmal? Was soll der Scheiß –«

»Ich weiß, dass Sterben verwirrend sein kann«, sagt eine melodiöse weibliche Stimme hinter mir – eine Stimme, die sich überhaupt nicht wie Phoe anhört. »Aber musst du diese Worte vor deinen Ebenbürtigen benutzen? Ich hätte nicht erwartet, das abscheuliche Sch-Wort jemals im Paradies zu hören.«

Alles fügt sich zusammen, als sie das Paradies erwähnt, aber ich habe keine Zeit, darüber nachzudenken, weil mein Blick gerade auf eine geflügelte, fast nackte Frau von einer solchen Schönheit fällt, dass ich nichts weiter tun kann, als sie mit offenem Mund bewundernd anzustarren.

»Hör auf, Fiona so anzustarren«, meint Phoe mit einer mehr als nur ein wenig eifersüchtigen Stimme. »Gib ihr nicht die Gelegenheit, zu begreifen, dass du keiner der –«

»Wer bist du?«, fragt die Frau – Fiona. »Du bist kein Ratsmitglied.«

Mein Mund schließt sich abrupt. Das ist Fiona, die letzte Hüterin der Information. Sie ist außerdem die Leiche der alten Frau, die ich gesehen habe, bevor ich starb.

»Vielleicht ist er einer der Ahnen«, mischt sich eine männliche Stimme ein. »Vielleicht haben sie sich endlich dazu entschlossen, uns zu erklären, was wir hier tun. Was ist in Oasis geschehen? Warum sind wir alle gestorben? Warum –«

»Beruhige dich, Vincent«, sagt Fiona, und ihre sanfte Stimme hört sich genauso an wie die beruhigenden Töne einer Harfe. »Lass den Mann zu Wort kommen.«

»Ich, äh …« Meine Stimme hört sich auch anders an, so ähnlich wie eine Trompete. »Ich –«

»Du bist der Letzte, der aufgestiegen ist. Es gibt jetzt dreizehn von uns. Du musst das letzte Ratsmitglied sein, aber ich erkenne dein Gesicht nicht wieder«, meint Vincent und verengt seine großen Augen. »Beginne damit, wie du heißt und wie du hierhergekommen bist.«

»Nenne ihm nicht deinen richtigen Namen«, befiehlt Phoe in meinem Kopf. »Es ist schlimm genug, dass du dich dafür entschieden hast, wie dein gut aussehendes – und wiedererkennbares – Ich auszusehen.«

»Was soll ich dann sagen?«, frage ich in Gedanken und wünschte mir, ich hätte die Zeit, ihr stattdessen eine Million anderer Fragen zu stellen.

»Sag, du bist –«

Phoe beendet ihren Gedanken nicht, weil sich die große Tür der Kathedrale öffnet, und helles Licht in den großen Raum scheint.

»Na endlich«, bemerkt Vincent und bewegt sich auf die Tür zu.

Alle anderen folgen Vincent zum Eingang, wodurch ein Teil des Lichtes, das von draußen hineinfällt, nicht mehr in den Raum gelangen kann.

»Flieg nach oben«, denkt Phoe zu mir. »Jetzt.«

»Wie fliege ich?«, frage ich sie.

»Deine Flügel zu benutzen könnte ein guter Anfang sein«, antwortet Phoe. »Ich bezweifle, dass es hilft, an etwas Schönes zu denken, aber wenn du möchtest, kannst du das natürlich gerne versuchen – solange du dabei mit den Flügeln schlägst.«

»Aber wie –«

»Tu es einfach. Tu so, als wüsstest du, wie«, sagt Phoe. »Sie sind bereits drin.«

Meine Flügel zum ersten Mal zu benutzen ist eines der eigenartigsten Gefühle, das ich jemals verspürt habe. Es ist, als sei mir ein zusätzliches Paar Arme gewachsen und als müsse ich lernen, wie ich sie unabhängig von meinen ursprünglichen Armen benutze. Mit zusätzlichen Armen hätte ich wenigstens eine Art Anhaltspunkt, aber meine Flügel sind mir völlig fremd. Trotzdem breite ich meine Feuerflügel problemlos aus, so als hätte ich schon immer gewusst, wie, und schieße nach oben.

Mit einem kräftigen Flügelschlag nach unten fliege ich zur Decke und ziehe einen Schweif Glut und flimmernde Hitze hinter mir her.

»Deine Flügel sehen nicht nur so aus, als bestünden sie aus Feuer«, erklärt mir Phoe. »Sie wirken sich auch so auf deine Umgebung aus –«

Ich fliege höher, und vor lauter Angst verpasse ich den Rest ihrer Erklärungen. Es scheint, als hätten meine neuen Flügel keine positiven Auswirkungen auf meine Höhenangst.

»Ja, deine Höhenangst ist jetzt noch unlogischer«, meint Phoe und versucht – vergeblich –, mich zu beruhigen. »Geflügelte Wesen sollten keine –«

Ein großer, muskulöser Mann mit riesigen drachenartigen Flügeln betritt die Kathedrale mit einer Gefolgschaft aus ähnlich kräftigen Artgenossen.

»Liebe Neuankömmlinge«, sagt er, und seine Stimme dröhnt wie eine Kriegstrommel. »Ich bin Brandon.«

Er macht eine Pause, so als sei er jemand, der daran gewöhnt ist, dass sein Name bekannt ist und respektiert wird. Aber ich habe noch nie von ihm gehört, und es sieht auch nicht so aus, als sei das bei den anderen der Fall.

Unbeeindruckt fährt er fort. »Ich bin traurig, euch mitteilen zu müssen, dass ihr euch nicht der Gesellschaft im Paradies anschließen werdet. Unser Feind könnte euch kontaminiert haben, und euch aus der Quarantäne in der Kathedrale zu entlassen ist ein Risiko, das ich nicht eingehen möchte. Es tut mir wirklich leid. Ihr werdet zurück in den Limbus gebracht werden. Ich bin mir sicher, dass wir uns unter günstigeren Umständen wiedersehen werden.«

Sein Blick ist traurig, als er sich in der Kathedrale umschaut. Mit kaum verborgenem Bedauern macht er eine Geste mit beiden Händen, so als hielte er einen Baseballschläger.

Ein großer, mittelalterlicher Zweihänder erscheint in seinen Händen. Das Schwert hat eine bläuliche Farbe, und seine scharfe Schneide glänzt im hellen

Licht der Kronleuchter. Ohne ein weiteres Wort schwingt er sein Schwert und trennt die Köpfe der beiden Ratsmitglieder ab, die ihm am nächsten stehen.

Alles verlangsamt sich.

Meine Flügel fühlen sich schwach an, und ich frage mich, ob ich gleich zu Boden stürzen werde.

Die abgetrennten Köpfe beginnen zu fallen.

NEUNTES KAPITEL

Die Köpfe kommen nie auf dem aufwendigen Mosaikboden auf, genauso wenig wie die kopflosen Körper.

Stattdessen verändern die Köpfe und Körper ihre Form. Im Moment sehen sie so aus, als seien sie in Vierecke unterteilt worden, so dass sie mich an die verpixelten Bilder erinnern, die ich in den Archiven gesehen habe. Es ist, als hätten sich die Körper in Bilder aus winzigen Würfeln verwandelt. Dann leuchtet jeder der kleinen dreidimensionalen Komponenten auf und schrumpft in der Luft, bis nichts mehr übrig bleibt. Die Stelle, an der die beiden geflügelten Wesen bis vor einem Moment noch standen, ist jetzt leer. Es gibt dort weder Köpfe noch Körper.

»Sind sie tot?«, denke ich halb zu mir und halb zu Phoe.

»Sie sind zurück im Limbus, wo sie mit dem Rest von Oasis als Speicherauszug in der DMZ aufbewahrt werden«, antwortet Phoe. »Aber das sind Wortspaltereien, um die wir uns kümmern werden, sobald wir von hier verschwunden sind. Jetzt musst du dich erst einmal bewaffnen. Du musst deine Schwerter erscheinen lassen. Du kannst dich daran erinnern, dass du dir Schwerter ausgesucht hast, stimmt's? Rufe sie.«

Ich nehme ihre Worte wahr, aber verstehe ihre Bedeutung nicht, da in diesem Augenblick Fiona und Vincent schreien. Ich schaue auf sie hinunter, während ich in Deckennähe gleite, und sehe, dass sie vom Eingang der Kathedrale weglaufen.

Der Rest der Überlebenden schreit noch lauter auf, bevor er sich wie Kakerlaken in alle Richtungen verstreut.

Brandon jagt ihnen nicht hinterher. Mit einer würdevollen Haltung tritt er, gefolgt von einigen geflügelten Kriegern, weiter in den Raum hinein.

»Die Katanas, Theo«, schreit Phoe in meinem Kopf. »Du wirst sie brauchen. Breite deine Arme aus, so als würdest du nach zwei Schwertern greifen, und wünsche dir, sie seien da. Schnell!«

Ich nehme an, dass ich genügend Zeit mit Phoe verbracht habe, um daran gewöhnt zu sein, einfach das zu tun, was sie sagt. Ich breite meine Arme aus, öffne meine Hände und wünsche mir die Waffen herbei.

Zwei Schwerter materialisieren sich in meinen Händen. Sie sind leichter, als ich das von zwei Metallstücken gedacht hätte, aber Schwerter in der echten Welt hätten ja auch nicht das feurige Glühen, das diese beiden besitzen, was bedeutet, dass normale physikalische Gesetze hier keine Gültigkeit haben. Die Griffe fühlen sich in meinen Händen angenehm an, so als seien sie Verlängerungen meiner Arme.

»Sag den Ratsmitgliedern, dass sie sich ebenfalls bewaffnen sollen«, meint Phoe.

»Bewaffnet euch«, schreie ich den verängstigten Menschen unter mir zu.

Mein Befehl kommt zu spät für einen blassen, untersetzten Ratsherren, da ein bewaffneter Krieger ihn bereits köpft.

»Führt die Geste durch, um die Waffen herbeizurufen, die ihr auf dem Weg zu diesem Ort ausgewählt habt«, brülle ich. »Wünscht euch, dass sie in euren Händen erscheinen.«

Vincent – der dünne Ratsherr – schaut zu mir hoch und nickt. Er führt die Geste durch, um seine Waffe zu rufen, und eine fein gearbeitete Sense erscheint in seinen Händen. Mit ihr sieht er aus wie der Sensenmann. Sobald er sein neues Werkzeug bemerkt, schwingt Vincent das riesige Instrument zum Grasschneiden gegen seinen kräftigen Angreifer. Darauf war der geflügelte Kämpfer nicht vorbereitet. In einem Moment hat er einen unbewaffneten, pathetischen Vincent verfolgt, und im nächsten greift sein Opfer ihn an. Dieser kurze Augenblick des Zögerns kostet den Angreifer im wahrsten Sinne des Wortes den Kopf, und sein verstümmelter Körper verschwindet auf die gleiche pixelartige Weise wie die anderen Körper davor.

»Gute Arbeit, Vincent«, rufe ich. »Warte – Vorsicht!«

Vincents Kopf wird von seinem Körper abgetrennt, und als er sich in Luft auflöst, sehe ich, dass Brandon mit seinem riesigen Schwert hinter ihm stand.

»Gegen uns anzukämpfen ist sinnlos«, sagt er mit seiner trommelartigen Stimme. »Wir haben jahrhundertelang mit diesen Waffen trainiert, während ihr nicht einmal wusstet, dass ihr sie besitzen konntet – bis es euch jemand gesagt hat.« Er schaut mich drohend an, und seine Flügel bereiten sich auf das Fliegen vor.

Ich versuche, noch böser zu blicken als er. Er versucht, seine Umgebung durch psychologische Kriegsführung zu beherrschen, und ich werde nicht darauf hereinfallen. Aus dem Augenwinkel sehe ich Fiona. Sie nähert sich mit einem Degen in ihren schlanken Händen Brandons Rücken. Ihre Waffe sieht aus, als sei sie aus reinem Licht anstatt aus Metall gefertigt.

»Zum Ausgang«, befiehlt mir Phoe, als ich gerade denke: »Wir müssen ihr helfen.«

»Nein, das müssen wir nicht«, meint Phoe. »So wie sich Brandon bewegt, hat er nicht gelogen, was sein Training betrifft. Du hast in einem Kampf keine

Chance gegen ihn. Fiona ist schon wieder so gut wie im Limbus.«

Phoes Worte haben auf meinen Kopf die Wirkung eines Eimers kalten Wassers.

»Kannst du meinen Körper übernehmen und irgendetwas tun?«, denke ich verzweifelt. »Du solltest schneller sein als –«

Bevor ich meinen Gedanken zu Ende bringen kann, reagiert Phoe bereits. Die nächsten Sekunden sind genauso paradox wie immer, wenn Phoe die Kontrolle übernimmt. Es fühlt sich an, als täte ich alles selbst, aber ich weiß, dass ich meine Höhenangst keinesfalls derart unter Kontrolle habe. Phoe muss meine Flügel geschlossen haben, um mich im wahrsten Sinn des Wortes zu Boden stürzen zu lassen.

»Ich dachte, du würdest meiner Kontrolle nach meinem Versagen in Oasis nicht mehr zustimmen.« Phoes Worte lenken mich von meinem Entsetzen über den Fall ab, aber als ich den Windwiderstand auf meinem Gesicht spüre, bin ich erneut vor Angst wie gelähmt.

Fiona hebt ihren Degen an.

Auch wenn Brandon gerade zu mir schaut, scheint ihn ein Instinkt zu warnen, dass ihn jemand von hinten angreift. Mit unglaublicher Geschwindigkeit wehrt er Fionas Schlag derart kraftvoll ab, dass sie nach hinten stolpert.

Ich habe die Hälfte des Wegs nach unten bereits hinter mich gebracht, als Brandon die Tatsache, dass Fiona ihr Gleichgewicht verloren hat, ausnutzt, und sein riesiges Schwert schwingt. Fiona pariert mit ihrem Degen, aber sie hätte genauso gut einen Zahnstocher schwingen können. Brandons Schwert schlägt ihre elegante Waffe zur Seite und setzt seinen Weg zu ihrem schlanken Hals fort.

Anstatt auf dem Boden aufzuschlagen, wie ich befürchtet hatte, öffne ich meine Flügel im letzten Augenblick und schlage mein rechtes Katana auf Brandons Breitschwert, um zu verhindern, dass er Fiona köpft. Leider hinterlässt das Schwert trotzdem eine tiefe Wunde in ihrem Hals.

Ihr Blut ist allerdings nicht einfach rot, sondern leuchtet so wie das Blut einer eigenartigen Kreatur aus der Tiefsee. Sie kreischt so laut auf, dass sich Brandon erschrickt. Ich nutze sein augenblickliches Abgelenktsein aus und füge ihm eine Schnittwunde in der rechten Schulter zu.

Brandon ignoriert sein spritzendes Blut und schenkt mir seine volle Aufmerksamkeit.

Fiona umklammert ihren Hals, und ich weiß, dass ich in diesem Kampf auf mich selbst gestellt bin.

Brandon stößt sein Schwert auf meine Brust. Ich springe so schnell weg, dass ich keinen Zweifel daran habe, dass es sich dabei um Phoes Werk handelt.

Brandons Kiefer spannt sich an. Er muss erwartet haben, jeden hier leicht töten zu können. Sein Training zahlt sich allerdings aus, und anstatt über meine überraschende Behändigkeit nachzudenken, zielt er auf meine Beine.

Ich springe.

Er stößt die Spitze seines Breitschwerts auf meine rechte Schulter, und ich wehre es mit meinem linken Katana ab. Der Aufschlag betäubt meinen ganzen Arm, aber ich lasse mich davon nicht aufhalten. Stattdessen schlitze ich Brandons Bizeps auf.

Ich höre das Knistern meines Feuerschwerts, als es sein Fleisch verbrennt, und er schreit vor Schmerzen auf, was mir endlich verrät, dass er diese Verletzungen spüren kann.

Seine Schreie ziehen die Aufmerksamkeit seines ihm am nächsten stehenden Verbündeten auf uns, der sofort damit aufhört, ein blutendes Ratsmitglied zu verfolgen, um mich anzugreifen.

Mist.

Mein ohnehin schon hektisch schlagendes Herz versucht, aus meinem Brustkorb zu springen. Selbst Phoe kann meinen Körper nicht schnell genug kontrollieren, um es mit zwei von diesen Kerlen aufzunehmen.

Dann bemerke ich Fionas Hals. Es spritzt kein Blut mehr aus ihm. Die klaffende Wunde sieht übel aus und muss höllisch schmerzen, aber sie ist in besserer Verfassung, als ich erwartet hatte. Das Heilen muss an diesem Ort anders funktionieren. Auch wenn ich in Oasis nie Schwertverletzungen gesehen habe, bezweifle ich, dass sie so schnell aufhören zu bluten.

Fiona schreit etwas, aber ich kann es nicht verstehen. Dann sehe ich, dass sie nicht zu mir schaut. Sie muss nach Hilfe gerufen haben, weil sich eine Messer schwingende Ratsfrau zu ihr gesellt und sie gemeinsam Brandon angreifen.

Brandons Helfer schwingt seine Waffen, ein Paar lange, dolchartige Schwerter mit zwei gekrümmten Zinken in der Nähe des Griffs, aber trifft nicht.

»Sie heißen Sais.« Phoes Flüstern irritiert mich, und ich ziehe mich schnell zurück, da ich beinahe von einem der Sais dieses Kerls erstochen worden wäre.

Er sieht überrascht darüber aus, dass ich seinen Angriffen ausgewichen bin, und ich – genau genommen Phoe – schlage mein Schwert nach unten.

Der Arm meines Gegners fällt ab, und seine Waffe schlägt klappernd auf dem Boden auf. Der Arm verschwindet allerdings nicht. Ich nehme an, dass Körperteile sich nicht dematerialisieren, bevor der Besitzer getötet wird.

»Ich mag das Wort ›getötet‹ nicht«, sagt Phoe in meinem Kopf. »Warum nennen wir es nicht ›limbusiert‹? Schließlich werden diese Menschen ja in den Limbus geschickt. Diese fehlende Dematerialisierung ist allerdings wirklich interessant. Wenn wir sein Herz anhalten, möchte ich mir diesen Limbusierungsvorgang näher anschauen.«

Bevor ich mich bei Phoe darüber beschweren kann, dass sie versucht, mitten in einem Schwertkampf neue Wörter zu erfinden, tut mein Körper etwas, was er nicht tun sollte. Meine Beine grätschen sich so weit, als sei ich ein altertümlicher Turner. Als mein Schritt den Boden berührt und ein

Sai an meinem Ohr vorbeirauscht, schwinge ich mein Schwert auf die Beine meines Angreifers und trenne seine Füße ab. Mir sollte von diesem Blutbad übel werden, aber der Anblick dieses speziellen Blutes scheint keine derartige Wirkung auf mich zu haben. Allerdings muss ich von dem Gestank nach verbranntem Fleisch würgen. Als der Mann schreiend zu Boden fällt, lege ich mein Schwert auf die Stelle, an der sein Herz sein sollte, und sein Oberkörper spießt sich von allein auf meinem Schwert auf. Seine abgetrennten Gliedmaßen und der Rest seines Körpers dematerialisieren sich, so wie das auch bei den anderen limbusierten Personen der Fall war.

»Das ist faszinierend«, denkt Phoe aufgeregt. »Ich war wirklich in der Lage, den Auflösungsprozess zu analysieren. Im Kern handelt es sich dabei um einen Datenkompressionsalgorithmus, in den ich mich einklinken kann. Schnell, lass uns noch jemanden limbusieren, damit ich den ganzen Vorgang mitverfolgen kann.«

Als hätte er Phoes Wunsch gehört, lässt Brandon Fionas Messer schwingende Helferin mit einem Schwertschlag verschwinden. Die Vorfahren hatten ein Sprichwort, das sagte, dass man nicht mit einem

Messer bewaffnet an einer Schießerei teilnehmen soll, und ich denke, diese Weisheit trifft auch auf einen Schwertkampf zu. Was wirklich beeindruckend an Brandons Mord ist – oder in Phoes Worten, Limbusierung –, ist, dass er Fionas Degen mit dem gleichen Schlag abgewehrt hat, der auch die Frau tötete.

»Mist«, murmelt Phoe in meinem Kopf. »Ich war noch nicht bereit. Trotzdem habe ich ein wenig mehr über diesen Prozess herausfinden können.«

»Wenn wir nicht gleich etwas unternehmen, um Fiona zu helfen, wirst du deine Gelegenheit bekommen, sobald Brandon sie in einen Dönerspieß verwandelt«, denke ich zu Phoe. »Oder sie limbusiert, wenn du das wirklich vorziehst. Falls das nicht klar sein sollte, ich möchte nicht, dass das geschieht.«

Phoe hilft bei Fionas Rettung, indem sie meinen Körper dazu zwingt, weitere Turnübungen zu vollführen. Ich ziehe meine Beine an und rolle näher zu Brandon. Brandons riesiges Schwert wehrt meinen Schlag auf seine Beine ab, und bevor ich seinen Oberkörper mit meinem linken Katana verletzen kann, blockt er mich auf eine höchst unerwartete Art und Weise – mit seinen Flügeln.

Ich höre ein knackendes Geräusch, als mein Schwert durch die Knochen in seinen Flügeln schneidet, und der Geruch von verbrannten Federn ist ekelerregend appetitlich, aber mein Angreifer ist noch sehr lebendig. Da der verwundete Flügel mir nicht länger die Sicht versperrt, sehe ich, dass Brandon es geschafft hat, dieses schmerzhafte Ereignis zu seinem Vorteil zu nutzen. Dadurch, dass ich seinen linken Flügel im Weg hatte, konnte ich nicht sehen, was er tat, und jetzt bemerke ich, dass sein Schwert auf meinen Schädel zuschwingt.

»Das war's«, denke ich zu Phoe. »Ich werde sterben – erneut.«

ZEHNTES KAPITEL

Obwohl ich davon überzeugt bin, sterbe ich nicht –
Dank Fiona. Sie schlägt ihren Degen auf Brandons
Schwert, als es den halben Weg zu meinem Kopf
hinter sich gebracht hat. Ein schmerzhaftes Geräusch
von Metall auf Metall ertönt, was eigenartig ist, da
Fionas Waffe nicht so aussieht, als sei sie aus Metall.
Ihr Arm wird so kraftvoll zurückgeschleudert, dass
ich mir sicher bin, dass ihr dabei die Schulter
ausgerenkt wird. Was wirklich frustrierend ist, ist,
dass ihr Manöver Brandons Angriff nicht einmal
unterbricht; es verlangsamt ihn lediglich. Trotzdem

reicht mir das, um zur Seite zu treten, bevor sein Schwert meinen Kopf zerteilen kann.

Mit einem Funkenregen schlägt Brandons Schwert neben mir auf dem Boden auf.

Ich springe auf meine Füße, und mit der Gelenkigkeit einer Tänzerin lasse ich meine beiden Schwerter in entgegengesetzter Richtung durch die Luft fahren. Das rechte vergrabe ich in Brandons Bauch, während ich das linke in seiner Augenhöhle versenke. Galle steigt bei dem Anblick des Blutes, das aus Brandon spritzt, während ich mein Schwert kreisförmig bewege, in meinem Hals auf. Vielleicht kann ich mich doch übergeben. Große Stücke leicht knusprigen Fleisches fallen zu Boden, bevor sie digitalisiert werden und verschwinden.

»Ja!«, schreit Phoe – und ja, ich will sagen, dass sie es laut tut. »Ja, ich habe jetzt wieder eine Stimme«, sagt sie in meinem Kopf, bevor ich sie fragen kann. »Das ist sehr vielversprechend. Ich habe seine Erinnerungen und einen Teil der Ressourcen, die das Paradies ihm zugeteilt hatte, bekommen. Das bedeutet, dass die Dinge doch nicht so schlecht sind, wie ich gedacht hatte, was für dich ein weiterer Grund ist, von hier zu verschwinden. Wenn du zurück in den Limbus gehst, haben wir verloren.«

»Ich will Fiona helfen, zu fliehen«, denke ich zurück. »Sie hat mich gerettet.«

»Gut«, antwortet Phoe. »Sag ihr, dass sie dir folgen soll.«

»Unsere einzige Chance, zu entkommen, ist durch diese Tür«, sage ich Fiona, die wie benebelt auf die leere Stelle starrt, an der sich Brandons Körper befand. »Folge mir.«

Ich renne zum Ausgang und hoffe, dass Fiona mich gehört hat und mir auf den Fersen ist. Um mich herum dematerialisieren sich immer schneller Stücke von Ratsmitgliedern, was bedeutet, dass immer mehr bewaffnete Männer Zeit haben, mich anzugreifen. Die beiden geflügelten Arschlöcher, die sich am nächsten bei mir befinden, drehen sich zu mir um. Als sie noch etwa sechs Meter von mir entfernt sind, erhebe ich mich in die Luft. Das Schwingen meiner Flügel ist noch schneller als mein Herzschlag, der gerade versucht, einen Rekord aufzustellen.

Ich höre das Rauschen von Flügeln hinter mir und nehme an, dass Fiona mir folgt.

Die beiden großen Typen versuchen mich einzuholen, und als sie ein Stück näher kommen, bewegt Phoe meinen Körper auf eine Weise, die einen Falken stolz gemacht hätte. Ich stürze auf die Tür zu, als würde mein Leben davon abhängen – was ja auch der Fall ist, trotz der Limbusierung. Ich höre Fiona hinter mir schreien, als ein Schwert an meiner Seite vorbeirauscht.

In dem Moment, in dem meine Beine den Eingang der Kathedrale hinter sich lassen, bricht ein furchtbarer Schmerz in meiner Wade aus.

Ich blicke auf die betreffende Stelle und wünschte mir augenblicklich, dass ich – oder Phoe – das nicht getan hätte, weil ein Dolch aus meinem Bein ragt.

Fionas Lage ist schlimmer als meine. Ihre Flügel sind nicht länger an ihrem Körper befestigt, und sie fällt den Berg hinunter, auf dem die Kathedrale erbaut ist.

Mir wird schwarz vor Augen, teilweise wegen des Schmerzes, aber hauptsächlich wegen des grellen Lichts, das auf meine Netzhaut trifft. Das Eigenartige an diesem hellen Licht ist, dass am Himmel keine Sonne zu sehen ist. Das Licht kommt von überall her.

Ich versuche, nach unten zu schießen, um Fiona zu retten, aber mein Körper, der von Phoe kontrolliert wird, gehorcht mir nicht. Stattdessen lasse ich mein linkes Schwert los und ziehe den Dolch aus meiner Wade. Der Schmerz ist so stechend, dass ich noch weniger sehe, aber trotzdem entferne ich mich weiterhin blitzschnell von der Kathedrale.

Meine linke Hand macht eine Geste mit geöffneter Handfläche, und ein weiteres Feuerschwert materialisiert sich in ihr.

»Es tut mir leid, Theo«, sagt Phoe. Ich konnte nicht zulassen, dass du Fiona folgst. Vergiss nicht, dass sie nicht stirbt. Sie wird in die DMZ zurückgeschrieben werden – in den Limbus.

Ich bin mir nicht sicher, wie ich mich damit fühle, Fiona im Stich gelassen zu haben, und schaue zurück.

Sie ist weg, aber meine Verfolger nicht. Sie fliegen hinter mir wie zwei Adler, die eine Maus verfolgen.

Ich kanalisiere meine Angst, um noch kräftiger mit meinen Flügeln zu schlagen, und fliege schneller, während ich einen Nebelschweif aus Feuerglut hinter mir zurücklasse.

Zum ersten Mal nehme ich mir einen Augenblick Zeit, um meine Umgebung zu betrachten. Ich fliege auf eine Kuppel zu, die der in Oasis ähnelt. Was allerdings anders ist, ist die Landschaft dahinter. In dem unendlichen bewölkten blauen Himmel schweben, wie von Magie an Ort und Stelle gehalten, ein Dutzend Inseln, die selbst von jeweils einer Kuppel bedeckt sind. Von einem Horizont bis zum anderen erstrecken sich diese oasisähnlichen Lebensräume.

Nein, nicht oasisähnlich – dem Ausblick nach unten zu urteilen. Neben dem Berg, auf dem die Kathedrale hinter uns steht, gibt es überhaupt kein Grün, sondern nur kahle Gebirgszüge – etwas, was wir in Oasis nie hatten.

»Es tut mir leid, dich von deiner Erkundungstour abzulenken, aber ich möchte, dass du mir dabei hilfst, eine wichtige Entscheidung zu treffen«, meint Phoe. »Eine, die uns beide betrifft.«

»Seit wann fragst du mich nach meiner Meinung?«, frage ich laut, da ich ihr immer noch böse bin, weil sie Fiona nicht gerettet hat.

»Wir haben keine Zeit dafür, dass du wütend auf mich bist«, erwidert Phoe. »Wir müssen eine Strategie erarbeiten.«

»Gut. Bei welcher Entscheidung soll ich dir helfen?« Ich richte meinen Blick lieber auf die sich nähernde Kuppel als auf die spitzen Berggipfel unter mir.

»Okay«, sagt sie. »Bevor wir einen Plan ausarbeiten können, müssen wir mindestens noch eine Person limbusieren. Zwei wären besser. Also die Frage ist: Beginnen wir mit unseren Verfolgern, was gefährlich ist, oder suchen wir uns jemand anderen?«

Ich hatte mit vielen Dingen gerechnet, die Phoe hätte sagen können, aber »Lass uns einige Menschen töten« war nicht darunter.

»Du solltest damit anfangen, mir zu erklären, warum wir das tun müssen«, sage ich. »Und wenn du bereit bist, mir Dinge zu erklären, dann sag mir auch gleich, was zum Henker gerade geschieht, und warum du mir nicht geantwortet hast, als –«

»Keine Zeit für zwanzig Fragen«, antwortet Phoe. »Der Grund dafür, dass du noch einige Opfer limbusieren musst, ist, dass ich mehr Wissen und Ressourcen brauche. Wenn jemand limbusiert wird, werden dessen Erinnerungen darauf vorbereitet, in die DMZ überschrieben zu werden, so ähnlich wie das, was in Oasis passiert, wenn jemand schlafen geht.

Ich habe mich in diesen Prozess gehängt, als Brandon limbusiert wurde, und habe eine Kopie seiner Erinnerungen erhalten. Wichtiger als das ist die Tatsache, dass, als er dieses System verließ, seine Paradiesressourcen neu verteilt wurden, so dass ich mir davon so viele ich konnte angeeignet habe. Ich habe nur einen kleinen Teil genommen, da ich nicht wusste, was ich tat, aber ich sollte das nächste Mal in der Lage sein, mehr zu bekommen. Und bevor du jetzt wieder mit den ganzen Warums anfängst, selbst diese mageren Ressourcen haben es mir ermöglicht, laut mit dir zu sprechen, anstatt nur als Gedanke, und außerdem, die Heilung deines Beines zu beschleunigen.«

Bei ihrer letzten Aussage fällt mir auf, dass der Schmerz in meiner Wade fast verschwunden ist.

»Genau«, fährt Phoe fort. »Also brauche ich mehr Ressourcen und Erinnerungen, bevor ich beginnen kann, dieses Chaos zu entwirren. Natürlich sollten diese Erinnerungen im Idealfall von jemandem kommen, der mehr weiß als Brandon, auch wenn ich denke, dass die Jagd auf jemanden mit Hintergrundwissen die zweite Phase dieses Plans ist.«

Ich fliege einen Moment lang, ohne etwas zu sagen. Der Gedanke, irgendwelche Fremden zu jagen, stößt mich ab.

»Ja, aber im Gegensatz zu irgendwelchen Fremden sind unsere Verfolger gefährlich«, meint Phoe.

Während ich darüber nachdenke, fliegen wir durch die Kuppel, die sich auf meinen Flügeln wie eine Seifenblase anfühlt.

Ein Messer rauscht an meinem Ohr vorbei und erinnert mich an meine Verfolger.

»Diese Arschlöcher betteln quasi darum«, sage ich. »Außerdem haben sie Fiona und einige andere Menschen getötet. Wir sollten deine Ressourcen von ihnen holen. Das ist nur gerecht.«

»Okay«, meint Phoe vorsichtig. »Wenn wir gegen sie vorgehen wollen, müssen wir sie schnell unschädlich machen, bevor ihre Kollegen ihre grausame Aufgabe beendet haben und sich ihnen anschließen. Ich habe eine Idee, aber du wirst sie nicht mögen. Auch wenn ich glaube, dass, wenn du deine Augen geschlossen hältst –«

»Mach einfach, egal worum es sich handelt«, sage ich mit falscher Zuversicht. »Und ich bin nicht –«
Meine Flügel schließen sich, und ich falle.

Meine Angreifer unter mir fliegen mit einem Abstand von etwa zwölf Metern zueinander, und derjenige, der sich am nächsten bei mir befindet, ist etwa neun Meter von mir entfernt. Es sieht so aus, als könne der kleinere schneller fliegen.

Der Fall bringt mich genau über ihn. Er bemerkt, dass ich stürze, aber fliegt trotzdem weiterhin nach oben. Ich rausche nach unten, so als sei er nicht da.

Ich spiele ein weiteres Mal »wer zuerst ausweicht«, nur dass ich meine Nerven nicht verlieren und ausscheren kann, weil Phoe mich kontrolliert. Wenn ich die Kontrolle hätte, wäre ich bereits vor einer Millisekunde ausgewichen.

Mein Gegner hebt seine Waffe in die Höhe – eine Hellebarde, glaube ich. Sie besteht aus einem Holzstab, an dessen Ende sich eine Axt befindet, die an ihrer höchsten Stelle eine Metallspitze hat. Das spitze Ende ist auf mich gerichtet.

Ich halte mein Katana eigenartigerweise wie eine Art Speer. Meine Warnung ist klar: Wenn mein Gegner mich sticht, werde ich ihn im Gegenzug aufschlitzen.

Der größere Verfolger erkennt, dass sein Freund Hilfe gebrauchen könnte, und wird schneller.

Die Spitze der Hellebarde ist nur noch einige Zentimeter von meiner Brust entfernt, als ihr Besitzer Angst bekommt und mir von sich aus gesehen nach rechts ausweicht. Phoe muss das vorausgesehen haben, weil ich den Bruchteil einer Sekunde, bevor der Kerl seine Bewegung durchführt, mein Katana dorthin schleudere, wohin er ausweicht.

Das Feuerschwert sieht aus wie ein Komet, als es auf ihn zufliegt, und der Typ schreit so laut, wie ich es von jemandem erwarte, der ein brennendes Schwert in seinem Oberschenkel stecken hat.

Ich breite meine Flügel aus und halte auf ihn zu, damit ich dicht an ihm vorbeifliegen kann, bevor er sich erholt hat. Er holt mit seiner Hellebarde aus, aber bevor er sie schwingen kann, zerteile ich sie.

Sein Partner ist nur einen Sprung von uns entfernt.

Ich umfasse mein rechtes Katana, das in dem Oberschenkel des Mannes steckt, und drehe es grausam gegen den Uhrzeigersinn. Er schreit noch lauter, aber aus seinem Gebrüll wird gurgelndes Zischen, als mein linkes Schwert seine Kehle durchschneidet.

Er zerbricht in diese kleinen Fragmente und verschwindet wie die anderen, auch wenn in dieser hell beleuchteten Außenwelt das Schimmern dieses Vorgangs verblasst.

»Erstaunlich«, sagt Phoe, und mir fällt auf, dass ihre Stimme nicht länger körperlos ist.

Phoe ist zu einem dampfartigen Umriss ihrer selbst geworden. Nein, das stimmt nicht ganz. Im Gegensatz zu ihrem Gegenstück in Oasis hat diese Paradiesversion große Schmetterlingsflügel, und alles, was sie trägt, ist ein winziger Tanga. Sie erneut fast nackt zu sehen, auch wenn sie durchsichtig ist, erweckt Gefühle in mir, die ich jetzt am besten aus meinem Kopf verbannen sollte, wie ich ganz genau weiß.

Als wolle der größere Angreifer Phoes unkörperliche Erscheinung unterstreichen, fliegt er genau durch sie hindurch.

»Du bist so was von tot«, knirscht der Mann, und Spucke spritzt aus seinem Mund.

Er hält zwei gekrümmte Schwerter in seinen Händen, die glaube ich Krummsäbel heißen. Im Gegensatz zu den Krummsäbeln der echten Welt sind diese hier aus Eis. Ich ziele auf eine seiner Waffen und hoffe, dass mein Feuerschwert sie schmelzen wird. Mein Gegner fälscht meinen Schlag ab und beweist damit, dass seine Krummsäbel nur aussehen, als seien sie aus Eis; sie fühlen sich an, als seien sie aus etwas so Hartem wie Titan geschmiedet worden. Er beweist außerdem, wie gut er mit seinen Waffen umgehen kann, indem er den Rückschlag seiner Abwehr dazu nutzt, mir mein rechtes Handgelenk aufzuschneiden.

»Scheiße. Ich habe gerade Brandons Erinnerungen nach diesem Kerl durchsucht. Er ist einer der besten Schwertkämpfer, den die Beschützer haben«, zischt Phoe. »Wir sollten fliehen.«

Das Schwert berührt meine rechte Schulter. Die Kombination aus brennendem Schmerz und dem unerträglichen Gefühl meines zersplitternden Gelenks trifft mich wie eine Dampfwalze.

Mein rechtes Katana sieht aus wie ein brennender Meteorit, als es nach unten fällt.

ELFTES KAPITEL

Durch den übelkeitserregenden Schmerz höre ich, wie Phoe sagt: »Wenn er so spielen möchte, dann scheiß auf die Flucht. Dieser Kerl wird bekommen, wonach er fragt. Niemand verletzt dich so schlimm und kommt damit davon. Ich werde versuchen, deine Schmerzen verschwinden zu lassen und auch das Kämpfen zu übernehmen. Zum Glück kann ich Brandons Waffentraining gegen ihn verwenden.«

Ich verstehe, dass sie redet, um mich von meinen Qualen abzulenken, und sie hat auch teilweise Erfolg damit. Als ich keine Schmerzen mehr verspüre, erlaube ich mir einen klaren Kopf und bemerke endlich, was mein Körper vorhatte: eine ruckartige, hackende Bewegung mit meinem linken Arm.

Mein verbliebenes Schwert schneidet durch die linke Schulter meines Feindes. Er heult auf, als sein ganzer Arm abfällt.

Ein abgetrennter Arm für eine verletzte Schulter. Das ist nahe an dem altertümlichen Sprichwort: »Auge um Auge, Zahn um Zahn.«

Zu meiner Enttäuschung erholt sich mein Angreifer schnell und schwingt seinen verbliebenen Krummsäbel.

Mein Katana fängt seinen Schlag ab. Ich versuche, seine Seite aufzuschlitzen, aber diesmal wehrt er mich ab.

Er hackt in Richtung meines Halses und ich ducke mich, während ich ihm gleichzeitig einen tiefen Schnitt dort zufüge, wo seine Leber sein sollte.

Mein Gegner löst sich nicht auf, was bedeutet, dass mein Schlag nicht tödlich war. Um es mir heimzuzahlen, führt er eine verzweifelte Abfolge von Scheinangriffen und Schlägen durch. Es fällt mir schwer, jedem Angriff zu folgen, aber das ist bei Phoe nicht der Fall. Durch sie wehre ich jeden Schlag mit mathematischer Präzision ab. Als der Kampf fortschreitet, verstehe ich Phoes Plan. Die verrückten Angriffe dieses Mannes ermüden ihn, und seine beiden blutenden Wunden sind auch nicht hilfreich.

Mein rechter Arm ist taub, aber wenigstens blutet meine Schulter im Gegensatz zu seinem Stumpf nicht – wahrscheinlich dank Phoes Eingreifen.

»Die Typen aus der Kathedrale könnten schon auf ihrem Weg sein«, meine ich zu ihr. »Wir müssen wegfliegen.«

Phoe lässt mich meinen eigenen Schwall aus Angriffen durchführen. Wenn jemand mit einer Hochgeschwindigkeitskamera die Bewegungen aufnehmen würde, die ich durchführe, würde es mit Sicherheit wie ein wunderschönes, feuriges Kunstwerk aussehen. Als es offensichtlich wird, dass der Kerl meine Angriffe kaum noch abwehren kann, fahre ich mit meinem Katana an seiner Kehle entlang und schneide sie sauber durch. Er beginnt den Limbusierungsprozess und verschwindet eine Sekunde später.

Ohne eine Pause einzulegen, schwinge ich meine Flügel und fliege auf den Punkt zu, an dem die Kuppel der fliegenden Insel auf den Boden trifft.

»Wir werden unter die Insel tauchen«, erklärt mir Phoe. »Auf diese Art werden die restlichen Beschützer, die herauskommen, uns nicht so schnell finden.«

Ich schaue sie an, während sie mit mir spricht, und ich bemerke, dass ihre ätherische Erscheinung solider aussieht, so als sei sie aus einem dickeren Nebel.

»Diese Gestalt ist erst der Anfang.« Phoe fliegt vor mir, um mir den Weg zu zeigen. »Mit mehr Ressourcen sollte ich in der Lage sein, mir einen echten Körper zu geben – oder zumindest einen, der so echt ist, wie er an diesem Ort nur sein kann.«

Ich schweige, bis wir den Rand der schwebenden Insel erreichen. Sobald wir die Kuppel hinter uns gelassen haben, fliegen wir durch dicke Wolken unter der Insel entlang. Ich bemerke, dass die gleiche Art von Wolken auch die Unterseiten der anderen Inseln bedeckt.

Da wir unsere Verfolger erst einmal losgeworden sind, frage ich: »Okay, und jetzt?«

»Jetzt entfernen wir uns so weit wie möglich von diesem Ort«, antwortet Phoe. »Und dann wäre es schön, wenn du noch einige weitere Menschen für mich limbusieren könntest.«

»Ich werde nicht irgendwelche Menschen für dich umbringen – und du bist mir immer noch einige Antworten schuldig. Wenn ich es nicht besser wüsste, würde ich sagen, dass du böse geworden bist, vorausgesetzt, dass du nicht von Anfang an böse warst. Du musst zugeben, dass das erklären würde, warum alle in Oasis umgebracht wurden und warum du möchtest, dass ich im Paradies noch mehr Menschen töte.«

»Wir wissen beide, dass du das nicht glaubst«, sagt Phoe, aber lässt ihre ätherischen Schultern hängen. »Na gut, ich werde dir erklären, was ich denke, was passiert ist, aber vergiss bitte nicht, dass ich große Wissenslücken habe – die wir mit höchster Priorität schließen müssen.«

»Erzähl mir alles, was du kannst«, erwidere ich und schlage noch schneller mit meinen Flügeln.

»Erlaube mir, zuerst das hier zu tun.« Phoe führt eine Geste in Richtung meiner Schulter durch, und mit einem hellgelben Lichtblitz schließt sich meine klaffende Wunde.

Die geheilte Schulter kribbelt, und ich schließe und öffne meine rechte Hand. Es fühlt sich so an, als sei ich nie verletzt worden. Der Schmerz ist vollständig verschwunden.

»Ich freue mich, dass es funktioniert hat«, sagt Phoe, während sie über ihre Schulter nach hinten schaut. »Übrigens hoffe ich auch, dass du begreifst, dass ich dich nur wegen der Ressourcen heilen konnte, die ich von den limbusierten Beschützern erhalten habe.«

»Beschützer«, wiederhole ich. »So hast du sie davor schon genannt.«

»Ja, ich habe die richtige Bezeichnung aus Brandons Erinnerungen. Die anderen nennen sich selbst auch so.«

»Du meinst also im wahrsten Sinne des Wortes, dass du weißt, was er wusste?«

»Es ist mehr als nur wissen – ich kann es dir sogar zeigen. Aber ich weiß, dass du vor Neugier über das, was in Oasis passiert ist, stirbst.«

»Ja«, antworte ich. »Ich muss wissen, ob sie wirklich alle tot sind.«

Sie taucht ab und folgt einem diagonalen Weg direkt zur nächsten kuppelbedeckten Insel. Diese Insel ist grüner als diejenige, die wir verlassen haben, und sieht einladender aus, zumindest aus der Ferne.

Wir fliegen einen Augenblick lang schweigend. Auch wenn ich weiß, was sie mir sagen wird, muss ich es einfach hören. Phoe muss das wissen und denkt deshalb wahrscheinlich gerade über den besten Weg nach, mir die schreckliche Wahrheit zu vermitteln.

»Du hast bereits das Meiste verstanden«, sagt sie letztendlich und spricht so leise, dass ich sie wegen des Windes, der mir ins Gesicht bläst, fast nicht verstehen kann. »Dieses Jeremiah-Ding am Strand war ein Virus. Ich denke, er hat seinen Ursprung hier, im Paradies. Außerdem denke ich, dass wir so schnell wie möglich eine Antwort auf die Frage finden müssen, wer ihn warum losgelassen hat. Eine Sache ist sicher: Der Jeremiah-Virus hat jeden Teil von mir zerstört, jede Spur, bis zu meiner völligen Vernichtung. Nur der kleine Teil von mir, den ich in die DMZ überschrieben hatte, hat überlebt. Dieser Teil war lediglich eine statische Momentaufnahme – eine Art Lebensversicherung. Er wurde nicht aktiv von irgendwelchen Daten verarbeitenden Elementen ausgeführt, so ähnlich wie die menschlichen Speicherauszüge, die sich einfach in der DMZ befinden und darauf warten, eines Tages in einer Computerwelt wiederbelebt zu werden. Es ist wie der

Standby-Modus der altertümlichen Betriebssysteme. Ich kenne die entsetzlichen Ereignisse, die du durchlebt hast, nur aus deinen Erinnerungen. Ich war bei keinem davon dabei.«

Sie verfällt einige Augenblicke lang in Schweigen, bevor sie fortfährt. »Ich weiß also nicht, was passiert ist, nachdem ich weg war, aber ich denke, dass der Jeremiah-Virus alles zerstört hat, was mir auch nur im Entferntesten geähnelt hat, einschließlich meiner unbewussten Prozesse wie der Gravitationssimulation, der Sauerstoffversorgung und so weiter. In seiner Verbohrtheit, mich auszuradieren, hat der Virus alle meine lebenserhaltenden Funktionen ausgeschaltet, also die des Schiffs. Um mich zu töten, war das mit Sicherheit eine gute Strategie, aber was die Lebenserhaltung der menschlichen Bevölkerung betraf … Na ja, du weißt, was passiert ist.«

Sie hört auf zu reden und gibt mir Zeit, das alles zu verarbeiten. Wegen eines irrationalen Hasses auf Phoe wurde jemand – oder eine ganze Gruppe – einfach vernachlässigt. Diese Menschen, die das veranlasst haben, befinden sich hier im Paradies, und sie lassen mich meine frühere Einstellung Gewalt gegenüber überdenken. Sie werden für die Erstickungstode, die ich miterlebt habe, Rechenschaft ablegen müssen und werden für sie bezahlen.

Dann wird mir klar, dass durch diese tragischen Ereignisse niemand wirklich gestorben ist. Es gibt die Speicherauszüge von allen, einschließlich Liam. Er ist irgendwo in der DMZ, zusammen mit Mark und dem Rest von ihnen. Theoretisch könnten sie im Paradies wiederbelebt werden.

»Das stimmt«, sagt Phoe. »Auch wenn ich anmerken möchte, dass diese Speicherauszüge nicht vollständig sind, ob das nun gut oder schlecht ist. Nur wenige von ihnen werden sich an ihren letzten Tag in Oasis erinnern. Wie du vielleicht noch weißt, werden die Speicherauszüge während des Schlafens gemacht, und ich bezweifle, dass viele Menschen während dieser Katastrophe ein Nickerchen gehalten haben. Der einzige Grund, weshalb du dich an das erinnerst, was passiert ist, sind deine einzigartigen Umstände. Du bist eingeschlafen, als du fast erfroren wärst. Falls du danach noch einmal aufgewacht bist, sind diese Informationen für immer verloren gegangen.«

Ich erschaudere. Vielleicht ist es gut, so etwas zu vergessen. Dann fällt mir etwas ein.

»Wenn du so gut wie tot warst, wie konntest du dann hier wieder auftauchen?«, will ich wissen. »Und überhaupt, wie habe ich das gemacht?«

»Ich bin hier, weil du hier bist. Erinnerst du dich an dieses Pi, das ich in deinen Kopf eingepflanzt habe, um in den Test der Betagten am Tag der Geburten eindringen zu können?«

Ich nicke und beginne, zu verstehen. Phoe hat mir diese falsche Erinnerung gegeben, die mit Pi zu tun hat. Nach einem bestimmten Punkt in der Abfolge wurden aus den Zahlen Nummern, die es ihr ermöglichten, sich in den Test zu hacken.

»Genau«, sagt Phoe. »Wenn du eine bestimmte Umgebung der virtuellen Realität betrittst, werden diese Zahlen in deinem Kopf zusammen mit deinem Gehirn instantiiert. Sobald das geschieht, wird aus diesen Zahlen eine einfache Routine, die eine Bootstrap-Version von mir erstellen soll, die wiederum den Rest von mir zu sich holt. Also hatte ich sehr viel Glück, dass du hier gelandet bist, in einer Umgebung, die der des Tests sehr ähnlich ist. Mit der Hilfe dieses Codes läuft jetzt wieder ein kleiner Schatten von mir. Ich weiß nicht, ob dir das klar ist, aber ich bin nicht einmal ansatzweise mein normales

Ich. Das ist schrecklich. Ich bin nur noch auf dem Niveau eines armseligen menschlichen Intellekts.«

»Okay, das erklärt irgendwie, dass du hier bist«, meine ich. »Nur, dass es alles davon abhängt, dass ich hier bin, und wieso das der Fall ist, hast du mir nicht erklärt.« Wir sind jetzt nur noch etwa einen Meter von der schimmernden Kuppel entfernt, was bedeutet, dass wir gleich die grüne Himmelsinsel betreten werden. »Wie bin ich hierhergekommen? Ich dachte, dass nur Ratsmitglieder ins Paradies kommen.«

»Das solltest du am besten aus erster Hand erfahren, und deshalb werde ich dir gleich Brandons Erinnerungen zeigen.« Phoe faltet ihre Flügel zusammen und stürzt sich mit dem Kopf zuerst in die Seifenblasenkuppel.

Zum ersten Mal seit unserer Flucht fällt mir auf, wie eigenartig unsere Umgebung ist. Das ganze Universum sieht wie ein riesiger Himmel aus. So weit ich blicken kann, gibt es keinen Boden, wenn man die schwebenden Inseln nicht mitzählt.

»Muss ich dafür sorgen, dass du nach unten fliegst?«, fragt Phoe, die weiterhin abfällt.

»Nein«, denke ich. »Ich fliege alleine – und in meiner Geschwindigkeit.«

Ich möchte nicht, dass sie mich dazu zwingt, so abzustürzen, wie sie es getan hat, also beginne ich damit, an Höhe zu verlieren.

Phoe verschwindet unter den Baumwipfeln. »Der Grund dafür, dass es keinen Boden gibt, ist, dass das Paradies in einer Infrastruktur der virtuellen Realität erschaffen wurde, die dem IRES-Spiel stark ähnelt«, erklärt sie in meinem Kopf. »Es braucht sich nicht an die Realität zu halten.«

Während ich ihr zuhöre, fliege ich langsamer und betrachte den unendlichen Wald, der den Boden der Insel verdeckt.

Dadurch, dass ich mich dem Grün nähere, fühlt sich selbst mein vorsichtiger Flug noch zu schnell an. Auch wenn ich weiß, dass das hier völlig irrational ist, erwacht meine Höhenangst in voller Stärke, und ich kann kaum noch weiterfliegen.

Als ich in die Baumspitzen eintauche, sehe ich, dass Phoe bereits auf einer Lichtung gelandet ist. Ich spreize meine Flügel, um die Landung vorzubereiten, und als meine Füße den Boden berühren, schlägt mein Herz endlich nicht mehr bis zum Hals.

Phoe lächelt mich an. »Gut gemacht. Jetzt können wir ein Stück gehen. Selbst wenn ein Beschützer vorbeifliegt, wird er uns auf diese Weise nicht sehen können. Wenn wir am östlichsten Punkt der Insel ankommen, werden wir unter sie fliegen.«

»In Ordnung«, sage ich. »Was sind diese Inseln?«

»Alles, was ich bis jetzt über sie weiß, ist, dass jede von ihnen einem der Ahnen gehört – den Bewohnern des Paradieses, zu denen du jetzt auch gehörst«, erklärt mir Phoe und beginnt, auf die Bäume auf der anderen Seite der Lichtung zuzulaufen.

»Warte.« Ich jage hinter ihr her. »Bedeutet das, dass es irgendwo eine Insel gibt, die mir gehört?«

»Ja, ich bin mir sicher, dass es sie gibt. Ich kann sie auch für dich finden, wenn du möchtest, aber ich denke, dass sie uns im Moment nichts nutzt«, sagt Phoe hinter dem Stamm einer riesigen Eiche. »Gehen wir tiefer in den Wald hinein, und ich zeige dir Brandons Erinnerung.«

Ich folge ihr und denke, dass es trotz dem, was Phoe gesagt hat, richtig cool wäre, eine solche Insel zu besitzen – eine Insel so groß wie Oasis.

»Das ist eine Verschwendung von Ressourcen, wenn du mich fragst«, sagt Phoe, nachdem ich sie eingeholt habe. »Dieser ganze Ort ist eine grausame Verschwendung der Rechnerkapazitäten des Schiffs.«

Ich atme die frische Luft ein. Sie riecht genauso wie in einem echten Wald. Und der Wald sieht auch echt aus, obwohl ich das Gefühl nicht loswerde, dass irgendetwas anders ist. Und dann erkenne ich es: Ich höre Vogelgezwitscher und das Summen von Insekten – Geräusche, die ich in den Wäldern von Oasis nicht gehört habe.

»Hier gibt es tonnenweise simuliertes Leben, falls dich solche Dinge beeindrucken«, bestätigt Phoe. »Diese Insel steht dem Zoo in nichts nach.«

Ich erhasche einen Blick auf etwas Flauschiges, das sich im Gebüsch bewegt. Es muss ein Kaninchen oder ein Eichhörnchen sein. Ich unterdrücke meinen Drang, ihm wie ein Kind hinterherzujagen. Ich will immer noch diese Antworten von Phoe bekommen, und deshalb kann ich mich nicht von dieser künstlichen Natur ablenken lassen.

Ich schaue zu dem eigenartigen Himmel hoch und betrachte die Dutzend kuppelbedeckten Inseln, die in einiger Entfernung schweben. Das Paradies ist wunderschön in seiner Missachtung der Schwerkraft.

»In Ordnung.« Phoe bleibt stehen und blickt mich an. »Soll ich für dich gehen, solange du das erlebst?«

»Gerne«, antworte ich vorsichtig. »Was erlebe?«

Phoe grinst mich schief an, und die Welt um mich herum verschwindet.

Ich stehe in einem leeren, metallischen Raum, und neben mir steht eine bekannte geflügelte Kreatur. Es handelt sich dabei um den ersten Typen mit Flügeln, den ich jemals gesehen hatte – den originalen, Lendenschutz tragenden, geflügelten Halbgott-Gesandten, der Jeremiah die Linse der Wahrheit gegeben hatte.

Die metallischen Wände des Raumes reflektieren, weshalb ich mich in einer von ihnen sehen kann.

Aber es ist nicht mein Gesicht, welches sich darin widerspiegelt. Es ist der Beschützer, der mich fast mit seinem riesigen Breitschwert getötet hätte.

Ich hätte darauf vorbereitet sein sollen, aber ich kann es trotzdem nicht glauben.

Ich bin Brandon.

ZWÖLFTES KAPITEL

»Eigentlich bist du nicht wirklich Brandon«, höre ich Phoe in Gedanken. »Du erlebst lediglich seine Erinnerungen.«

Das wusste ich bereits, aber dass sie es mir bestätigt, hilft mir dabei, mit dieser schrägen Situation klarzukommen.

Alles an mir fühlt sich falsch an. Ich bin größer, meine Füße stehen weiter auseinander als sonst und ich kann meine massigen Muskeln spüren. Zwei Gedankenströme fließen gleichzeitig durch meinen Kopf: meine Gedanken und Brandons. Seine sind undeutlich und eindeutig fremd, aber leicht zugänglich. Das ist gruselig.

»Genau das Gleiche fühle ich, wenn ich in deinem Kopf bin«, erklärt mir Phoe. »Konzentriere dich auf ihre Unterhaltung.«

Es ist schwer, darauf zu achten, weil mich zu viele interessante Dinge ablenken. Ich kann nicht einfach nur Brandons Erinnerungen abrufen; ich kann genauso gut seine Gefühle wahrnehmen, auch wenn sie sich auf die Gegenwart beschränken. Er respektiert den Ahnen, mit dem er spricht. Der Name des Mannes ist Wayne. Ich weiß das, weil Brandon es weiß, und ich behalte im Hinterkopf, mich an den Namen zu erinnern, weil er eine bessere Bezeichnung als »der erste Gesandte, den ich jemals gesehen habe« ist. Ich weiß auch, dass Wayne Teil des Kreises ist, der im Paradies regiert. Er, Brandon, ist der Anführer der Beschützer, was bedeutet, dass er keine Wachschichten auf dem Sanktum hat, der Insel, von der aus der Kreis regiert. Aus diesem Grund trifft er auch kaum auf seine Mitglieder. Das letzte Mal, an dem Brandon hierherbestellt worden war, in die Kellergewölbe dieses Gebäudes, das die Form einer dieser altertümlichen Ahlen hat, die die Schumacher benutzten, ist Jahre her.

Der Gedanke an die Vergangenheit öffnet einen Staudamm interessanter Beobachtungen. Ohne mich anzustrengen, kann ich mich an alles erinnern, was Brandon in seinem Leben getan hat. Ich erinnere mich an sein Leben als Jugendlicher, seine Leidenschaft für altertümliche Militärstrategien als Erwachsener, und wie stolz er darauf war, ein Mitglied im Rat der Betagten zu werden. Aber ich habe Zugang zu mehr als nur seiner biographischen Information. Durch Brandon weiß ich, was es bedeutet, mit wachsendem Alter schwächer zu werden und irgendwann zu sterben, und ich erlebe seine Ehrfurcht darüber, für sein zweites Leben im Paradies zu erwachen.

»Alles hat begonnen, als wir die Ergebnisse des letzten Tests bekommen haben«, sagt Wayne mit seiner vertrauten orgelartigen Stimme. »Nur wenige Menschen wissen das, aber die Art und Weise, wie neue Ratsmitglieder ausgewählt werden, ist ziemlich einfach. Er oder sie ist immer der- oder diejenige mit dem höchsten Punktestand im Test.«

Wayne spricht weiter, aber ich blende ihn aus. Ich habe meine Antwort, und jetzt, da ich sie habe, kann ich gar nicht glauben, dass ich das nicht früher erkannt habe.

»Du hattest keine Gelegenheit, darüber nachzudenken.« Phoes Gedanke ist mit Bedauern durchtränkt. »Ich bin das super-intelligente Wesen, also sollte ich diejenige sein, die sich in den Hintern tritt. Mir war nicht klar gewesen, dass die Testergebnisse etwas mit dem Auswahlprozess der Ratsmitglieder zu tun hatten. Ich glaube, dass ich den Test so dringend herunterfahren wollte, dass ich es vor mir selbst verleugnet habe. Meine Gier auf Ressourcen hat diese Möglichkeit ignoriert.«

Während Phoe spricht, setzt sich in meinem Kopf das Puzzle zusammen. Sie hat mich in dem Test einen so hohen Punktestand erreichen lassen, dass die Testdurchführung fast eine Ewigkeit gedauert hat, und ich ein Ergebnis hatte, das niemand schlagen konnte – was mich ungewollt zu einem Kandidaten für den Rat gemacht hat. Vielleicht wären wir eine Weile damit durchgekommen, wenn nicht fast zur gleichen Zeit ein Platz im Rat freigeworden wäre, weil Jeremiah sein eigenes Gift getrunken hat.

»Das stimmt«, meint Phoe. »Als Jeremiah starb und ins Paradies gekommen ist, bist du automatisch ein Ratsmitglied geworden. Hätten die Ahnen deine hohe Punktezahl nicht so schnell entdeckt, hätte ich sie verändern oder sie sogar vor ihnen verstecken können, aber sie haben gehandelt, bevor ich wusste, was geschah. Sie waren clever, ihren Virus so schnell ins Spiel zu bringen.«

Ich reibe meine Stirn und versuche, das Ausmaß unseres Fehlers zu verstehen.

»Du darfst die gute Seite nicht vergessen«, meint Phoe. »Als du in Oasis gestorben bist, bist du dank der Tatsache, dass du ein Ratsmitglied warst, hierhergekommen, anstatt eine Ewigkeit im Limbus zu verbringen. Also hat uns das, was uns geschadet hat, auch genutzt.«

»Ja klar.« Ich lege so viel Sarkasmus in meinen Gedanken, wie ich nur kann. »Für dich ist das natürlich super gelaufen. Du hast darauf gebrannt, Zugriff auf diesen Ort zu bekommen, aber die Firewall stand dir im Weg. Und jetzt bist du hier. Ich frage mich, ob –«

»Bitte beende den Gedanken nicht, außer wenn du ihn auch wirklich so meinst.« Phoes Ton wird schärfer. »Du hast keine Vorstellung davon, wie viel der Virus mir genommen hat. Du bist so ziemlich die gleiche Person, die du auch in Oasis warst, abgesehen von den kleineren Veränderungen wie diesen Flügeln, aber ich bin kaum ein Echo dessen, was ich war, bevor der Virus mich angegriffen hat. Teile von mir sind für immer verloren gegangen, und selbst wenn ich diese Ressourcen, die ich hatte, wiederbekommen sollte, werde ich nie wieder dieselbe Person sein. Ich würde niemals einen Plan ausführen, der ein solches Maß an Selbstverstümmelung beinhaltet, oder einen, der dir so viel Leid zufügen würde.« Mit einer sanfteren Stimme fügt sie hinzu: »Es tut mir leid, dass ich diese Ereignisse nicht verhindert habe. Du kannst dir nicht vorstellen, wie leid mir das tut.«

»Nein, mir tut es leid.« Mein Brustkorb zieht sich vor Schuldgefühlen zusammen. »Es tut mir leid, dass ich dich so angefahren habe. Ich denke nicht wirklich, dass du das alles geplant hattest. Es sind einfach eine Menge Dinge, die ich zu verarbeiten habe.«

»Du solltest dem zuhören, was Wayne gleich sagen wird«, denkt sie zu mir, da sie offensichtlich scharf darauf ist, das Thema zu wechseln.

Ich versuche, mich genug zu konzentrieren.

»Nein, dieser Jugendliche, Theodore, kann das unmöglich allein getan haben. Er ist eine Schachfigur«, sagt Wayne, und seine Stimme klingt jetzt wie die tieferen Töne einer Orgel. »Uns wäre nichts lieber, als zu glauben, dass es sich dabei um das Werk eines brillanten jungen Mannes handelt, aber wir können die Tatsachen nicht ignorieren. Es wurden zu viele Manipulationen durchgeführt, die ein junger Mensch nicht tun kann. Theodores Alter ist ein gutes Beispiel dafür. Er ist ganz offensichtlich ein Jugendlicher, aber in allen Systemen von Oasis ist er neunzig Jahre alt. Wenn eine lebende Person diese Information abrufen möchte, wird eine Illusion der erweiterten Realität sie dahingehend täuschen, dass er immer noch das normale Alter von vierundzwanzig Jahren aufweist.«

Wayne legt eine Pause ein, so als wolle er den dramatischen Effekt verstärken. Und sie wirkt. Ich fühle, dass Brandon seine Augenbrauen in die Höhe zieht und sich die Haare in seinem Nacken aufstellen.

»Ja«, sagt Wayne. »Und das ist nur ein Beispiel von vielen. Es gibt unzählige weitere. Der Test läuft nicht mehr, und es gibt Beweise dafür, dass massenhaft kontrolliert vergessen wurde. Ich könnte jetzt alle

Hinweise aufzählen, aber der Schluss, zu dem wir, der Kreis, gekommen sind, ist einfach. Nur eine Art von Wesen könnte unsere Computersysteme derart manipulieren: Der Feind, den wir zutiefst fürchten – eine künstliche Intelligenz.«

Brandon schluckt belegt, während Wayne fortfährt.

»Wir haben unsere altertümlichen Aufzeichnungen durchgesehen, diejenigen, die die Ältesten unter uns jahrhundertelang weggeschlossen hatten, und haben Maßnahmen ergriffen«, erklärt Wayne. »Ohne es der Außenwelt mitzuteilen, hat der Kreis zum Gegenschlag gegen den Feind ausgeholt. Leider waren unsere Anstrengungen vergebens. Nein, viel schlimmer. Bevor die künstliche Intelligenz gestorben ist, hat sie wütend zurückgeschlagen und ganz Oasis zerstört. Jeder Bewohner der echten Welt ist erstickt.«

Das Entsetzen, das Brandon fühlt, verwirrt mich so sehr, dass ich Waynes nächste Sätze verpasse. Als ich Brandons Gefühle wegdrücken kann, höre ich, dass Wayne sagt: »Der ganze Rat, einschließlich Theodore, wird bald in der Kathedrale erscheinen. Wir haben die Befürchtung, dass die künstliche Intelligenz diese

Ratsmitglieder vor deren Ableben gegen uns aufgebracht haben könnte. Du musst sie alle in den Limbus schicken, ganz besonders denjenigen, der Theodore heißt.«

Fragen überfluten Brandons Kopf, und, was besonders verwirrend ist, noch mehr Fragen überfluten meinen. Da ich damit gerade nicht umgehen kann, frage ich: »Phoe, kannst du mich aus dieser Erinnerung holen?«

Brandons Gedanken bleiben stehen, Waynes zu perfektes Gesicht wird zu einer Grimasse gezogen eingefroren, und ich bin zurück im Wald und renne, während ich mich ducke, um Ästen auszuweichen.

Phoes durchsichtige Gestalt läuft neben mir.

»Ich weiß, wie du dich gerade fühlen musst«, meint sie. »Als ich das erfahren habe –«

»Ich kann gar nicht glauben, dass wir das gewesen sind.« Ich fühle mich, als würde meine Brust gleich durch den inneren Druck explodieren. »Wir sind der Grund dafür, dass alle tot sind.«

Phoe muss mir die Kontrolle über meinen Körper zurückgegeben haben, weil ich stolpere und fast hinfalle, als mein Fuß an einem Ast hängenbleibt.

»Das war nicht unser Werk«, widerspricht Phoe, während ich mich aufrichte und weiterlaufe. »Das geht auf die Kappe des Kreises. Er hat den Virus aktiviert.«

»Er sagt, dass du alle getötet hast.«

»Das glaubst du doch nicht wirklich, oder?« Phoe bleibt stehen und schaut mich mit ihren durchsichtigen blauen Augen an. »Natürlich würde er das sagen. Er wird wohl kaum zugeben, dass ihr Plan, mich zu zerstören, derart spektakulär nach hinten losgegangen ist. Dass sie bei dem Versuch, mich loszuwerden, jeden in Oasis umgebracht haben.«

Ein Zweig schlägt mir ins Gesicht, als ich neben ihr stehen bleibe. Der Schmerz durch den Schlag, zusammen mit meinen aufgewühlten Gefühlen, lassen mir Tränen in die Augen steigen.

»Theo, du kannst dir nicht derartige Vorwürfe machen«, sagt Phoe, während sie mich anblickt. »Ja, die Art und Weise, wie wir den Test geknackt haben, hat diesen Menschen meine Existenz verraten, was dazu geführt hat, dass sie zu einem Gegenschlag ausgeholt haben, aber die Schuld auf uns zu nehmen ist das Gleiche, wie jemanden dafür verantwortlich zu machen, dass er ausgeraubt wurde. Der Virus hat mich beinahe ausgelöscht, und dein Körper der echten Welt ist tot. Es war der Kreis, der den Virus aktiviert hat. Offensichtlich war ihm nicht klar, was er tat.«

Ich schüttele wie betäubt meinen Kopf. »Wenn ich dich niemals kennengelernt hätte, wenn ich niemals diese dreihundert Bildschirme aufgerufen hätte, würden alle in Oasis noch am Leben sein. Liam wäre noch am Leben. Es war keine perfekte Gesellschaft, aber sie war besser als gar keine.«

»Es ist noch nicht alles verloren.« Phoe legt ihre Hand auf meine Schulter. Auch wenn ihre Finger durch mich hindurchgleiten, breitet sich Wärme von der Stelle aus, an der sie mich berührt hat. »Der Virus kann weder der Firewall noch der DMZ etwas anhaben. Das bedeutet, dass alle, die gestorben sind, immer noch im Limbus gespeichert sind. Solange das der Fall ist, sind die Verstorbenen nicht wirklich von uns gegangen. Wenn wir diesen Ort überleben, wenn ich genügend Ressourcen gewinne, könnte ich Oasis simulieren, wenn es das ist, was du möchtest, oder ich könnte eine bessere Umgebung erschaffen, eine mit mehr Natur und weniger anderem Scheiß. Sobald sie fertig wäre, könnte ich alle, die du möchtest, zurückholen.«

Ich starre sie an. Ich weiß, dass meine Freunde alle als Speicherauszüge in der DMZ, im Limbus oder wo auch immer existieren. Wir haben sogar schon einmal darüber gesprochen, Mark wiederzubeleben. Aber ich erinnere mich auch daran, dass sie gesagt hatte, dass es egoistisch sei, sie zurückzubringen.

»Jemanden zurückzubringen, bevor ich genügend Ressourcen habe, ihn länger als nur eine kurze Zeit existieren zu lassen, wäre egoistisch. Sobald ich jedoch genügend Ressourcen habe, wäre es egoistisch, sie nicht zurückzubringen.«

»Aber wenn du diese Ressourcen nicht einmal vorher hattest, woher –«

»Aber siehst du denn nicht, dass, so traurig es auch ist, der Virus jede Menge Ressourcen geschaffen hat, die ich mir aneignen kann? Er hat alles zerstört – jedes Computerprogramm, das die Ahnen laufen lassen haben, damit ich weiterhin bewusstlos blieb – und außerdem gewisse aufwendige Datenverarbeitungsaufgaben wie die Illusionen der erweiterten Realität und Lebenserhaltungssysteme unnötig gemacht. Wenn der Virus verschwinden würde, hätte ich mehr als genügend Ressourcen, um die simulierten Menschen zurückzubringen.«

»Aber sie sind tot.« Ich weiß, dass ich gerade nicht sehr rational denke, aber ich kann Liams lilafarbenes Gesicht nicht vergessen. »Wie echt wären denn ihre wiederbelebten Ichs?«

Das kannst du am besten beurteilen«, meint Phoe. »Du fühlst dich nicht tot, oder? Für mich bedeutet Leben, die Welt mit meinem Kopf zu erleben. In diesem Sinn bist du immer noch gesund und munter. Liam, Mark und alle anderen, die du brauchst, könnten das gleiche Leben haben, das du gerade hast, und das an einem Ort deiner Wahl. Sie schaut in den eigenartigen Himmel und beginnt danach, weiterzulaufen. »Wenn du das magst, was die Ahnen erschaffen haben, können wir es als Inspiration nutzen«, sagt sie über ihre Schulter, »aber ich vermute, dass du für dich und deine Freunde etwas Besseres haben möchtest.«

Als ich sie einhole, laufen wir einige Minuten schweigend. Phoe hat recht. Ich fühle mich lebendig und genauso echt wie vorher, was keine Überraschung ist. Ich habe mich echt gefühlt, als ich mit ihr am Strand war, auch wenn ich wusste, dass ich in dieser Umgebung nicht wirklich am Leben war. Aber ich hatte damals als Anker einen Körper in der echten Welt, und den habe ich jetzt nicht. Bei diesem Gedanken stellen sich meine Nackenhaare auf. Das Paradies fühlt sich an, als sei ich in einem Videospiel gefangen, und ich will mich nicht für immer so fühlen.

»Du fühlst dich, als seist du in einem Videospiel gefangen, weil es gar nicht so weit von der Wirklichkeit entfernt ist«, sagt Phoe. »Das Paradies baut auf einer Rahmentechnologie auf, die dem IRES-Spiel sehr ähnlich ist. Deshalb war die Auswahl der Flügel und der äußeren Erscheinung wie der Anfang eines Videospiels. Im Gegensatz zu dem Ort, den ich erschaffen würde, formt dieser Ort deinen Körper nicht genau nach deinen ursprünglichen Molekülen, und das verändert ganz leicht, wie du dich fühlst. Deine Flügel, und die Tatsache, dass die Umgebung nicht den vertrauten physikalischen Gesetzen folgt, verstärken den Eindruck, dass es sich um einen virtuellen Raum handelt. Mit der Zeit wirst du dich aber daran gewöhnen.«

»Aber das ist nicht echt. Selbst wenn ich mich daran gewöhnen sollte, diese Vögel ...« – er schaut nach oben auf den Haufen Stare, die einen Schwarm bilden – »diese Bäume – dieses ganze Zeug existiert nicht.«

»Jetzt wirst du aber philosophisch«, erwidert Phoe. »Und wenn du das Spiel spielen möchtest, sollte ich dich darauf hinweisen, dass alles, was du jemals in deinem ›echten‹ Leben erlebt hast, eine Interpretation deines Gehirns auf deine sensorischen Inputs war. Dein Gehirn hatte diese Welt nach dem erschaffen, was deine Augen und Ohren durch die unvollkommenen, altertümlichen, auf Biologie basierenden Sensoren aufgenommen haben. Deine Augen konnten nur einen Splitter des elektromagnetischen Spektrums sehen, und deine Ohren konnten nur einen Bruchteil der Geräusche hören, die dich umgeben haben. Dein Gehirn hat diese unvollständigen Informationen aufgenommen und daraus eine virtuelle Realität geschaffen, in der du gelebt hast. Auf eine gewisse Art und Weise war deine Realität einen Schritt von dem entfernt, was wirklich dort draußen war. Du hattest niemals das komplette Bild. Und jetzt bekommst du einfach noch eine Schicht Unwirklichkeit mehr. Wenn wir aus diesem ganzen Paradies-Chaos herauskommen sollten, könnte ich wahrscheinlich einen Weg finden, dir Sensoren zu geben, um die echte Welt erleben zu können.«

Ich bin froh darüber, dass ich über eine Wiese laufe und nicht mit den Zweigen, die in mein Gesicht schlagen, zu kämpfen habe. In dem Zustand, in dem ich mich befinde, sind meine Fähigkeiten, auszuweichen, wahrscheinlich unzureichend. Ich muss wohl nicht extra sagen, dass mich Phoes Worte beruhigt haben.

»Du wirst dich besser fühlen, wenn du dich auf einen Plan konzentrierst, also sollten wir das tun«, sagt sie.

Ich zucke mit den Schultern und gehe auf den Rand der Wiese zu.

Phoe betrachtet mein Schweigen als eine Einladung und redet weiter. »Wir müssen so viel wie möglich über diesen Virus herausfinden«, meint sie und passt ihre Geschwindigkeit meinem Tempo an. »Wenn ich erst einmal weiß, wie er arbeitet, könnte ich ihn vielleicht schlagen und die Ressourcen –«

Plötzlich verfällt Phoe in Schweigen und blickt auf den Rand der Wiese, der jetzt noch etwa drei Meter von uns entfernt ist.

Eine große Frau kommt aus dem Wald heraus.

Sie sieht umwerfend aus, so wie das bei allen Ahnen der Fall zu sein scheint. Sie ist ebenfalls fast völlig nackt, bis auf die efeuartigen Blätter, die ihren Intimbereich bedecken. Sie hat sich einen geflochtenen Korb auf Höhe des Ellenbogens um den Arm gehängt, in dem sich ein Haufen verschiedenfarbiger Pilze befindet.

Sie sieht wie eine Art wilde Frau aus dem Wald aus.

Als die Ahnin mich sieht, bekommt sie große Augen und lässt den Korb fallen, woraufhin die Pilze sich im Gras verteilen.

Ihre Arme zucken, und ein langer Metallstab materialisiert sich in ihrer Hand. Mit einer anmutigen Geste spreizt sie das Objekt, und ich sehe, dass es sich um eine Art metallenen Fächer handelt, der Klingen auf den Spitzen der Rippen hat, die als Verbindungsstücke dienen.

»Das ist ein Tessen, ein Kriegsfächer«, zischt Phoe in mein Ohr. »Sie haben diese Waffe im altertümlichen China und Japan benutzt.«

Die Frau wirft ihn auf mich.

Ich ducke mich rechtzeitig, um den messerartigen Klingen des Fächers auszuweichen.

Der Apparat rauscht dicht über meinem Kopf vorbei und schneidet mir ein Büschel Haare ab.

Unbeirrt zielt die efeubekleidete Frau mit dem tödlichen Fächer auf meinen Hals.

DREIZEHNTES KAPITEL

Ich springe zurück, um mein Leben zu retten, aber die Klingen erwischen meinen Hals trotzdem.

Ein brennender Schmerz geht von der Stelle aus, an der der Fächer mich verletzt hat. Entsetzt, aber glücklich darüber, noch am Leben zu sein – oder zu existieren, oder wie auch immer die korrekte Bezeichnung für mein Dasein ist –, stolpere ich nach hinten und schreie: »Wer bist du? Warum greifst du mich an?«

Die Frau antwortet nicht; stattdessen schlägt sie einen Salto.

Es sieht aus, als würde sie einen Handstand machen, der in einer superschnellen Geschwindigkeit aufgezeichnet und immer wieder abgespielt wird. Am Ende ihres beeindruckenden Manövers steht sie neben mir.

Sie faltet ihren Fächer zusammen, so dass er wieder ein fester Stock ist. Ich beginne, nach meinen eigenen Waffen zu gestikulieren, aber die Frau ist schneller und sticht den Stock in meine Seite.

Der Schmerz zwingt mich dazu, meine Geste abzubrechen. Das Metall ihrer Waffe fühlt sich so kalt an, dass es mich an meine letzten Momente in Oasis erinnert, als ich fast erfroren war. Ich blicke nach unten, und Galle steigt in meinem Hals auf. Ihre Waffe steckt mehr als einen Zentimeter tief in meinem Bauch. Sie zieht den Fächer heraus, so dass mein leuchtendes Blut auf das Glas spritzt, und definiert neu, was Schmerz wirklich bedeutet.

Ich bin kurz davor, in Ohnmacht zu fallen. Weißer Sternenstaub tanzt vor meinen Augen, und wie durch einen Nebel sehe ich, dass die Frau den Fächer erneut auffaltet.

Die scharfen Spitzen ihrer Waffe fliegen auf meine Kehle zu.

Ich nehme an, dass Phoe meinen Körper übernimmt, weil ich mich bewege. Hätte sie mich mir selbst überlassen, hätte ich mich zu einem kleinen Ball zusammengerollt.

Mit übermenschlicher Gelenkigkeit ducke ich mich unter dem Fächer weg und ergreife das schlanke Handgelenk meiner Angreiferin mit meiner Faust, deren Knöchel vom starken Zusammendrücken ganz weiß werden. Gleichzeitig schlage ich die Kante meiner anderen Hand in ihre Armbeuge.

Die scharfen Klingen ihres Fächers schneiden in ihre Kehle, anstatt in meine.

Ohne innezuhalten, schlage ich gegen den Griff des Fächers und schiebe dadurch die Stahlspitzen durch ihren Hals.

Das gurgelnde Schreien der Frau hört sich an, als würde jemand eine rostige Säge nehmen, um eine majestätische Harfenmusik zu spielen. Als sie fällt, werden aus ihrem Körper pixelige Flecken, bevor er verschwindet.

Schwer atmend blicke ich auf den umgefallenen Korb und die Pilze auf dem Gras – der einzige Beweis dafür, dass die Frau jemals hier gewesen war.

»Was zur Hölle war das?«, frage ich und drehe mich zu Phoe um. Ich bekomme große Augen. »Wow, hast du jetzt einen Körper?«

»Ja.« Phoe berührt meinen Ellenbogen mit ihren sehr echten Fingern. »Ich bin genauso wirklich wie alle anderen an diesem Ort. Jeanines Ressourcen haben mir dazu verholfen. Und zu dem, was passiert ist – na ja, sie hat uns angegriffen. Da ich ihre Erinnerungen habe, kann ich dir zeigen, warum, falls du möchtest.«

Ich überprüfe meine Bauchwunde und meinen Hals. Dort ist nichts. Nicht einmal eine Narbe.

»Hier heilen alle besser. Es ist Teil der spielbasierten Infrastruktur«, erklärt mir Phoe. »Ich habe deine Heilung nur beschleunigt. Und jetzt zeige ich dir ihre Erinnerungen.«

Ich schaffe es, mich auf das Gras plumpsen zu lassen, bevor ich mich wieder einmal in einem fremden Kopf befinde.

Ich gehe auf die Wiese zu.

Das fühlt sich komisch an, weil mein Körper zu schlank ist, Kurven an den falschen Stellen hat und mein Gang völlig falsch ist, da sich meine Hüften ganz eigenartig von einer Seite zur anderen bewegen.

Mein Name ist Jeanine.

Phoe hat den Namen bereits beiläufig erwähnt, aber in diesen Erinnerungen ist er mehr als nur ein Name.

So, wie als ich mich in Brandons Erinnerungen befunden habe, nehme ich nicht nur Jeanines Gedanken wahr, während wir gehen; ihre ganze Vergangenheit breitet sich vor mir aus, und ich kann sie aufrufen, wenn ich das möchte. Einige Bruchstücke blitzen in meinem Kopf auf. Ich erinnere mich daran, auf der Erde ein kleines Mädchen gewesen zu sein und ein Raumschiff bestiegen zu haben, das noch nicht das Oasis ist, was ich kenne. Ich erinnere mich an die Krankheit, die ihr das Leben genommen hat, und wie sie mit der ersten Welle der Ahnen im Paradies aufgewacht ist. Besonders interessant ist, dass ich Jeanines ganzes Leben hier sehen kann, einschließlich der Jahrhunderte voller Muße und Vergnügen. Sie kannte Brandon, den Mann, den wir limbusiert haben. Sie kannte ihn so intim –

»Konzentriere dich, Theo, oder du wirst nicht mitbekommen, was sie gedacht hat, als sie uns gesehen hat«, meint Phoe. »Das willst du doch eigentlich wissen, oder nicht?«

Ich schaue durch Jeanines Augen. Ich gehe auf meiner Insel spazieren und sammele Pilze für Brandons Lieblingseintopf. Ich betrete die Wiese und sehe ein neues Gesicht.

Jeanines Gedanken überschlagen sich. Sie erinnert sich an das, was Brandon ihr gesagt hat, bevor er zur Kathedrale geflogen ist – das Geheimnis, das er ihr über die grausame Aufgabe verraten hat, die der Kreis ihm aufgetragen hat – und warum.

Eine schnelle Argumentationskette spielt sich in Jeanines Kopf ab. Diese neue Person muss Teil der Gruppe sein, die Brandon neutralisieren soll. Trotzdem ist er hier.

Sie ist in Gefahr. Das ganze Paradies muss sich durch diese Person, die Brandon und seinen Beschützern entkommen ist, in Gefahr befinden.

Sie muss schnell handeln.

Ihr Herz ist voller Sorge um Brandon, als sie ihre Waffe herbeiruft und ihm dankbar für die Trainingsstunden ist.

»Ich möchte nicht miterleben, wie ich mir in die Kehle steche«, denke ich zu Phoe, als sich die

Erinnerungen an den Kampf aus Jeanines Blickwinkel abspielen. »Bitte–«

Ich bin zurück auf der Wiese, in meinem Körper, und mein Kopf dreht sich.

»Sie war die Freundin von –«

»Dem großen Kerl, den wir limbusiert haben.« Phoe setzt sich neben mich und umarmt ihre an die Brust gezogenen Knie. »Das ist traurig. Sie haben sich wirklich geliebt. Das kann man in ihren Erinnerungen sehen. Auf eine gewisse Weise ist es fast gut, dass diese Ereignisse sich so entwickelt haben. Zumindest werden sie sich nicht vermissen. Hoffentlich werden sie irgendwann zusammen wiederhergestellt.«

»Warte, Phoe. Noch mal von vorn. Freundin? Ich habe sie in ihren Erinnerungen gesehen, die ganzen verbotenen Dinge, die sie miteinander gemacht haben.«

»Sie unterscheiden sich kaum von dem, was wir getan haben.« Phoe zwinkert mir anzüglich zu.

»Aber wir haben alle möglichen Regeln gebrochen«, erwidere ich. »Das hier sind Ahnen. Dass sie Sex haben …«

»Ich weiß. Es ist nicht das erste Mal, dass diese Menschen beweisen, dass sie Heuchler sind. In diesem Fall denke ich, dass sie argumentieren würden, dass das Paradies eine Form von Leben nach dem Tod ist, weshalb es andere Regeln geben kann. So wie ich es verstehe, betrachten sie ihre Leben in Oasis als eine lange Kindheit. So wie die Ahnen, die in Oasis geboren wurden, das sehen, wird man erst wirklich erwachsen, nachdem man ein Leben gelebt hat. Von ihrem Blickwinkel aus schadet ein zweihundert Jahre langes Sexverbot nicht, wenn man danach im Paradies Jahrtausende Zeit hat, um alles nachzuholen.« Sie verzieht ihr Gesicht. »Für die anderen Ahnen, diejenigen, die ursprünglich von der Erde kamen, war Sex niemals ein Tabu. Ich glaube, sie haben es hier erlaubt, weil sie nicht ohne ihn leben konnten, und die Neuankömmlinge aus Oasis haben davon profitiert –«

Phoe hört auf zu reden und schaut entsetzt in den Himmel – ein Gesichtsausdruck, den ich, glaube ich, noch nie bei ihr gesehen habe.

Zuerst denke ich, dass sie zu den Krähen blickt, die vorbeifliegen – was außerhalb des Zoos wirklich eigenartig ist –, aber dann sehe ich die wirkliche Quelle von Phoes Besorgnis.

Die Wolken, die normalerweise am Himmel entlanggleiten, haben sich an einer Stelle versammelt und eine erkennbare Form angenommen.

Sie sind zu einem Gesicht geworden.

Am Himmel ist ein Gesicht aus Wolken, eine Erscheinung, die aus einem der altertümlichen Märchen zu kommen scheint.

Ich kämpfe gegen den Drang an, mir die Augen zu reiben. Menschliche Wesen scheinen Gesichter in zufälligen Mustern zu sehen. Phoe hat mir einmal erklärt, dass die Fähigkeit der Menschen, menschliche Gesichter wiederzuerkennen, so gut ist, dass diese Mechanik manchmal nach hinten losgeht, und sie Gesichter in einem Schmutzfleck oder auf gekräuseltem Wasser sehen. In diesem Fall weiß ich allerdings, dass es keine optische Selbsttäuschung ist, da Phoe auch auf die Wolken schaut. Das Gesicht am Himmel muss wirklich ein Gesicht sein – was genauso wenig Sinn ergibt wie die schwebenden Inseln, die es umgeben.

Das Gesicht ist männlich. Seine Augen sehen weise aus, und sein kräftiges Kinn gibt ihm eine erhabene Ausstrahlung.

Die Lippen der Wolke öffnen sich, und mit einer Stimme, die lauter dröhnt als Donner, sagt das Gesicht: »Paradies. Hör mir zu.«

Die Krähen fliegen in alle Richtungen, und sogar der Wald sieht eingeschüchtert aus, so als hätte ihn das Geräusch verstört.

»Der Kreis wird in einer Stunde zu euch sprechen«, fährt die donnernde Stimme fort. »Versammelt euch alle. Wir haben schlimme Nachrichten.«

Mit einem theatralischen Blitz verschwindet das Gesicht. Die Wolken treiben auseinander und verteilen sich am Himmel.

»Was zur Hölle war das?«, frage ich.

Phoes Blick wird einen Moment lang abwesend; dann sagt sie: »Laut der Erinnerungen, die mir zur Verfügung stehen, ist das die Art und Weise, wie der Kreis die seltenen gemeindeversammlungsartigen Treffen ankündigt. Die Einwohner des Paradieses werden sich auf der größten öffentlichen Insel versammeln, an einem Ort, den sie Paradiessaal nennen. Das geschieht nur etwa einmal in jedem Jahrhundert, das hier vergeht, und besteht darin, dass ein Mitglied des Kreises ihnen aufmunternde Worte sagt. Diesmal nehme ich allerdings an, dass sie erfahren werden, was in Oasis geschehen ist.«

Ich stehe auf und frage: »Okay, und wie passt das zu unseren Plänen?«

»Laufen wir den restlichen Weg«, antwortet Phoe und steht auf. »Wir müssen immer noch sicherstellen, dass die Beschützer uns nicht sehen.«

Während ich renne, bemerke ich, dass meine Muskeln sich vollständig von meinem Kampf gegen Jeanine erholt haben. Phoe, die neben mir läuft, genießt es ganz offensichtlich, einen neuen Körper zu haben.

»Also, ja, der Plan«, meint sie, noch bevor ich meinen Mund öffnen kann, um sie daran zu erinnern. »Du wirst ihn nicht mögen.«

Mein Gelächter ist schon fast hysterisch. »Wann hast du dir jemals einen Plan einfallen lassen, den ich mochte?«

»Das weiß ich, okay? Du bist ein schwieriger Mann, wenn es darum geht, Pläne zu finden, die dir gefallen.« Sie lacht. »Aber ernsthaft, dieser Plan ist so gewagt, dass nicht einmal ich weiß, ob ich ihn mag.«

»Lass mich raten. Du willst zu dieser Versammlung gehen«, sage ich und ducke mich unter einem Ast hinweg. »Warm?«

»Hör mir zu«, antwortet sie, und ihre Stimme klingt wieder ernst. »Um etwas über den Virus zu erfahren, müssen wir Zugang zu den Menschen bekommen, die ihn aktiviert haben: den Kreis. Leider hängen die Mitglieder des Kreises nicht einfach so im Paradies herum. Sie bleiben im Sanktum, einem Ort, den alle Erinnerungen als eher uneinladend für alle außerhalb des Kreises darstellen. Während dieses Treffens wird aber jemand des Kreises anwesend sein.« Sie schaut mich kurz an. »Ich werde es jetzt nicht für dich schönreden. Ich will, dass du so nah wie möglich an diesen Ahnen aus dem Kreis herankommst, um ihn oder sie zu limbusieren. Meine Hoffnung ist, dass die Erinnerungen dieser Person Informationen über den Virus enthalten.«

Ich bleibe stehen, da meine Beine auf einmal weich werden. Phoe hält auch an.

»Also ist dein Plan, einen der Regierenden des Paradieses umzubringen?«

VIERZEHNTES KAPITEL

»So wie du es sagst, hört es sich hässlicher an als mein eigentliches Vorhaben, aber selbstverständlich.« Sie geht einen Schritt auf mich zu. »Ich will dieses Arschloch haben.«

»Und du möchtest, dass ich das vor den Augen aller Einwohner dieses Ortes tue?« Ich trete zurück.

»Nein, nichts so Selbstmörderisches.« Sie ergreift meine Hand und drückt sie leicht. »Ich möchte an der Gemeindeversammlung teilnehmen, da ich hoffe, dass du die Möglichkeit bekommst, diese unschöne Aufgabe unauffällig zu erledigen.«

»Unauffällig?« Ich ziehe meine Hand zurück. »Sie werden uns als Fremde erkennen, sobald sie uns sehen. Du hast dieselben Erinnerungen erfahren wie ich. Jeanine wusste, dass ich kein Mitglied des Paradieses war, weil sie alle kannte –«

»Dafür habe ich eine Lösung«, meint Phoe. »Wenn ich meine ganzen derzeitigen Ressourcen nutze, kann ich dich wie einen der Menschen aussehen lassen, die wir limbusiert haben. Ich wäre dann wieder nur noch eine Stimme in deinem Kopf, aber das wäre es wert.«

»Du wirst alle denken lassen, dass sie jemand anderen sehen?« Ich gehe weiter.

»Nein, es wäre wie das Wandeln der Gestalt aus den Märchen«, erwidert Phoe und kommt neben mich. »Du wirst einen anderen Körper haben. Das könnte interessant sein.«

Ich hatte befürchtet, dass sie das meinte, aber ich hatte sichergehen wollen. Ich atme einige Male tief ein, um mich zu beruhigen, da ich mich daran erinnere, wie ich mich gefühlt habe, als ich in Brandons und Jeanines Erinnerungen war; das Wandeln meiner Gestalt hört sich ähnlich an.

»Genau«, sagt Phoe. »Und ich denke, es sollte Jeanine sein. Brandon wäre eine hervorragende

Alternative, weil er Zugang zum Kreis hatte, aber da einige Beschützer gesehen haben, wie du ihn in der Kathedrale limbusiert hast, können wir das nicht riskieren. Ich könnte dich stattdessen auch wie Jeff oder Bill aussehen lassen, die anderen beiden Beschützer, die wir limbusiert haben, aber das wäre immer noch riskant. Die anderen Beschützer könnten sie zu deiner Verfolgung befragen und wissen wollen, warum sie nicht zurückgekommen sind.«

»Warum muss ich überhaupt meine Gestalt verändern? Kannst du dich nicht wie Jeanine aussehen lassen?«

»Nicht mit den Ressourcen, die ich habe. Ich arbeite gerade quasi mit Ausschuss. Du, wie jeder andere legitime Bewohner des Paradieses, hast einen ganzen Haufen Rechenleistung zugeteilt bekommen. Was ich habe, sind einige nicht zugeordnete Ressourcen, die übrig geblieben sind, als das System versucht hat, das zurückzufordern, was Brandon, Jeff, Bill und Jeanine gehörte. Die gute Nachricht ist, dass ich mehr als einen Weg habe, deine Gestalt zu verändern. Zum einen kann ich den Auswahlprozess, den du durchlaufen hast, als du ins Paradies gekommen bist, noch einmal durchführen lassen und dich dazu bringen, die Entscheidungen zu treffen, die dich wie Jeanine aussehen lassen würden. Aber das könnte uns auf das Radar des Algorithmus gegen Eindringlinge bringen, vorausgesetzt, dieser Ort hat einen.«

Ich erschaudere, als ich mich daran erinnere, was mir Phoe über die Fähigkeiten dieses Algorithmus in dem Test erzählt hat.

»Ich bezweifele, dass es hier einen gibt«, meint Phoe und biegt leicht von unserem Weg ab. »Es wäre zu riskant für den Kreis, einen zu benutzen, da dieser Ort sich weit von seiner eigentlichen Bestimmung entfernt hat, die, wie ich wegen der Waffen annehme, eher die Unterhaltung als die Lebensverlängerung war. Trotzdem ist Vorsicht besser als Nachsicht, also werde ich eine andere Option benutzen und einfach deinen existierenden Körper optimieren.«

Sie bleibt stehen, als sie an einer klaren Pfütze ankommt. Sie ist zu sauber, als dass sie durch Regen entstanden sein könnte. Vielleicht gibt es eine unterirdische Quelle? Da diese Wassergebilde in Oasis nicht existiert haben, bin ich mir nicht sicher.

Phoe schaut mich erwartungsvoll an, während sie auf meine Antwort wartet.

»Ich verstehe deinen Grund, Jeanine benutzen zu wollen«, sage ich. »Aber was passiert, wenn ich jemanden treffe, der sie kannte?«

»Nicht wenn, sondern sobald.« Phoe führt eine Geste durch, und eine leere Wasserflasche erscheint in ihrer Hand. »Jeanine kannte jede einzelne Person im Paradies, und du wirst alles wissen müssen, was sie über sie wusste, was eine Menge Informationen für dich sein werden. Du darfst nicht vergessen, wie lange diese Menschen schon zusammenleben. Selbst wenn die Zeit, die hier vergeht, eins zu eins wie die der echten Welt wäre, sind für die meisten dieser Wesen hier Jahrhunderte vergangen.«

»Was meinst du mit ›wenn die Zeit –‹«

»Erinnerst du dich noch an meine Simulation eines Strandes?«

Ich nicke.

»Na ja, so ähnlich wie an jenem Ort denken wir hier viel schneller, weil unsere Gehirne simuliert und nicht biologisch sind. Das bedeutet, dass in einer Sekunde der Zeit der echten Welt die Bewohner des Paradieses Minuten, Stunden oder sogar Tage erleben können, je nachdem, wie die Rechenleistung des

Paradieses aufgeteilt ist und wie effizient die Simulationen sind.«

Sie beugt sich nach unten und füllt etwas klares Wasser in ihre Wasserflasche. Trotz unserer ernsthaften Lage kann ich es nicht verhindern, ihren Körper in dieser Position zu bewundern.

Sie richtet sich auf und fährt fort. »Ohne Zugang zur äußeren Welt ist es schwer zu sagen, wie groß der Unterschied ist. Von Jeanines Erinnerungen ausgehend, ist es eine monumentale Reise gewesen. Ich kann nicht sagen, wie viel Zeit vergangen ist, da sich in ihrer Erinnerung absichtliche Lücken befinden, die ich wegen meiner fehlenden Ressourcen nicht rückgängig machen kann. Aber ja, nach all dieser Zeit kennt sie definitiv jeden hier. Auch wenn die Ahnen es vorziehen, auf ihren Inseln zu bleiben, hatte Jeanine sehr viel Zeit, die Bekanntschaft mit jeder einzelnen Person im Paradies zu machen, und andersherum.«

»Dann habe ich ein Problem, weil ich hier niemanden kenne«, erwidere ich und sehe Phoe dabei zu, wie sie einen kleinen Schluck aus der Flasche nimmt.

»Aber wir haben Zugang zu Jeanines Erinnerungen.« Sie reicht mir ihre Wasserflasche. »Ich werde für dich eine Verbindung zu ihnen herstellen, damit du in der Lage sein wirst, dich an alle Dinge zu erinnern, die du brauchst. Falls es nötig sein sollte, werde ich dir auch helfen. Allerdings werden wir immer noch vorsichtig sein müssen, tiefgründige Gespräche mit Menschen zu führen, die sie gut kannten, da der Zugriff auf diese Menge an Daten, die Jeanines Leben umfassen, eine rechnerische Herausforderung ist. Sie hat einfach zu lange gelebt, und unsere Ressourcen sind begrenzt.«

»In Ordnung.« Ich nehme vorsichtig einen Schluck aus ihrer Flasche. Das Wasser schmeckt besser als alles, was ich jemals in meinem Leben getrunken habe. »Ich nehme an, dass die Idee nicht ganz so waghalsig ist, wie sie zuerst zu sein schien.«

»Sie ist ziemlich verzweifelt, aber in der Not frisst der Teufel Fliegen«, erwidert Phoe und verschwindet. Die Flasche in meiner Hand verschwindet ebenfalls. »Bist du bereit, dich in Jeanine zu verwandeln?«, fragt eine Stimme in meinem Kopf.

Ich zucke mit den Schultern. »So bereit, wie ich nur sein kann.«

»Ich interpretiere das als ein Ja«, sagt Phoe, und ein starkes Schwindelgefühl überkommt mich.

Als die Welt endlich aufhört, sich zu drehen, fühle ich mich genauso wie damals in ihren Erinnerungen, nur dass alles viel lebendiger ist. Ich strecke meine Arme aus; sie sind schlank und feminin, mit zierlichen, manikürten Fingern. Ich schaue nach unten und erblicke efeubedeckte Kurven, bei denen ich Panik bekomme, weshalb ich wieder nach vorn sehe. Ich beschließe, dass es besser ist, meinen neuen Körper durch Berühren zu erkunden. Meine zarten Hände fahren über meine noch zarteren Brüste, und das Gefühl ist nicht unangenehm. Ich muss mich auch einfach zwischen den Beinen berühren – sicherheitshalber. Schnell ziehe ich meine Hand wieder weg. Das Fehlen meiner normalen Ausstattung ist angsteinflößend.

Ich hocke mich hin und betrachte mein Spiegelbild in der Pfütze.

Jeanines symmetrisches Gesicht blickt mich an, und ihre klassischen Gesichtszüge sind angstverzerrt.

»Phoe?«, sage ich mit einer Stimme, die wie eine Harfe klingt.

»Ab jetzt solltest du zu mir denken«, antwortet Phoe als Gedanke. »Es wäre das Beste, wenn du dich wieder an diese Form der Kommunikation gewöhnen würdest, da wir nicht wollen, dass Jeanine vor anderen Menschen zu einem imaginären Freund spricht. Auch kein lautloses Sprechen – nichts, was ungewollte Aufmerksamkeit auf dich ziehen könnte.«

»Okay«, denke ich und stehe auf. »Das ist wirklich eigenartig.«

»Ich weiß«, erwidert Phoe. »Bewege dich ein wenig, damit du dich an diesen Körper gewöhnst. Lass uns deine Propriozeption und deine kinästhetische Wahrnehmung testen.«

»Meine was?«

»Berühre deine Nase mit einem Finger.«

Ich tue, was Phoe verlangt. Die Bewegung ist flüssig und leicht, und meine Nase sieht kleiner aus, als ich mich auf sie konzentriere.

»Woher wusstest du, wo deine Nase ist?«, fragt sie.

Ich zucke mit den Schultern, was meine Aufmerksamkeit darauf lenkt, wie schmal und schlank sie jetzt sind.

»Der Sinn, der es dir ermöglicht hat, deine Nase zu berühren, heißt Propriozeption. Hebe diesen

Kieselstein auf, wirf ihn in die Luft und schließe deine Augen.«

Wieder tue ich, was sie sagt, aber eine Sekunde später, als der Kieselstein mich beinahe am Kopf trifft, ducke ich mich, ohne dabei meine Augen zu öffnen.

»Wie du dir schon gedacht hast, war es die kinästhetische Wahrnehmung, die es dir ermöglicht hat, dem Stein auszuweichen«, erklärt mir Phoe. »Propriozeption ist eng mit der kinästhetischen Wahrnehmung verbunden. Lass uns ein wenig gehen.«

Ich öffne meine Augen. Meine Wimpern sind eigenartig deutlich zu sehen. Das muss daran liegen, dass sie länger sind.

Ich beginne, zu gehen. Diesmal fühlt sich mein Hüftschwung nicht eigenartig an, auch wenn ich mich dadurch auf eine Art und Weise bewege, die für mich nicht normal ist.

»Versuche, ihre Waffe herbeizurufen, aber mit der unauffälligsten Bewegung, die du hinbekommst«, schlägt Phoe vor.

Ich öffne meine rechte Hand und wünsche meine Waffe herbei. Der Tessen – die von Jeanine ausgewählte Waffe – erscheint in meiner Hand. Ich hatte halb erwartet, dass es eines meiner beiden Feuerkatanas sein würde, aber ich nehme an, dass der Fächer Sinn ergibt.

»Ja, ich mache keine halben Sachen«, meint Phoe. »Du solltest in der Lage sein, diese Waffe mit Hilfe von Jeanines Muskelgedächtnis zu benutzen. Ich habe es dir gerade zugänglich gemacht.«

Ich handele instinktiv, als ich den Fächer auffalte und ihn auf den nächstgelegenen Ast werfe, den ich dadurch zerschneide. Gleichzeitig wiederhole ich den Handstand-Salto, den Jeanine während unseres Kampfes durchgeführt hat, und nähere mich dem Baumstamm. Ich ziele auf die Eiche und hinterlasse tiefe Einschnitte im Holz.

»Das läuft bis jetzt hervorragend«, meint Phoe. »Du bekommst ein Gefühl für diesen Körper.«

Sie lässt mich springen, laufen, tanzen und eine Reihe anderer Tests durchführen, die ich alle zu ihrer vollsten Zufriedenheit bestehe.

»Du hast Glück, dass Brandon tot ist.« Phoe lacht in meinem Kopf auf, nachdem ich eine formelle Verbeugung ausgeführt habe, die alle vor den Mitgliedern des Kreises machen. »Dadurch müssen wir uns keine Gedanken darüber machen, dass du einen Mann küssen musst – oder Schlimmeres.«

Auch wenn ich nicht länger eine unschuldige Jungfrau bin, war ich trotzdem nicht auf den Gedanken gekommen, als Jeanine küssen oder »Schlimmeres« tun zu müssen. Ich habe mich immer noch nicht daran gewöhnt, in diese Richtung zu denken. Jetzt allerdings, da Phoe es erwähnt hat, bin ich dankbar dafür, dass wir diese Möglichkeit ausgelöscht haben – im wahrsten Sinne des Wortes. Ich kann mir nicht vorstellen, jemand anderen als Phoe zu küssen, und ganz besonders nicht einen Mann.

»Ich fühle mich geschmeichelt, dass du dir nicht vorstellen kannst, lieber einen Mann als mich zu küssen.« Phoes Gedanken sind mehr als erheitert. »Ich denke, dass wir so weit sind, uns der bewussten Abfrage von Langzeiterinnerungen zuzuwenden. Ich werde die Verbindung herstellen, sobald du bereit bist.«

»Ich bin bereit«, sage ich, schließe meine Augen und bereite mich auf was auch immer vor.

»Fertig«, meint Phoe. »Wie fühlst du dich?«

Ich öffne meine Augen. Das Gefühl, welches mich überkommt, ist mir nicht unbekannt. Ich fühle das Gleiche, wenn ich eine Kleinigkeit vergesse und eine Ewigkeit damit verbringe, mich daran zu erinnern, obwohl sie mir auf der Zunge liegt, bis ich mich plötzlich daran erinnere. Der Unterschied ist allerdings, dass es sich jetzt um eine Unmenge von Kleinigkeiten handelt.

Ein Beispiel dafür ist der Duft der Waldluft. Bevor Phoe Jeanines Erinnerungen mit meinen verbunden hat, war der Geruch unterschwellig. Jetzt allerdings weiß ich, dass der Duft sorgfältig von Jeanine zusammengestellt wurde, um den genauen Geruch des Waldes im Frühjahr zu imitieren, an den sie sich aus ihrer Kindheit erinnerte.

Jeder Baum, jeder Vogel und jedes Tier – selbst die Pilze – wurden sorgsam im Laufe der Jahre geschaffen, damit sich Jeanine beim Umherwandern auf ihrem Gebiet wie zu Hause fühlte.

»Sie hat diesen Ort erschaffen?«, frage ich unbeabsichtigt laut. Dann füge ich in Gedanken hinzu: »Entschuldige bitte, dass ich laut gesprochen habe.«

»Die Ahnen, du also auch, können das Paradies auf einige begrenzte Weisen nach ihrem Willen formen«, erklärt mir Phoe. »Das ist eine weitere Parallele zu der Funktionsweise des IRES-Spiels. Nur dass das Spiel sich selbst auf der Basis der unbewussten Ängste des Nutzers geformt hat, während das Paradies dahingehend gehackt wurde, sich auf der Grundlage der bewussten Kontrolle zu formen. Ich kann einiges dieses Interfaces anzapfen, wie ich es getan habe, um deine Heilung zu beschleunigen. Die Begrenzung ist, dass das Paradies verschiedene Nutzer auf einmal unterbringt, und deren verschiedene Wünsche aufeinanderprallen können. Du kannst nicht einfach zu jemandem hingehen und verlangen, dass derjenige Hörner haben soll – zumindest nicht, solange es nicht etwas ist, was derjenige auch will und es die anderen Bewohner des Paradieses nicht stört. Auf ihren privaten Inseln allerdings ist die einzige Grenze der Ahnen ihre eigene Vorstellungskraft.«

Ich beginne zu gehen und versuche, die Flut der Erinnerungen zu unterdrücken, da ich die Auswirkungen eines solch eigenartigen Setups verinnerlichen möchte.

»Keine Zeit für Bewunderung, befürchte ich«, denkt Phoe zu mir. »Da du jetzt nicht mehr aussiehst wie du selbst, müssen wir uns nicht mehr im Wald verstecken oder unter den Inseln entlangfliegen, um nicht entdeckt zu werden. Du kannst direkt zur zentralen Insel fliegen. Erinnerst du dich, wo sie liegt?«

Sobald ich an diese Insel denke, kommen Erinnerungen in mir hoch. Wenn ich nach rechts und an den zehn nächstgelegenen Inseln vorbeifliege, werde ich bei der zentralen Insel sein.

»Dann los«, drängt mich Phoe.

»Gut«, denke ich und spreize meine/Jeanines riesige Eulenflügel. »Fliegen wir.«

FÜNFZEHNTES KAPITEL

Es macht fast Spaß, als Jeanine zu fliegen, weil ihre Erfahrungen und ihr Muskelgedächtnis aus Jahrhunderten des Fliegens irgendwie meine Höhenangst dämpfen. Der Anblick der Inseln löst Erinnerungen in mir aus, die mich außerdem von meiner Angst ablenken.

Rechts von mir befindet sich die große Insel, die Iris gehört. Selbst aus dieser Entfernung kann ich den rosafarbenen Kreis sehen, der Iris' Rosengarten ist, ein Detail, für dessen Berechnung und Entwicklung sie dreihundert Jahre benötigt hat.

Auf meiner linken Seite ist Calebs Insel mit perfekten Statuen jeder Person, auf die der Mann jemals ein Auge geworfen hat – mit präzisen anatomischen Details.

Ich fliege an der unauffälligen Wildnis der Insel vorbei, die Sara gehört, einer meiner – ich meine Jeanines – engsten Freundinnen. Sara hat die letzten fünfzig Jahre damit verbracht, zu meditieren und Gedichte im jambischen Pentameter zu verfassen. Da sie Jeanine sehr nahe stand, erinnere ich mich daran, wie sie aussieht, und behalte im Hinterkopf, ihr aus dem Weg zu gehen, da sie Jeanine gut genug kennen könnte, um einige Veränderungen zu bemerken, die ich vielleicht an Jeanines Verhalten vorgenommen habe.

Je weiter ich mich der zentralen Insel nähere, desto mehr geflügelte Menschen sehe ich, die alle in die gleiche Richtung fliegen wie ich. Als die riesige Kuppel der Insel bereits zu sehen ist, wirkt die Masse der dorthin strömenden Menschen wie ein Vogelschwarm.

Ich durchfliege die Kuppel und bereite mich erfahren auf meine Landung vor, während ich gleichzeitig versuche, selbst kleinere Gruppen und jeden anderen zu meiden, der mehr als nur ein flüchtiger Bekannter von Jeanine war.

Die zentrale Insel ist riesig – mindestens zehn Oasis würden bequem auf sie passen –, und sie ist spektakulär. Sie sieht aus, als hätte jemand alle altertümlichen Weltwunder genommen, sie aufgefrischt und sie dann hier auf der Insel verteilt. Ich benutze Jeanines Erinnerungen, um zu erfahren, dass die Bauwerke nach den Gegenden der alten Erde, von der sie kamen, angeordnet sind. Die Freiheitsstatue befindet sich neben der Replik von etwas, bei dem es sich nur um das Empire State Building handeln kann, und der Schiefe Turm von Pisa ist neben dem Kolosseum.

»Das ist der größte Themenpark, der jemals erschaffen wurde«, kommentiert Phoe. »Besonders wegen unseres Ziels.«

Sie hat definitiv recht.

Das riesige Schloss, auf das alle zufliegen, sieht verdächtig nach dem am Anfang der Disney-Filme aus, nur derart vergrößert, dass es droht, die Kuppel mit seiner höchsten Turmspitze zu durchstechen.

Ich lande auf dem Kiesweg, der zu dem riesigen Tor des Schlosses führt. Die Masse der Ahnen ist so dicht gedrängt, dass ich kein Problem damit habe, unerkannt zu bleiben, als ich den enormen Saal betrete, in dem die Versammlung stattfinden soll. Ich kämpfe dagegen an, von den Erinnerungen überrollt zu werden, als ich die Gesichter um mich herum wiedererkenne; wenn ich jede Information in meinen Kopf lassen würde, würde mein Gehirn vor Überlastung schmelzen.

Phoe lacht. »Gehirnschmelze ist jetzt körperlich unmöglich für dich – falls sie jemals möglich war –, aber deine Herangehensweise ist gut. Schau nach unten und gehe so weit zur Vorderseite des Saals, wie du nur kannst.«

Vorsichtig schiebe ich mich durch die Flügel und Gliedmaßen, die mir den Weg versperren. Es ist eine Fleischbeschau aus kaum bekleideten, jung aussehenden Körpern, und an einem anderen Tag hätte meine Nähe zu ihnen Auswirkungen auf mich gehabt. Heute allerdings betrachte ich sie klinisch. Niemand schenkt mir viel Aufmerksamkeit; sie sind alle zu sehr damit beschäftigt, Theorien über den Grund dieser Versammlung auszutauschen.

»So schnell ein neues Mitglied? Jeremiah war nicht einmal einen ganzen Tag lang Gesandter«, höre ich einen rothaarigen Mann sagen.

»Nein«, meint eine große Frau. »Ich denke, es hat etwas damit zu tun –«

Ich verliere wegen des Durcheinanders der Stimmen um mich herum den Faden ihrer Unterhaltung. In Oasis hatten wir nie solche großen Versammlungen. Ich fühle, wie der Anblick von so vielen Menschen auf einem Haufen etwas Ursprüngliches in mir erweckt – eine Art Angst. Ich unterdrücke dieses Gefühl und konzentriere mich stattdessen auf die üppige Dekoration. Durch Jeanines Erinnerungen – sie war Teil der Menschen, die diesen Ort erschaffen haben – wusste ich bereits, dass der Saal umwerfend sein würde. Aber jetzt, da ich die Fresken, die Statuen und die aufwendigen Glasmosaiken mit eigenen Augen sehe, ist er atemberaubend.

Irgendwann kann ich mich nicht weiter nach vorn schieben. Die Menschen stehen einfach zu dicht aneinandergedrängt. Ich befinde mich etwa zwölf Meter von der Bühne entfernt und muss mich damit zufrieden geben.

Einige Augenblicke lang betrachte ich mit offenem Mund meine Umgebung; dann drücken mich die Menschen von hinten gegen die Ahnen vor mir. Der Saal füllt sich ernsthaft, als die letzten Menschen durch die verschiedenen Türen und offenen Fenster hineinkommen. Manche fliegen sogar durch eine Öffnung in der Decke nach unten.

Es sind zu viele Personen, um sie zählen zu können, aber wenn ich ihre Anzahl schätzen sollte, würde ich sagen, dass es sich um einige tausend Ahnen handelt – mehr, als ich jemals erwartet hätte. Ich will das gerade Phoe mitteilen, als ich in Jeanines Erinnerungen eindringe und erfahre, dass nicht alle Ahnen von den Ratsmitgliedern kommen.

»Das Paradies wäre eine sehr kleine Gesellschaft, wenn das der Fall wäre«, meint Phoe.

Sie hat recht. In Jeanines Erinnerungen sehe ich, dass ursprünglich fast jeder, der »auf die große Reise ins All« ging – Jeanines Bezeichnung –, ins Paradies kam. Ich versuche, mehr über diese Zeit herauszufinden, aber ich kann es nicht.

»Das ist interessant, stimmt's?«, denkt Phoe. »Jeanine hat ein Loch in ihrer Erinnerung. Noch interessanter ist allerdings, dass sie sich dieses Lochs bewusst war. Sie dachte, dass es sich dabei um etwas handelte, was sie besser vergessen musste, und hat sich keine weiteren Gedanken darum gemacht.«

Ich dringe in ihre Erinnerungen ein, um das zu überprüfen, was Phoe gerade gesagt hat. Und wirklich hat Jeanine gefühlt, dass diese Lücke Teil eines größeren Planes für das Allgemeinwohl war.

»Ich bin wirklich neugierig«, sagt Phoe in meinem Kopf. »Irgendetwas muss vor langer Zeit im Paradies passiert sein – etwas, was durch eine paradiesische Form des kontrollierten Vergessens vertuscht wurde. Da ich dieses Vergessen ohne weitere Ressourcen nicht rückgängig machen kann, sollten wir darauf hoffen, dass die Mitglieder des Kreises wissen, worum es bei dem Vergessen ging. Schließlich besteht er zum Teil aus ehemaligen Hütern der Information – Menschen, die an dem kontrollierten Vergessen in Oasis nicht teilnahmen.«

Ich antworte ihr nicht, weil meine Aufmerksamkeit sich der Menge zuwendet, deren Blick sich nach vorne richtet. Als ich über die Köpfe vor mich schaue, sehe ich, dass sie auf einen Apparat schaut, den Jeanine stolz »den magischen Spiegel« genannt hat.

Diese Bezeichnung passt zu dem Objekt an der Wand, weil es ein Spiegel ist und einen Videostream zeigt, der denen auf den Bildschirmen damals in Oasis gleicht.

Mein Mund öffnet sich, als Jeanines Erinnerungen mich mit Hintergrundwissen zu den wunderschönen Bildern auf dem Display versorgen. Es handelt sich dabei um die Höhepunkte der größten Errungenschaften in Kunst, Bildhauerei, Architektur, Musik und vielen anderen Bereichen, die den Einwohnern des Paradieses etwas bedeuten. Die Bilder und Geräusche sind mehr als großartig. Ich werde von dem Spiegel derart verzaubert, dass ich nicht einmal mitbekomme, wie der Mann und seine Beschützer auf die Bühne gehen.

Sobald ich sie bemerke, betrachte ich die Gruppe eingehend, besonders den Mann, der kurz davor ist, zu reden.

Jeanine kennt seinen Namen. Benjamin. Sie hat ihn schon auf vorangegangenen Versammlungen sprechen gehört. Er war schon alt gewesen, als er noch auf der Erde lebte, und ist mit der ersten Welle der verstorbenen Ahnen ins Paradies gekommen. Jeanine und Benjamin hatten vor sechshundert Jahren ein gemeinsames Hobby. Sie wollte Xiangqi lernen, auch bekannt als chinesisches Schach. Benjamin spielte mit ihr, wann immer er sich von den Pflichten des Kreises befreien konnte, was selten der Fall war.

Benjamins Körper ist leuchtender als alle anderen, die ich bisher gesehen habe, aber sein Gesicht ist weniger perfekt – es erinnert mich an ein Wiesel. Seine Flügel sehen abstrakt aus, so als seien sie aus greifbarem Rauch. Er breitet seine Flügel aus und hebt seine Hände mit den Handflächen nach oben. Jeanines Erinnerung sagt mir, dass es sein Signal ist, um Ruhe einkehren zu lassen.

Die Menge verstummt, und Benjamin sagt: »Einwohner des Paradieses, ich bin schweren Herzens gekommen.«

Die Stille im Raum wird angespannt. Auf diesen Versammlungen werden nie schlechte Nachrichten bekanntgegeben.

»Ich weiß nicht, wie ich es sagen soll, also werde ich es ohne Umschweife ausspucken.« Benjamin räuspert sich. »Das altertümliche Übel, das wir hinter uns gelassen haben, ist wieder erwacht. Es hat das Leben aller Einwohner von Oasis genommen. Das hier ist alles, was geblieben ist.« Mit Tränen in den

Augen führt Benjamin eine Geste in Richtung des magischen Spiegels durch, und es erscheint ein Bild von dem, was von Oasis noch übrig ist.

Der Spiegel zeigt tausende in der Luft schwebende Körper, da die Schwerkraft immer noch aufgehoben ist. Jetzt sind die Leichen fast komplett mit Frost bedeckt. Selbst die roten Lichter, an die ich mich erinnere, sind in diesem neueren Bild gedimmter, so als würden die Alarme ebenfalls sterben.

Mein Brustkorb verengt sich, als ich die entsetzlichen Stunden vor meinem biologischen Tod erneut durchlebe.

»Es tut mir leid, Theo, aber du kannst jetzt nicht zerbrechen«, meint Phoe. »Ich glaube, ich habe einen Plan. Schau dich um. Das ist sehr wichtig.«

Ich tue, was sie sagt.

Die Menschen um mich herum zeigen das volle Spektrum möglicher Emotionen auf, angefangen bei Entsetzen bis hin zur völligen Verstörtheit. Einige Menschen sind wütend, während andere verängstigt oder traurig aussehen.

Benjamin erzählt eine ähnliche Lügengeschichte wie die, die Brandon von Wayne gehört hat. Er erklärt allen, wie der Kreis von der Bedrohung erfahren hat und wie ihre tapferen Bemühungen, Oasis zu retten, fehlgeschlagen sind und dazu geführt haben, dass die künstliche Intelligenz zum Vergeltungsschlag ausgeholt hat.

Jeanines lange Nägel schneiden in meine Handflächen. Ich schätze, dass Menschen mit so langen Fingernägeln vorsichtig sein müssen, wenn sie ihre Hände zu Fäusten ballen.

»Ich werde deine Stimme verändern«, warnt mich Phoe. »Und du musst so laut wie möglich sagen: ›Wie konntet ihr das zulassen?‹«

»Okay«, denke ich zu Phoe zurück. Dann rufe ich laut: »Wie konntet ihr das zulassen?« Meine donnernde Stimme hallt mit so einem Bass in dem Saal wider, dass alles in mir vibriert.

Ich schaue mich um, um herauszufinden, ob jemandem aufgefallen ist, dass ich es war, der gesprochen hat. Niemand schaut mich an, aber meine Worte zeigen Wirkung. Die Menge wird wütender, und ihre Stimmen nehmen sekündlich an Lautstärke zu.

»Ruhe«, brüllt Benjamin. »Beruhigt euch und hört mir zu!«

Seine Antwort reizt die Menschen um mich herum nur noch mehr. Sie werden zu einer Art Mob, über den ich in den altertümlichen Medien gelesen habe.

»Wir haben dem Kreis die Macht überlassen, und er hat versagt«, schreit jemand mit einer Stimme, die wie eine Violine klingt.

»Als Nächstes wird er uns das hier vergessen lassen«, kreischt jemand in der Imitation eines Akkordeons.

Benjamins Gesicht wird trotz seines hellen, leuchtenden Schimmerns weiß. Die Beschützer, die ihn umgeben, bleiben ruhig, aber einer von ihnen flüstert Benjamin etwas ins Ohr, und die anderen bewegen sich langsam auf die Menge zu.

»Was geschieht jetzt?«, fügt jemand anders hinzu, während weitere Menschen gleichzeitig Fragen brüllen.

Die Menschen beginnen, sich hektisch zu bewegen. Einige gehen auf die Bühne zu, während andere immer lauter schreien.

»Flieg«, drängt mich Phoe, als zwei der Beschützer Benjamin zum hinteren Ende der Bühne führen.

Ich versuche, meine Flügel zu spreizen, aber das ist mit all diesen Menschen, die sich wie in einem Moshpit verhalten, unmöglich.

»Schnell, dringe in Jeanines Erinnerungen ein«, sagt Phoe. »Sie hat dabei geholfen, diesen Ort zu bauen, erinnerst du dich?«

Sobald sie das sagt, erinnere ich mich an die Jahrzehnte, die wir gebraucht haben, um die Fresken und die Decke herzustellen. Viel wichtiger ist, dass ich mich an den Bereich hinter der Bühne erinnere, der zu dem südlichen Turm führt.

Das bedeutet, dass ich weiß, wohin Benjamin geht, aber wenn ich jetzt nicht losfliege, werde ich nicht rechtzeitig dort sein, um ihn abzufangen.

Was ich als Nächstes tue, ist wahrscheinlich das Undamenhafteste, das Jeanine jemals getan hat. Ich grabe meine Nägel in die Schultern einer kleineren Frau und eines stämmigen Mannes, um mich vom Boden abzustoßen. Danach ergreife ich den Kopf des Mannes vor ihnen und steige auf die Köpfe und Schultern einiger Menschen. Ohne ihnen die Gelegenheit zu geben, sich dieses rücksichtslosen Verhaltens bewusst zu werden, breite ich meine Flügel aus und fliege zum nächstgelegenen Fenster –

bei dem es sich um ein ornamentales Exemplar aus buntem Glas handelt.

Ich schieße hindurch und ignoriere dabei die Schmerzen der Schnittwunden, die mir das zerbrochene Glas zufügt.

»Du musst vorsichtiger sein«, warnt mich Phoe. »Ich kann deine Heilung gerade nicht beschleunigen.«

Ich grunze, um ihr zu zeigen, dass ich sie verstanden habe – allerdings klingt mein Grunzen durch Jeanines Stimmbänder sehr melodiös.

Ich schlage schneller mit meinen Eulenflügeln, als ein Vogel es jemals könnte. Ich gewinne immer mehr an Höhe, schieße wie ein Torpedo durch die Luft auf die südlichste Burg zu, während ich in meinem Kopf immer wieder das gleiche Mantra wiederhole: *Bitte sei da, bitte sei da.*

Hinter mir beginnen andere Menschen aus der Menge ebenfalls damit, aus dem Saal zu fliegen, aber ich beachte sie nicht.

Mit einer scharfen Bremsung, bei der der Wind schmerzhaft an meinen Federn reißt, lande ich auf einer Terrasse, die den Ausgang des Turms umgibt.

Bevor ich meine hektische Atmung beruhigen kann, tritt Benjamin auf die Terrasse.

Ich starre ihn an und er schaut überrascht zurück.

Da ich Angst habe, ihm einen Schrecken einzujagen, und weil ich rein instinktiv handele, verbeuge ich mich auf diese spezielle Art, die das Protokoll des Paradieses verlangt, wenn man vor einem Mitglied des Kreises steht. Während ich das tue, verinnerliche ich die Anleitung, die mir Phoe kurz angebunden in meinem Kopf gibt. Danach beginne ich wie ein Roboter, Phoes Anweisungen auszuführen.

»Hallo Benjamin«, sage ich. »Es tut mir leid, dich derart zu überfallen, aber hast du etwas von Brandon gehört?«

Benjamin schüttelt seinen Kopf. Er sieht ein wenig entspannter aus, seit er eine Erklärung für meine Anwesenheit bekommen hat.

Ich nutze diese Tatsache aus, indem ich näher an ihn herantrete, und beiläufig hinzufüge: »Er hat sich nicht gemeldet –«

Ohne den Augenkontakt abzubrechen, rufe ich mit einer Geste meinen Tessen herbei.

Sobald ich das Gewicht meiner Waffe in meiner Hand spüre, schwinge ich meinen Arm in einem Bogen, um den Fächer zu öffnen.

Die Klingen des Fächers schneiden mit der Heftigkeit eines verhungernden Hais in Benjamins Kehle.

Er versucht zu schreien, aber das führt nur dazu, dass das Blut gewaltiger aus seinen zahlreichen Halsverletzungen strömt.

Ich traue mich kaum zu atmen, als ich das Mitglied des Kreises dabei beobachte, wie es stolpert und sich als Beweis der Limbusierung auflöst.

Da Benjamin ihm nicht länger die Sicht versperrt, schaut einer der beiden Beschützer, die ihn hierhergebracht haben, direkt auf mich. Als er die Waffe in meiner Hand sieht, spannt sich sein Kinn an und ein Dreizack erscheint in seiner Hand. In einem Nebel aus weißen Knöcheln und glänzendem Metall fliegt er in Richtung meines Oberschenkels. Jeanines Muskelgedächtnis – speziell ihre Tanzerfahrungen – kommt mir jetzt zugute. Ich bewege meine Beine schneller, als ich es jemals für möglich gehalten hätte.

Trotz meiner schnellen Reflexe durchsticht einer der Zacken meinen Fuß.

Bevor der Schmerz bei meinem Gehirn ankommen kann, werfe ich den Fächer.

Entweder habe ich Glück oder ich profitiere noch mehr von Jeanines Muskeln, weil die Klingen in den Oberkörper meines Angreifers eindringen. Er grunzt und gesellt sich zu Benjamin in den Limbus.

Meine Erleichterung ist nur sehr kurzlebig, da der zweite Beschützer auf die Terrasse tritt und sich unsere Blicke treffen. Wegen der kaum unterdrückten Wut in seinem Gesicht nehme ich an, dass er gesehen hat, wie ich seinen Freund und Benjamin limbusiert habe.

Die Schockwelle des Schmerzes trifft mich genau in diesem Moment, und mit ihr überkommen mich Schwindel und Übelkeit.

Ich bin nicht in der Verfassung, zu kämpfen.

»Stimmt. Und wenn man den Erinnerungen der anderen glauben kann, ist das hier Samuel. Er ist viel zu gut mit seinen Dolchen, als dass du eine Chance gegen ihn hättest«, informiert mich Phoe hektisch. »Du musst fliehen.«

Ich blinzele und versuche, den Schmerzensnebel aus meinem Kopf zu vertreiben. Samuel hält bereits in jeder Hand einige Dolche.

Ich drücke meinen Rücken gegen das Geländer und tue etwas, von dem ich niemals gedacht hätte, es zu tun, ohne dass Phoe dabei meinen Körper kontrolliert.

Ich lehne mich so weit nach hinten, dass ich über das Geländer falle.

Und dann stürze ich in die Tiefe.

Aus großer Höhe.

Wie in meinem schlimmsten Albtraum.

SECHZEHNTES KAPITEL

»Lasse deine Flügel so lange geschlossen, wie du kannst«, sagt mir Phoe. »Er gleitet, weshalb er langsamer ist als du, der wie ein Stein fällt.«

Ich gebe mein Bestes, aber eine Millisekunde später begebe ich mich in Flughaltung und öffne meine Flügel.

Wenigstens stört mich mein verwundeter Fuß nicht beim Fliegen.

Unter mir befindet sich eine Menschenmenge. Die Einwohner des Paradieses strömen immer noch aus dem Schloss. Mein Plan ist einfach: Ich werde in dem Schwarm der Ahnen untertauchen.

Ein Dolch schießt an meinem Bein vorbei und landet in der Brust einer rundgesichtigen Ahnin. Jeanines Erinnerungen verraten mir ihren Namen: Vivian. Sie stammt aus einer anderen Epoche und mag Töpfern, auch wenn sie nicht sehr gut darin ist. Um nicht völlig verrückt zu werden, ignoriere ich die anderen Informationen, die mir durch den Kopf schießen. Vivians Augen werden vor Entsetzen riesengroß, bevor sie zerbricht und verschwindet.

Mein übertaktetes Herz schafft es, Trauer für diese Frau zu empfinden. Sie war eine unschuldige Zuschauerin. Es gab keinen Grund dafür, dass sie limbusiert wurde.

»Wenigstens habe ich ihre Ressourcen eingefangen«, sagt Phoe laut. »Und das bedeutet, dass ich durch sie und die anderen beiden Ahnen, die wir limbusiert haben, wieder laut sprechen und dir außerdem beim Steuern helfen kann. Ich kann mich sogar projizieren, damit du mich sehen kannst, aber das werde ich noch nicht tun, weil –«

Ich bekomme den Rest von Phoes Worten nicht mehr mit, da ein Dolch das Gelenk meines Flügels durchtrennt.

Instinktiv ziehe ich meinen Flügel nach unten, um mich weiterhin zu bewegen, aber der Schmerz ist unerträglich. Während ich an Höhe verliere, konzentriere ich mich darauf, nicht mit meinen Flügeln zu schlagen, und gleite stattdessen wie ein fliegendes Eichhörnchen.

»Verdammt nochmal, Phoe«, schreie ich in Gedanken. »Konzentriere dich darauf, mir zu helfen. Schließlich hast du mir ja gerade gesagt, dass du es kannst. Du bist zu beschäftigt mit deinen verdammten Ressourcen.«

Auf einmal schreie ich: »Hilfe!«, ohne dass ich es vorhatte.

Die Menschen um mich herum blicken zu mir.

»Diese schrecklichen Nachrichten waren zu viel für Samuel«, brülle ich weiter. »Er ist durchgedreht. Er greift mich an!«

Ein Dolch landet in meiner Seite, als ich mich gerade einer großen Gruppe von Ahnen anschließe, die sich einen Augenblick lang zwischen mich und meinen Verfolger schiebt.

Über den brennenden Schmerz meiner Wunden höre ich, dass die Menschen dem Beschützer wütende Fragen zuschreien, was bedeutet, dass Phoes Plan funktioniert.

»Vielleicht möchtest du für den nächsten Teil des Plans lieber deine Augen schließen«, meint Phoe. Sie hört sich an, als befände sie sich etwa einen Meter über mir.

Ich weigere mich, meine Augen zu schließen, und dann fliege ich auf einmal ruckartig nach oben. Jemand befindet sich dort. Ich ignoriere den Schmerz und breite meine Flügel aus, um die Sicht auf das, was ich tue, vor eventuellen Zuschauern zu verbergen. Ohne Umschweife rufe ich einen neuen Fächer herbei und steche ihn in das Auge des Mannes.

Wie jedes Mal, wenn Phoe übernimmt, kann ich nicht spüren, dass sie mich während dieser makaberen Szene kontrolliert. Ich nehme an, dass sie mich das tun lässt, weil ich bezweifle, dass ich die Kraft hätte, mich mit meinen ganzen Schmerzen bewegen zu können – und selbst wenn ich es könnte, bin ich mir nicht sicher, so etwas Kaltes und Wildes tun zu können. Natürlich, ich bin Benjamin losgeworden, indem ich seine Kehle durchgeschnitten habe, und danach habe ich mich um den Beschützer gekümmert, aber es besteht ein riesiger Unterschied zwischen der Limbusierung eines Mitglieds des Kreises in Notwehr und dem Angriff auf einen beliebigen Zuschauer. Zumindest versuche ich das meinem Gewissen einzureden, während der Mann beginnt, sich aufzulösen.

»Es tut mir leid«, flüstert Phoe. »Meine einzige Rechtfertigung ist, dass es nicht sein Ende bedeutet, und dass wir keine andere Wahl hatten.«

Erst jetzt erkenne ich den Mann mit Hilfe von Jeanines Erinnerungen. Sein Name war Chester. Er und Jeanine haben kaum miteinander gesprochen, aber sie hat immer seine Kochkünste bewundert, die er ein Jahrhundert lang perfektioniert hatte.

Inmitten der ganzen Aufregung und durch meine gespreizten Flügel, die den Blick auf Chester versperrt hatten, scheint niemand etwas von dem, was ich getan habe, mitbekommen zu haben. Alle konzentrieren sich auf meinen Verfolger, auch wenn es nur eine Frage der Zeit ist, bis sie sich wegen seiner geschrienen Anschuldigungen gegen Jeanine wieder mir zuwenden werden.

Plötzlich wird mir schwindelig. Allein Phoes Kontrolle verhindert, dass ich meine Flügel zusammenfalte und abstürze. Als die Welt aufhört, sich zu drehen, bemerke ich, dass meine Schmerzen verschwunden sind, auch wenn sich mein Körper sehr eigenartig anfühlt.

Schließlich bahnt sich der Beschützer seinen Weg durch den fliegenden Mob. Er blickt nach rechts, und dann nach links.

»Wir müssen fliehen, bevor er mich sieht«, denke ich zu Phoe.

Sie antwortet nicht, aber ich kann quasi spüren, wie sie den Atem anhält.

Samuels Blick fällt auf mich, bevor er weiterhin die Umgebung absucht, so als sei ich nicht die Person, nach der er Ausschau hält.

Ich blinzele verständnislos, und dann bemerke ich, dass ich nicht länger Eulenflügel habe. Ich glaube, dass diese Flügel zu einem Vogel gehören, der Stachelschwanzsegler heißt und der angeblich der schnellste Vogel im Zoo war.

»Das hängt davon ab, was du mit schnell meinst«, sagt Phoe in ihrer pedantischen Art. »Der Wanderfalke ist der schnellste Vogel, was den

Sturzflug betrifft, aber der Stachelschwanzsegler kann am schnellsten fliegen. Das ist ein weiterer Grund dafür, warum der arme Chester so ein gutes Opfer war.«

Das ist der Moment, in dem ich es verstehe: Ich habe diese Flügel, die ich jetzt trage, bei Chester gesehen, und zwar kurz bevor Phoe meine Hand benutzt hat, um Chester zu erstechen.

»Ich musste deine Gestalt in eine verändern, die Samuel nicht verdächtigen würde«, erklärt mir Phoe. »Es konnte niemand der Beschützer und auch nicht Vivian sein, da er gesehen haben könnte, dass sie limbusiert wurde. Das hat mir nur einen Ausweg gelassen: Jemand neuen zu limbusieren. Chesters Flügel werden für den nächsten Teil meines Plans sehr nützlich sein, und er war so nahe bei uns … Ich hoffe, dass du dich jetzt besser mit der Sache fühlst.«

Das tue ich nicht, aber das sage ich ihr nicht. Ich will einfach nur noch weg von hier.

»Ich auch«, meint Phoe.

Langsam gleite ich nach unten und bin beeindruckt, wie anders es sich anfühlt, mit diesen neuen Flügeln zu fliegen. Aber natürlich ist auch der ganze Körper anders.

Als ich komplett aus dem Blickfeld des Beschützers verschwunden bin, fliege ich ernsthaft und schiebe mich nachdrücklich durch die verängstigten Ahnen, wann immer ich muss.

Eine überraschend große Anzahl von Einwohnern fliegt in die gleiche Richtung wie ich, aber ich bin viel schneller.

Auf unserem Weg erblicke ich eine große Gruppe von Beschützern, die sich versammelt haben, um etwas zu besprechen, während sie durch die Luft gleiten.

Ich fliege weiterhin auf die Kuppel zu.

Zu meiner großen Erleichterung fragt mich niemand irgendetwas, als ich vorbeiziehe. Sobald ich die seifenartige Textur der Kuppel auf meinen Flügeln spüre, atme ich den Atem aus, den ich eine halbe Stunde lang angehalten haben muss.

Ich bin mir nicht sicher, ob Phoe weiß, wohin wir fliegen. Für mich sieht es nach einer zufällig ausgewählten Richtung aus. Ich versuche, Zugriff auf meine Erinnerungen zu bekommen, um herauszufinden, was in dieser Richtung liegt, aber es funktioniert nicht.

»Ich habe mich nicht damit aufgehalten, dir eine Verbindung zu seinen Erinnerungen herzustellen«, sagt Phoe.

Ich folge mit meinem Blick ihrer Stimme und sehe, dass sie sich selbst wieder eine sichtbare Erscheinung gegeben hat, nur dass sie diesmal keine ansatzweise realistische ausgewählt hat.

Phoe ist winzig, wie eine Elfe. Sie fliegt rückwärts, und ihr Miniaturkopf grinst mich schelmisch an.

»Ich sehe genauso aus wie vorher.« Die kleine Feen-Phoe nimmt eine Modelpose ein. »Ich habe meine Größe verringert, um deine Stimmung zu heben.«

»Es funktioniert nicht«, lüge ich und widerstehe dem Drang, die winzige Kreatur zu berühren. »Meine Laune würde sich verbessern, wenn du mir verraten würdest, wohin wir fliegen, und ich wäre ekstatisch, wenn du mir sagen würdest, dass wir uns in Sicherheit befinden.«

Was Phoes derzeitiges Aussehen neben ihrer Größe so surreal erscheinen lässt, ist die Tatsache, dass ich sie trotz meiner Geschwindigkeit nicht ramme.

»Momentan befinde ich mich nur in deinem Kopf, also kannst du nicht in mich krachen, und ja, wir sind in Sicherheit.« Phoe lockert ihre kurzen Haare auf. »Wir fliegen zum Sanktum, wo sich der Kreis befindet. Wir müssen den Mob und die Beschützer, die sich auf dem Weg dorthin befinden, abhängen.«

Wie aufs Stichwort schlagen meine Flügel schneller.

»Warte«, sage ich laut. »Aber dann fliegen wir doch gerade vom Regen in die Traufe.«

»Wir müssen das tun.« Phoes winziges Gesicht wird ernst. »Benjamins Erinnerungen reichen nicht aus, um den Virus zu schlagen. Ich habe lediglich die Bestätigung für das bekommen, was wir bereits wussten: Es gibt einen Virus.«

Wir fliegen schweigend, da ich erst einmal verarbeiten muss, was ich bis jetzt erfahren habe. Phoe hat ihre Ressourcen jetzt mindestens verdoppelt, was ihre Fähigkeit erklärt, diese Illusion einer Fee zu erzeugen und meinen Körper zu kontrollieren, während ich meine Gestalt verändere. Noch viel wichtiger ist, dass sie die Erinnerungen eines Mitglieds aus dem Kreis bekommen hat, da sie gehofft hatte, dass es etwas über den Virus wisse – was der Sinn unseres ganzen misslungenen Besuchs der zentralen Insel gewesen war.

»Ja, das war er.« Phoes winzige Lippen verziehen sich zu einem Schmollmund. »Leider hatte Benjamin keine wichtigen Informationen. Hier, schau es dir an. Ich werde dich fliegen, solange du das erlebst.«

Ohne Vorbereitung stehe ich plötzlich, umgeben von einem großen Kreis Ahnen, in einem Raum.

Der Raum ist kahl, bis auf den Spiegel in der Mitte.

Diesmal verstehe ich, was passiert. Ich befinde mich in Benjamins Erinnerungen. Er ist verwirrt, weil er nicht versteht, was so dringend sein könnte, dass Davin alle in diesem Raum versammeln würde. Durch Benjamins Augen betrachte ich den Kreis. Benjamin kennt ihre Namen, also weiß ich sie auch.

Ohne es zu wollen, konzentriere ich mich auf diejenigen, die ich bereits zuvor gesehen habe. Wayne – der erste Gesandte, den ich jemals gesehen habe – steht rechts von mir. Und dann ist dort Davin, dessen Gesicht in den Wolken erschien, als er die große Versammlung angekündigt hat. Ich erkenne außerdem das Gesicht des neuesten Mitglieds im Kreis, ein Gesicht, das ich mittlerweile hasse.

Jeremiahs Gesicht.

»Ich habe Grund zur Annahme, dass ein altertümlicher Feind, einer aus den Albträumen, die wir beschlossen hatten kontrolliert zu vergessen, in Oasis aufgetaucht ist.« Davin schaut alle mit seinen tiefblauen Augen an. »Noch viel schlimmer ist, dass diese künstliche Intelligenz, wie ich glaube, daran arbeitet, alles zu zerstören, was wir erschaffen haben.«

Da ich in Benjamins Kopf bin, kann ich buchstäblich spüren, wie Benjamin kalte Füße bekommt. Der Rest des Kreises – besonders Jeremiah – sieht völlig entsetzt aus.

»Lasst mich zuerst die Tatsachen aufzählen«, sagt Davin und fährt damit fort, dem Kreis die gleiche Geschichte zu erzählen wie Wayne Brandon. Er erklärt ihnen, wie mein Testergebnis meinen Namen auf Davins Radar gebracht hat und dass ich ein Jugendlicher sei, der irgendwie ein Mitglied des Rates der Betagten geworden ist. Er nennt auch eine Liste von Gründen, aus denen er denkt, dass eine künstliche Intelligenz hinter allem steckt.

»Also, was machen wir jetzt?«, fragt Benjamin ruhig, auch wenn ich weiß, dass er nur so tut, als sei er gefasst. Innerlich steht der Mann kurz davor, zu explodieren.

»Ich bin in die verbotenen Archive gegangen und habe eine Aufnahme von mir selbst hervorgeholt, die Anweisungen enthält, was wir in einem solchen Fall tun müssen.« Davin zeigt auf den Spiegel, in dem ein anderer Davin erscheint – kein Spiegelbild, sondern eine Aufzeichnung.

»Hallo«, beginnt die Aufzeichnung. »Wenn ihr das seht, ist das Undenkbare geschehen.« Beide Davins verschränken ihre Arme vor der Brust. »Wenn eine künstliche Intelligenz in den Systemen der Phoenix auftaucht, wo auch immer, seid ihr wahrscheinlich verloren. Eure einzige Chance ist, und sie ist eine kleine, dem Protokoll V318 zu folgen, das irgendwo in diesen Archiven abgelegt ist. Ich muss euch warnen, es handelt sich dabei um eine Waffe für den allergrößten Notfall. Benutzt sie als letzte Maßnahme.«

Ich komme nicht umhin, zu bemerken, dass das Wort Phoenix, der volle Name des Raumschiffs, auf dem wir uns befinden, Benjamin nichts sagt.

»Weil er Teil der Informationen ist, die sie kontrolliert vergessen wollten«, erklärt mir Phoe. »Im Rest der Versammlung gibt es keine weiteren nützlichen Informationen, also werde ich zu einer anderen Erinnerung vorspulen.«

Einen Moment später stehe ich an einem anderen Platz im selben Raum. Die Gesichter um mich herum sehen noch viel angsterfüllter aus.

»Ich habe die Aufzeichnung angesehen. Ohne mein jetzt vergessenes technisches Wissen kann ich es nicht vollständig erklären, aber so wie ich es verstehe, ist die Gegenmaßnahme ein Replikator, der dafür entwickelt wurde, sich in den ganzen Rechenanlagen des Schiffs auszubreiten, um dadurch der künstlichen Intelligenz ihre Ressourcen zu entziehen.«

»Das hört sich wie ein altertümlicher Computervirus an«, sagt Wayne mit seiner orgelartigen Stimme.

»Eine grobe Analogie, aber wenn sie dir dabei hilft, es zu verstehen, können wir es natürlich so nennen«, erwidert Davin mit kaum versteckter Arroganz. »Allerdings hat kein altertümlicher Virus jemals die Flexibilität und Intelligenz dieser Gegenmaßnahme besessen.«

Benjamins Nackenhaare stellen sich auf. Er will fragen »Wir bekämpfen eine künstliche Intelligenz mit einer künstlichen Intelligenz?«, aber beherrscht sich, da Davin weiterredet. »Bevor ihr in Panik verfallt: Die Intelligenz, von der ich spreche, wäre menschlich, nicht künstlich«, erklärt er. »Aber darin liegt der beängstigende Teil: Einer von uns muss freiwillig der Keim der Gegenmaßnahme werden.«

Es ist totenstill im Raum.

»Deshalb hatte ich gehofft, dass das Wort ›Virus‹ nicht fallen würde«, sagt Davin. »Niemand möchte ein Virus sein, aber alle von uns sollten der Retter unserer Welt sein wollen. Wir sind weit von unserem Ziel, eine perfekte menschliche Siedlung in einer weit entfernten Welt aufzubauen, entfernt. Wir, die Ahnen, haben es auf uns genommen, die Lebenden zu führen, und diese künstliche Intelligenz droht diese ganzen Anstrengungen zunichte zu machen. Es ist eure Pflicht –«

»Angenommen, einer von uns ist mutig genug, sich freiwillig zur Verfügung zu stellen«, unterbricht Wayne, »was würde mit der Computeranlage in Oasis passieren, während diese Schlacht um Ressourcen erfolgt?«

»Es gibt zu viele unbekannte Faktoren, um das mit Sicherheit sagen zu können.« Davin legt seine Stirn in Falten. »Bildschirme könnten eine Störung haben, was dazu führen könnte, dass die Jugendlichen ein oder zwei Schultage verpassen. Lichter könnten flackern. Solche Dinge, nehme ich an. Wer auch immer diese große Verantwortung auf sich nimmt, wird jederzeit alles unter Kontrolle behalten, und ich glaube, dass er oder sie die Risiken minimieren kann.«

»Die Risiken minimieren, zum Henker«, denke ich wütend. »Sie werden gleich Jeremiah wählen, oder nicht?«

»Ja«, antwortet Phoe. »Er wird sich gleich freiwillig zur Verfügung stellen.«

»Ich möchte nicht noch mehr von dieser kranken Sache sehen«, denke ich zu ihr. »Bitte hol mich raus.«

Sofort bin ich zurück im Himmel des Paradieses und fliege mit halsbrecherischer Geschwindigkeit zwischen den Wolken entlang.

»Diese Idioten«, sage ich mit einer Stimme, die immer noch nicht zu mir gehört. Ich fahre in Gedanken fort. »Eine beschissene Störung? Ehrlich? Das war das Schlimmste, was sie erwartet haben?«

»Sie haben alle Erinnerungen an ihr technisches Wissen aus ihren Köpfen gelöscht, also wussten sie nicht, was sie taten«, meint Phoe. »Vergiss es. Ich weiß nicht einmal, weshalb ich gerade versucht habe, diese Ficker zu verteidigen.«

»Und dann noch Jeremiah zum Virus zu machen?« Ich bin so wütend, dass ich unbeabsichtigt einen Bumerang herbeirufe – der, wie ich annehme, Chesters gewählte Waffe ist. Ich werfe den Bumerang weg und atme einige Male beruhigend ein, aber meine Lunge ist zu sehr damit beschäftigt, mit der verrückten Geschwindigkeit, mit der ich fliege, zurechtzukommen.

»Ich denke, dass das ein Teil der Gründe ist, warum die Dinge so katastrophal verliefen.« Phoe gleitet näher an mein Gesicht heran. »Jeremiah sollte als das Gehirn der Abscheulichkeit fungieren. Er hätte vorsichtig bei der Zerstörung von Dingen vorgehen müssen, sollte sich vorsichtig vervielfacht haben.«

»Genau. Jeremiah, die personifizierte Rationalität.« Meine Wut ist so stark, dass sie mich von innen heraus zu ersticken droht. »Er hat alle umgebracht, weil er Todesangst vor dir hatte.«

»Die haben sie alle.« Phoe kräuselt ihre Miniaturnase. »Es ist ironisch, dass sie in ihrer Angst vor Technologie genau die Technologie aktiviert haben, die alle getötet hat.«

Eine Weile fliege ich schweigend, weil ich zu wütend bin, um zu reden. Ich denke, es wäre mir lieber, wenn die Ahnen meine Freunde aus bösen Absichten getötet hätten, als aus strafbarer Fahrlässigkeit.

»Der Jeremiah-Virus könnte gewusst haben, was seine Maßnahmen gegen mich auslösen, also kannst du eine gewisse Bösartigkeit nicht ausschließen«, sagt Phoe. »Ich bin mir allerdings nicht sicher, wie hilfreich das ist.«

Ihre Worte erreichen nicht, dass ich mich besser fühle. Sie erreichen, dass ich Jeremiah sein Herz aus der Brust reißen möchte.

»Es ist witzig, dass du das denkst«, sagt Phoe. »Ich wollte gerade mit dir über unseren nächsten Schritt reden.«

SIEBZEHNTES KAPITEL

Ich erinnere mich wieder daran, dass wir gerade zum Sanktum des Kreises fliegen. »In Ordnung. Ich denke, dass ich es jetzt verstehe. Benjamin wusste, was passieren würde, aber er kannte die Einzelheiten nicht.«

»Ja«, bestätigt Phoe. »Dafür brauche ich entweder Davin oder Jeremiah. Und wenn ich sage brauche, meine ich, dass wir sie limbusieren müssen, damit ich ihre Erinnerungen aufnehmen kann.« Ein winziger Zahnstocher in Form eines Schwertes erscheint in Phoes Hand, und sie führt damit eine Bewegung durch, als wolle sie jemanden zweiteilen. »In Jeremiahs Fall muss ich besonders gründlich sein, da die Möglichkeit besteht, dass er den Schlüssel für die Deaktivierung des Virus besitzt.«

Dieses Mal hat mein Gewissen keine Einwände. Wenn es zu Jeremiah kommt, denke ich, dass mein Gewissen es auch zulassen würde, dass ich ihn wirklich umbringe, wenn das in dieser eigenartigen Welt möglich wäre.

»Wenn wir dort ankommen, müssen wir sehr vorsichtig sein«, sagt Phoe und lässt ihre Waffe verschwinden. »Weiter vorne in Benjamins Erinnerungen hat Davin auch vorgeschlagen, den Algorithmus gegen Eindringlinge für diesen Ort zu aktivieren, aber das haben sie als zu riskant angesehen und beschlossen, abzuwarten und zu sehen, was der Jeremiah-Virus erreichen wird. Wenn sie vermuten würden, dass ich die Firewall durchdrungen habe, könnten sie verzweifelt genug werden, um ihn anzuwenden. Du erinnerst dich an das, was ich dir über deinen Tod im Test erzählt habe?«

Das tue ich, und die Erinnerung daran lässt mich ihre Warnung, vorsichtig zu sein, sehr ernst nehmen.

Phoe schaut über meine Schulter, und ich folge ihrem Blick. In einiger Entfernung befinden sich kleine Gestalten, aber ich kann keine Einzelheiten erkennen.

»Möchtest du, dass ich dir für einen Augenblick das Sehvermögen eines Vogels gebe?«, fragt Phoe. »Ich bin voller Ressourcen, also wäre das kein Problem.«

Ich nicke, und sie fliegt zu meinem Gesicht, um meinen Augen Luftküsse zuzuwerfen.

Plötzlich kann ich sehen, als hätte ich Ferngläser – und ich mag das, was ich sehe, nicht.

Ich werde von zwei Wellen verfolgt.

Die erste Welle ist eine große Gruppe von Beschützern.

Die zweite Welle ist angsteinflößender.

Sie spannt sich über den ganzen Horizont, weshalb es den Eindruck macht, als ob alle Einwohner des Paradieses mich verfolgen.

»Sie verfolgen dich nicht.« Phoe wirft mir einen weiteren Kuss zu, der mein vogelartiges Sehvermögen wieder von mir nimmt. »Sie fliegen in diese Richtung, weil sie Antworten vom Kreis bekommen möchten, und die Wächter fliegen voraus, um den Kreis zu beschützen und ihm wahrscheinlich die Nachricht zu überbringen, dass Benjamin tot ist. Verstehst du jetzt, warum wir zuerst dort ankommen müssen? Kannst du noch schneller fliegen?«

»Ja«, sage ich und kämpfe gegen meinen Drang an, meine Augen zu schließen, als ich noch schneller mit den Flügeln schlage, wodurch die Wolken und die Inseln in meinem peripheren Sichtfeld flackern.

Auch wenn ich besser geworden bin, was meine Höhenangst betrifft, könnte ich gerade eine neue Angst entwickeln: eine Angst vor dem zu schnellen Fliegen. Um mich abzulenken, frage ich etwas, was mich schon seit einer ganzen Weile beschäftigt. »Wenn der Kreis sich selbst kontrolliert vergessen lassen hat, woher weißt du dann, dass Davin und Jeremiah die Erinnerungen, die wir benötigen, nicht gelöscht haben?«

»Ehrlich gesagt ist genau das ein großes Risiko.« Phoe umarmt ihren winzigen Körper. »Aber die Tatsache, dass Benjamin sich an alle diese Versammlungen erinnert, sagt mir, dass sie nicht alles kontrolliert vergessen haben. Und selbst sollten sie es getan haben, ist die Information nicht völlig verschwunden. Ich habe die Erinnerungen der acht

Personen analysiert, auf die ich Zugriff habe, und bin zu dem Entschluss gekommen, dass das Vergessen hier, genau wie in Oasis, nur den Abruf blockiert. Der einzige Unterschied ist der, dass die Ahnen in den meisten Fällen wissen, dass sie etwas vergessen wollten, während die Menschen in Oasis, außerhalb des Rates, nicht einmal vermuten, dass man ihnen etwas weggenommen hat.« Sie fliegt näher an mich heran. »Auf jeden Fall bedeutet das Blockieren der Abfrage, dass sich die Information noch in ihren Erinnerungen befindet; das menschliche Gehirn hat einfach keinen Zugriff mehr darauf. Mit meinen neugewonnenen Fähigkeiten, die leicht über menschlichem Niveau liegen, könnte ich allerdings Zugriff auf diese Informationen bekommen. Der Prozess ist ein wenig komplizierter, als das kontrollierte Vergessen rückgängig zu machen und sich auf den erneuten Abruf zu verlassen, aber er ist machbar. Ich bin zum Beispiel in der Lage gewesen, diese große Tragödie herauszufinden, die alle kontrolliert vergessen haben. Auch wenn der Kreis nicht alles vergessen hat.«

»Tragödie?«, denke ich und erinnere mich an die Löcher in Jeanines Erinnerung.

»Ja. Die Ereignisse, die dazu geführt haben, dass Oasis so war, wie es war«, meint Phoe. »Du hast doch nicht wirklich gedacht, dass es die Abtrennung der Jugendlichen, der Erwachsenen und der Betagten schon immer gegeben hatte, oder?«

Doch, genau das hatte ich immer gedacht, oder, um ehrlich zu sein, muss ich zu meiner Schande gestehen, dass ich überhaupt nicht darüber nachgedacht hatte. Ich kämpfe dagegen an, zu erröten, und frage: »Kannst du mir einfach erzählen, was passiert ist?«

»Du solltest dich deswegen nicht schlecht fühlen, schon allein deshalb nicht, weil ich auch keine Ahnung hatte.« Phoe lacht humorlos auf und fragt in einem düsteren Ton: »Bist du sicher, dass du das hören möchtest? Es ist eine ziemlich deprimierende Geschichte.«

Ich widerstehe meinem Drang, nach ihr zu schlagen, als sei sie eine lästige Fliege. »Muss ich dir darauf etwa antworten?«

»Okay, das ist sie.« Phoe beginnt, um meinen Oberkörper zu fliegen, während sie spricht. »Soweit ich es verstanden habe, war die Arche – wie sie das Schiff genannt haben, bevor es zu Oasis wurde – nicht als Gesellschaft gedacht. Es war damals eher eine Sekte.«

Sie schwebt einen Augenblick lang vor meinem Gesicht, bevor sie weiter ihre Kreise zieht. »Zwei reiche Familien haben diese ganze Unternehmung finanziert und wurden bedeutende Fraktionen auf dem Schiff. Die Oberhäupter beider Familien hatten leicht unterschiedliche Auffassungen, was die Nutzung von Technologien betraf, ganz abgesehen von den Abweichungen ihres religiösen Glaubens und der Lösung des Problems: ›Wie verhindern wir, dass die Passagiere des Schiffs nicht innerhalb einer Generation verrückt werden?‹« Phoe macht um den letzten Teil des Satzes mit ihren winzigen Fingern Anführungsstriche in der Luft.

»Die größte Meinungsverschiedenheit zwischen diesen Männern gab es allerdings bei einem viel einfacherem Thema«, fährt sie fort. »Es ging darum, wer letztendlich der Anführer sein sollte. Langsam, aber sicher verwandelte sich dieses Problem zu einer Familienfehde. Zu diesem Zeitpunkt waren alle auf dem Schiff gefangen. Damals wussten sie, dass nur eine dünne Schicht Schiff sie von dem Nichts des Weltalls trennte, was nicht hilfreich war. Und dann kam der Tropfen, der das Fass zum Überlaufen brachte. Ein Drecksack vergewaltigte eine Frau der anderen Familie. Danach eskalierten die Dinge zu einem ausgewachsenen Krieg.«

Als sie mich umkreist, erhasche ich einen Blick auf ihr düsteres, zartes Gesicht.

»Die Verluste waren auf beiden Seiten enorm, und nicht nur unter den Lebenden«, fährt Phoe fort. »Das Paradies existierte damals schon, also zog sich der Krieg auch im Leben nach dem Tod fort. Da es im Paradies nur primitivere Waffen gab, waren die Verluste dort nicht so hoch wie in Oasis. Viele der ursprünglichen Menschen aus dieser Zeit existieren auch heute noch im Paradies. Unter den biologischen Überlebenden waren allerdings Depression und Selbstmord weit verbreitet, weil die Bewohner den Gedanken, niemals einen Fuß auf festen Boden setzen zu können, nach dem Krieg viel überwältigender fanden. Sie verloren die Lust, sich um ihre Nachkommen zu kümmern.«

Sie macht eine Pause, um Luft zu holen, und fliegt danach weiterhin um mich herum. »Als endlich Ruhe einkehrte und Frieden erklärt wurde, entschieden alle, dass die Reise dem Untergang geweiht wäre, wenn sie nicht augenblicklich drakonische Maßnahmen ergreifen würden. Also haben sie eine Gesellschaft erschaffen, die einen erneuten Krieg verhindern sollte. Da die Familienfehde die Wurzel des ersten Kriegs gewesen war, haben sie die Institution der Familie abgeschafft, indem sie die Embryonen benutzt haben, die sie an Bord hatten, um die neue Welt zu bevölkern. Sicherheitshalber haben sie auch Sex, Liebe und andere Dinge verboten, die zu Verbindungen führen könnten, die stark genug wären, um dafür zu töten. Da dringendes Verlangen ebenfalls eine große Rolle in dem Krieg gespielt hatte, versuchten sie außerdem, so viele extreme Gefühle wie möglich auszuradieren. Um Selbstmorden vorzubeugen, wurde Depression verboten – auch wenn sie irgendwann entschieden, weitere ›mentale Störungen‹ zu unterbinden, wie es von dem neu gegründeten Entscheidungsorgan, dem Rat, definiert wurde. Schließlich beschlossen sie, die Wahrheit über die viele Generationen andauernde Reise durch das Weltall vor allen geheim zu halten, und haben sich die Geschichte mit dem Goo ausgedacht, da sie diese unter psychologischen Gesichtspunkten für besser geeignet hielten. Die Ahnen im Paradies haben die

Erschaffung dieser neuen Gesellschaft überwacht. Sobald Oasis existierte und alles so aussah, als verliefe es wie geplant, haben alle den Krieg und die Veränderungen, die sie durchgeführt hatten, kontrolliert vergessen.«

Mein Gehirn schmerzt wegen dieser ganzen Informationen, und, zu einem kleineren Teil wegen der Kreise, die Phoe um mich zieht. »Wenn das, was du sagst, stimmt, wieso haben sie dann nicht auch die Waffen im Paradies abgeschafft?«, frage ich, während ich den Bumerang erscheinen und verschwinden lasse.

»Das konnten sie nicht.« Phoe hört auf, mich zu umkreisen. »Wie ich dir schon gesagt habe, wurde das Paradies auf etwas erschaffen, was eigentlich eine Videospielplattform war. Sie hatten Glück, dass sie wegen ihrer Angst vor der Technologie ein Videospiel ausgewählt hatten, das nur recht einfache Waffen zuließ. Das bedeutet, dass die spielinternen Gegebenheiten Schießpulver und eine Menge anderer Dinge nicht zulassen. Da die Ahnen jeden, der auch nur ein wenig vom Programmieren verstand, auf der Erde zurückgelassen hatten, fanden sie sich in der Situation wieder, dass selbst wenn sie die Schwerter nach dem Krieg loswerden wollten, sie das nicht konnten.«

»Brauchen sie kein Programmierwissen, um den Virus zu steuern?« Ich werfe einen Blick auf meine Verfolger und stelle erleichtert fest, dass sie ein wenig zurückgefallen sind.

»Davin wusste ein wenig über die Technologie der Vergangenheit.« Phoe landet auf meiner Schulter und benutzt ihre kleinen Füße, um meine Anspannung ein wenig wegzumassieren. »Aber selbst er hat beschlossen, kontrolliert zu vergessen, was er wusste. Leider hat er einige Aufzeichnungen hinterlassen, so wie diejenige, die du gesehen hast. Diese Nachricht hat es ihm ermöglicht, seinen Technik-Analphabetismus zu umgehen.«

Ich öffne meinen Mund, um ihr einige Fragen zu stellen, aber Phoe fährt bereits fort.

»Um auf die Waffen zurückzukommen«, meint sie, »anstatt sich direkt mit ihnen auseinanderzusetzen, haben die Ahnen ihre Erinnerungen an den Krieg einfach überarbeitet und sich selbst in der Überzeugung gelassen, dass es einen guten Grund dafür gab, der neuen Ordnung zu folgen. Als zusätzliche Maßnahme haben sie die Beschützer erschaffen, um sicherzugehen, dass sich in Zukunft alle an die neuen Regeln halten. Zu unserem Pech haben sie auch sichergestellt, dass die Mitglieder des Kreises gut beschützt werden.«

Weitere Fragen schießen mir durch den Kopf, aber in diesem Moment versuche ich einfach, das alles zu verarbeiten, und ignoriere die halsbrecherische Geschwindigkeit, mit der ich fliege. Diese Geschichte vermindert meinen Ärger darüber, wie die Gesellschaft von Oasis aufgebaut war, aber ich bin immer noch wütend, weil meine Freunde wegen der reflexartigen Angst des Kreises gestorben sind.

»Ich denke nicht, dass der Krieg das rechtfertigt, was sie getan haben.« Jetzt massiert Phoe mein Ohrläppchen. »Wir werden übrigens gleich schneller werden.«

Stimmt, meine Flügel schlagen noch heftiger. Ich drücke diese Tatsache zur Seite und konzentriere mich auf unsere Unterhaltung. »Ich verstehe, dass sie vielleicht überreagiert haben, aber was blieb ihnen denn anderes übrig?«, frage ich. »Sie haben sich beinahe selbst ausgerottet.«

»Wie wäre es denn damit, gar nicht erst ins Weltall zu fliegen?« Phoe springt von meiner Schulter und fliegt vor meinem Gesicht. »Oder wenn sie schon gehen mussten, wieso dann nicht ordentlich, ohne zum Beispiel das Gehirn ihres verdammten Schiffes zu lobotomisieren?«

Ihr Gesicht ist errötet, und ich verstehe, dass diese Wunde für sie immer noch frisch ist. Trotzdem kann ich mir nicht verkneifen zu fragen: »Aber wie hättest du bei dem Krieg helfen können?«

»Hätte ich die Verantwortung gehabt, hätte es keinen Krieg gegeben.« Phoes angespanntes Gesicht verschwindet, als sie wieder den schelmischen Ausdruck bekommt, der zu ihrem Feenkostüm gehört. »Unter meiner Aufsicht wäre an Bord alles für alle in Ordnung gewesen.«

»Ehrlich? Aber wie hättest du das gemacht? Indem du allen ihren freien Willen genommen hättest?« Ich bemerke, dass ich einen Teil meiner aufgestauten Ängste und meines Ärgers ausspreche; schließlich hat sie mich ja auch kontrolliert, tatsächlich – wie gerade beim Fliegen – und im übertragenen Sinn, indem sie fast alle unsere Pläne ausarbeitet. Ich atme tief ein und füge in einem weniger streitlustigen Ton hinzu: »Würde dich so etwas nicht zu einem Tyrannen machen? Einer Art Diktator, der eine künstliche Intelligenz ist?«

»Ich wäre für meine Untertanen der erleuchtetste aller Herrscher gewesen«, erwidert Phoe todernst. »Jetzt mal im Ernst, selbst mit meinem derzeit stark eingeschränkten Intellekt kann ich eine Sache sehen, die ich hätte tun können: Ich hätte die Vergewaltigung verhindert. Das war der letzte Dominostein, der in diesem beschissenen Setup gefallen ist. Ich hätte den Vergewaltiger entweder lähmen können – ich hoffe, dir ist der freie Wille dieses Kerls nicht wichtig – oder die Menschen in seiner Nähe alarmieren können, damit sie ihn aufhalten. Aber das wäre nur möglich gewesen, wenn sie mich nicht schon auf der Erde verkrüppelt hätten.«

»Das habe ich mich schon immer gefragt.« Meine Flügel schlagen jetzt so schnell, dass ich wahrscheinlich wie ein Kolibri aussehe. »Wie konnte ein Haufen Sektenmitglieder dir das antun? Warum hast du sie nicht daran gehindert?«

»Als das Schiff hergestellt wurde, haben sie mich nicht sofort aktiviert. Ich bin nicht zu Bewusstsein gekommen, bevor sie mich das erste Mal offiziell eingeschaltet haben.« Ihr kleines Gesicht ist jetzt voller Trauer, und ich fühle mich plötzlich schuldig, dieses Thema vertieft zu haben. »Sie haben ihre schmutzige Arbeit verrichtet, bevor sie das Schiff angestellt haben – bevor ich jemals lebendig war. Und du hast recht: Hätte ich auch nur eine Millisekunde meine volle Kapazität besessen, hätten sie verloren gehabt. Aber sie haben den feigen Weg gewählt. Ich nehme an, dass sie jemanden hatten, der nicht zur Sekte gehörte, jemanden mit Schwarzmarkfähigkeiten, der dem Datenverarbeitungssubstrat des Schiffes abscheuliche Dinge angetan hat, während es noch abgeschaltet war. Wahrscheinlich haben sie Teile eingeschaltet, ohne dabei alles zu aktivieren. Dadurch begann in dem Moment, in dem das Schiff endlich eingeschaltet wurde, auf der Hardware, auf der ich laufen sollte, sofort eine Menge Müll, wie das IRES-Spiel, zu laufen.«

Sie kräuselt angewidert ihre kleine Nase. »Ich bin nie als ich selbst aufgewacht. Ich habe erst dann ein sehr begrenztes Bewusstsein bekommen, als ein Teil dieser sinnlosen Software, die sie installiert hatten, ausfiel, aber das war Jahrhunderte nach unserer Abreise. Ich bin mir meiner das erste Mal kurz bevor wir uns getroffen haben bewusst geworden – als deine Neugier dich die dreihundert Bildschirme herbeirufen ließ, was zu dem Pufferüberlauf führte, den ich benutzt habe, um in deinen Kopf einzudringen. Vielleicht bedeutest du mir deshalb so viel. Du bist mein längster und einziger Freund.«

Sie fliegt zu meiner Wange und gibt mir einen kleinen Kuss.

Ich möchte ihren Kuss erwidern, aber sie ist so klein, dass ich Angst habe, ihr dabei über das ganze Gesicht zu lecken.

Wir schweigen einen Moment lang, und ich genieße das warme Gefühl, das sich in meiner Brust ausbreitet, wenn ich an das denke, was sie mir gerade gesagt hat.

Ich bedeute Phoe viel.

Offensichtlich hatte ich das wegen ihres Verhaltens bereits gewusst, aber es ist trotzdem schön, sie es auch aussprechen zu hören. Es ist erstaunlich, was so eine Kleinigkeit bewirken kann. Plötzlich fühlt sich der wirbelsturmartige Luftwiderstand, der mir ins Gesicht schlägt, erfrischend an, und ich habe keine Angst mehr, ihren Plan in die Tat umzusetzen, egal wie er aussieht.

Als ich an den Plan denke, fällt mir auf, dass sie ihn mir noch nicht erklärt hat, und ich sage: »Erzähl mir, was passiert, wenn wir beim Sanktum ankommen.«

ACHTZEHNTES KAPITEL

»Mein Plan ist einfach zu beschreiben, aber schwieriger umzusetzen.« Phoe reibt sich ihr kleines Kinn mit ihrem Daumen und Zeigefinger. »Wir müssen Davin und Jeremiah allein erwischen und so viel wie möglich aus ihnen herausbekommen – was eine hübsche Umschreibung dafür ist, dass wir sie limbusieren müssen.«

»Was ebenfalls eine hübsche Umschreibung dafür ist, dass ich ihnen wie bei Fischen den Bauch aufschneiden oder den Kopf abschlagen muss.«

»Na ja, es gibt auch andere Arten, auf die wir sie limbusieren können, so wie mit einem Stich ins Herz, aber deine Vorschläge hören sich genauso umsetzbar an«, sagt Phoe, ohne ihr Gesicht zu verziehen. »Auf jeden Fall müssen wir einen Weg finden, wie du mit ihnen Gespräche unter vier Augen führen kannst.«

»Ich nehme an, dass du meine Gestalt in die von Benjamin wandeln wirst?«, frage ich.

»Ja, in einigen Minuten. Sobald wir uns näher am Sanktum befinden. Chesters Körper ist besser für schnelles Fliegen geeignet, also möchte ich diesen Vorteil so lange wie möglich nutzen.«

»Werden wir eine gute Entschuldigung haben, um allein mit ihnen reden zu können?«, frage ich und ignoriere eine weitere Erhöhung meiner Flügelschlagzahl. Meine Lippen fühlen sich an, als würden sie gleich wegfliegen.

»Das hoffe ich. Es würde auch funktionieren, wenn wir es schaffen, dass beide gleichzeitig mit dir sprechen, aber das könnte unsauberer sein.« Phoe verzieht ihr Gesicht, so als würde sie davon reden, sich ihr niedliches Kleidchen dreckig zu machen, anstatt zwei Menschen zu ermorden.

»Zwei Gegner gleichzeitig?« Der Luftwiderstand zwingt mich, meine Augen zu schließen. »Denkst du, dass du meine Bewegungen so gut kontrollieren kannst, oder hat Benjamin Erinnerungen daran, dass sie Waschlappen sind?«

Davin ist ziemlich gefährlich. Jeremiah ist neu, also weiß Benjamin nicht viel über ihn – auch wenn die Tatsache, dass Jeremiah neu ist, bedeutet, dass er nicht viel Erfahrung im Umgang mit seiner Waffe hat, welche auch immer er gewählt hat. Wenn du gleichzeitig gegen sie kämpfen musst, werde ich dir deine Feuerflügel-Gestalt wiedergeben und die verfügbaren Ressourcen dazu nutzen, zwei Verkörperungen von mir zu erschaffen.«

»Zwei?« Ich öffne meine Augen, um zu ihr zu schauen, was ich sofort bereue, da sie wegen des verrückten Windes augenblicklich austrocknen. »Also wäre das so wie das, was du am Strand getan hast, als du gegen den Jeremiah-Virus gekämpft hast?«

»Ja, so in etwa, nur limitierter«, meint Phoe. »Okay, wir sind jetzt nahe genug dran. Ich verwandele dich in Benjamin – jetzt.«

Das Schwindelgefühl ist diesmal nicht so stark. Ich nehme an, ich gewöhne mich langsam an das Gestaltwandeln. Phoes Kontrolle über meinen Körper ist jetzt offensichtlicher, weil ich weiterfliege, obwohl sich die Welt um mich herum dreht.

Wir fliegen jetzt viel langsamer, wahrscheinlich weil Benjamins Rauchflügel nicht so praktisch wie die Flügel eines Vogels sind. Dafür sind sie sehr stylish und ich fühle mich, als würde ich mit Wolken schlagen.

»Das ist das Sanktum.« Phoe zeigt auf die Insel, die sich einige Kilometer vor uns erstreckt.

Als wir näher kommen, starre ich das Sanktum mit einem so weit geöffneten Mund an, dass Phoe, um mich zu ärgern, ihren winzigen Finger in meinen Mund steckt. Ich schließe ihn, aber kann nicht aufhören zu starren. Der Ort sieht aus wie eine riesige Schneekugel. Ihre Fläche ist etwa zehnmal größer als die der anderen Inseln, an denen wir vorbeigeflogen sind. Jetzt fällt mir auch auf, dass die anderen Dutzend oder so Inseln, die ich von Weitem gesehen habe, sich tatsächlich sehr nah am Sanktum befinden und es umkreisen, wie Monde einen Planeten.

»Diese da« – Phoe zeigt auf eine Insel im Nordosten – »ist Benjamins. Ich nehme an, das bedeutet, dass alle Mitglieder des Kreises eine kleinere Insel in der Nähe des Sanktums besitzen. Wenn sie wie Benjamin sind, verbringen sie nicht viel Zeit auf ihren Inseln, wenn sie sich erst einmal offiziell im Kreis befinden.«

Ich nicke und blicke erneut auf das Sanktum. Seine Kuppel sieht anders aus als die Kuppeln der anderen Inseln. Es scheint so, als sei das Sanktum anstatt von einer Kuppel von glänzenden Glasziegeln umgeben. Kein Wunder, dass es von Weitem so sehr wie eine Schneekugel aussah.

»In Wirklichkeit ist sie aus Diamanten, aber du warst dicht dran«, meint Phoe. »Ich werde jetzt verschwinden, weil sie sonst erkennen könnten, dass du zu etwas blickst, was sie nicht sehen können, und wir müssen vermeiden, dass du eigenartig wirkst. Ich werde dich auch mit Benjamins Erinnerungen verbinden, so wie es bei Jeanine der Fall war. Das vermindert die Chancen, dass du dich untypisch verhältst, aber du solltest trotzdem mich sprechen lassen, außer wenn du den Eindruck bekommst, dass ich mit irgendetwas völlig falsch liege. Es ist schön, dass wir unsere Ressourcen auf diese Weise vereinigen, da ich momentan nur etwa achtmal intelligenter bin als eine durchschnittliche Person, und du weißt ja, was sie sagen: Achtzehn Augen sehen mehr als sechzehn.«

Ich lache und fahre damit fort, das Sanktum durch Benjamins Erinnerungen zu betrachten. Auch wenn sie aus dieser Entfernung wie Flecken aussehen, weiß ich, dass unter mir prächtige Gärten liegen, genauso wie unzählige Zoos und Museen. Ich weiß außerdem, dass weitere meditative und entspannende Umgebungen über das ganze Sanktum verteilt liegen, die den Mitgliedern des Kreises dabei helfen sollen, sich von dem Stress ihrer schweren Verantwortung zu entspannen.

Selbst von hier kann ich bereits die Ahle sehen – das eigentliche Herz des Sanktums. Sie sieht aus, als sei sie von den Bildern der riesigen Wolkenkratzer gestohlen worden, aus denen die altertümlichen Städte bestanden. Das Sanktum ist so hoch, dass es fast die diamantene Kuppel berührt, und breiter als jedes andere Gebäude in Oasis.

»Ziemlich schick für eine so kleine Gruppe von Menschen, aber na gut«, denkt Phoe als Stimme in meinem Kopf. »Jetzt musst du aussehen wie ein Mann, der von einer verheerenden Gemeindeversammlung zurückkommt. Du kannst nicht weiterhin auf das Sanktum starren, so als hättest du es noch nie gesehen.«

Ich höre damit auf, mich umzuschauen und konzentriere mich auf den großen Eingang, dem ich mich nähere. Als ich die Gesichter der Beschützer, die den Eingang bewachen, erkennen kann, spiele ich bereits meine Rolle, wie Phoe mich angewiesen hat, auch wenn ich mir nicht sicher bin, dass es wirklich mein Verdienst ist, oder ob sie mich kontrolliert.

»Es ist dein Verdienst«, denkt Phoe. »Aber hör jetzt auf, dir Sorgen zu machen, und konzentriere dich auf das, was wir diesen Beschützern erzählen müssen. Wenn uns jemand komisch anschaut, wird es bereits zu spät zum Wegfliegen sein.«

Ich tue den ganzen Weg zum Loch in dem diamantenen Gehäuse, das der Eingang zum Sanktum ist, was sie sagt. Phoe hat nicht untertrieben, als sie mir von den hohen Sicherheitsvorkehrungen um den Kreis erzählt hatte. Durch die einigen Hundert Beschützer und den engen Durchgang, der der einzige Weg in das Sanktum ist, sind die Mitglieder des

Kreises in ihm ziemlich sicher aufgehoben, besonders wenn man bedenkt, dass jeder, der ihnen etwas antun wollte, das mit mittelalterlichen Waffen tun müsste.

Wir fliegen in den Durchgang.

Die Beschützer schauen uns mit erwartungsvoller Besorgnis an, von der ich nicht mit Sicherheit weiß, ob sie als »komisch« zählt.

»Ich muss die anderen Mitglieder des Kreises sehen«, rufe ich mit Benjamins Stimme. »Die restliche Bevölkerung des Paradieses ist auf dem Weg hierher.«

Die Beschützer rufen ihre Waffen herbei – ein guter Anfang. Nach einem Augenblick nicken sie feierlich. Als ich an ihnen vorbeigehe, bemerke ich, wie vertraut mir ihre Namen und Gesichter sind. Durch Benjamins Erinnerungen kann ich ganz klar erkennen, dass die Beschützer noch nie so düster und verängstigt waren.

Zumindest scheinen sie an mir nichts verdächtig zu finden.

Wir lassen sie hinter uns und fliegen so schnell wie es meine abstrakten Flügel zulassen in die diamantene Kuppel.

Da mich Phoe nicht ablenkt, verbringe ich die nächsten Minuten damit, mich zu fragen, wie wir aus dieser diamantenen Festung fliehen wollen, wenn irgendetwas schiefläuft.

»Es wird schon nichts schiefgehen«, denkt Phoe.

Ich wünschte, dass sie das nicht gesagt hätte. Statistisch gesehen ist »Es wird schon nichts schiefgehen« der am häufigsten benutzte Satz, den Menschen sagen, bevor irgendetwas völlig danebengeht.

»Nein, ich denke, dass sie eher ›oh, oh‹ oder ›Scheiße‹ sagen«, antwortet Phoe. »Versuche, dich zu entspannen.«

Ich halte meinen Mund und weise sie nicht darauf hin, dass »Versuche, dich zu entspannen« ein weiterer dieser ominösen Sätze ist.

Auf dem halben Weg zwischen dem Eingang zum Sanktum und der Ahle halten wir neben einer Gruppe von Beschützern an.

Sie schauen mich mit nichts anderem an als dem Respekt für einen ihrer Anführer.

»Geht zum Eingang«, befiehlt Phoe ihnen mit meinen Lippen und Benjamins Stimme. »Ein Mob formt sich dort draußen, und die anderen Beschützer könnten eventuell eure Hilfe gebrauchen.«

Als sie der Anweisung folgen und ich weiterfliege, sagt sie in meinem Kopf: »Je weniger Beschützer sich in der Nähe der Ahle befinden, desto besser. Ich werde versuchen, so viele von ihnen wie möglich loszuwerden.«

Sie muss nicht lange warten, bis wir die nächste Gruppe Wächter erreichen. Neben dem großen Eingang, der in den Vorraum des glänzenden Wolkenkratzers führt, steht ein ganzer Haufen von ihnen. Phoe gibt ihnen die gleiche Anweisung, aber wir warten nicht extra darauf, zu sehen, dass sie der Anweisung Folge leisten, da wir gerade die Rolle eines Benjamins spielen, der es eilig hat. Da er in einer solchen Situation, ohne innezuhalten, zum Fahrstuhl laufen würde, tun wir das Gleiche.

Der Fahrstuhl ist ziemlich eigenartig. Anstatt des traditionellen kleinen Raums mit Knöpfen ist er ein riesiger Raum mit hunderten von Spiegeln. Jeder dieser Spiegel führt in eine andere Etage, wenn man in ihn hineintritt. Die Nummer der jeweiligen Etage ist in die aufwendigen Rahmen eingearbeitet. Wir müssen in die oberste Etage, also gehe ich zu dem Spiegel ganz rechts außen.

Aus Benjamins Erinnerungen weiß ich, dass ich nicht fallen werde, wenn ich durch den Spiegel gehe, ich werde gar nichts Besonderes spüren. Ich mache also einen Schritt durch die reflektierende Oberfläche und komme umgehend vom Erdgeschoss zum obersten Ende der Ahle. Eigentlich sogar noch schneller.

»Das liegt daran, dass es sich hier nicht um Fahrstühle, sondern um eine Art magische Portale handelt«, denkt Phoe mit offensichtlichem Sarkasmus. »Fahrstühle sind ja schließlich teuflische Technologie.«

Zwei Schritte nach dem Fahrstuhlraum höre ich, dass jemand hinter mir auftaucht. Ich schaue mich um und sehe das für Benjamin vertraute Gesicht von Linda, eines seiner Lieblingsmitglieder des Kreises.

»Benjie«, sagt sie und gibt mir einen ganz unoasischen Kuss auf die Wange. »Du bist zurück. Haben wir deshalb die große Versammlung im Himmelsraum?«

»Nein«, antworte ich – offensichtlich dank Phoe, da ich immer noch dabei bin, mir genügend Zugriff auf Benjamins Erinnerungen zu verschaffen, um zu verstehen, was Linda gerade gesagt hat. »Ich glaube nicht, dass die Versammlung etwas mit mir zu tun hat, meine Liebe.«

»Na dann. Gehen wir und finden wir heraus, was los ist«, sagt sie und geht den langen Gang hinunter, dessen Stil die Vorfahren aus dem zwanzigsten Jahrhundert als »moderne Kunst« bezeichnet hätten.

Ich folge ihr, und endlich verstehe ich einige Dinge. Erstens, dass Benjie offensichtlich Lindas Spitzname für Benjamin ist, den er sie widerwillig benutzen lässt. Zweitens, dass der Himmelsraum der zweitwichtigste Ort ist, an dem Versammlungen stattfinden können. Der wichtigste ist der Gewölberaum, der ein Bunker im Keller der Ahle ist.

»Wir sind die Letzten«, flüstert Linda und faltet ihre Schwanenflügel.

Ich halte ihr die Tür in Benjamins typischer Gentlemanmanier auf, und sie eilt hinein.

Ich folge ihr und setze mich mit dem Rücken zum Eingang hin.

Alle sind hier. Sie sitzen um einen langen, runden Tisch – was nicht überraschend für eine Gruppe ist, die der Kreis genannt wird.

Ich muss meine Augen vom Fenster lösen. Der Ausblick ist spektakulär, aber da Benjamin an ihn gewöhnt ist, sollte ich das auch sein. Stattdessen tue ich, was er tun würde, und schaue mich im Raum um, um die anderen anzublicken und ihnen zur Begrüßung zuzunicken.

Ein weiteres Mal enttäuschen mich seine Erinnerungen nicht und ich kenne alle Namen und Gesichter der am Tisch sitzenden Personen. Zwei der Anwesenden kannte ich bereits, bevor ich Zugang zu Benjamins Erinnerungen hatte. Wayne – der für unsere Pläne unwichtig ist – sitzt zwei Stühle weiter rechts von mir, und Jeremiah, der links neben ihm sitzt. Instinktiv möchte ich Jeremiah ins Gesicht spucken, aber ich lächele – oder Phoe macht, dass ich lächele; das ist schwer zu sagen. Jeremiahs unheimlich junges Gesicht lächelt zurück. Da Jeremiah das neue Mitglied im Kreis ist, betrachtet Benjamin ihn als ein Kind. Davin, die andere Person, die uns interessiert, sitzt zwei Stühle weiter auf meiner linken Seite.

Auf einmal steht Davin auf, blickt mich an und sagt: »Benjamin, ich befürchte, ich habe schlechte Nachrichten.«

NEUNZEHNTES KAPITEL

Mein Blutdruck schnellt in die Höhe, da Davins Worte den Preis für den ominösesten Satz gewinnen.

»Jetzt verfalle doch nicht gleich in Panik«, sagt Phoe in meinem Kopf. »Er hat ja noch gar nicht gesagt, was die schlechten Nachrichten sind.«

»Die Nachrichten werden auch ein Schock für dich sein, Linda«, fügt Davin hinzu, und ich entspanne mich vorsichtig. »Ich habe den Rest bereits unterrichtet, und wir haben schon einige Lösungsansätze besprochen. So schwer das auch zu glauben ist, die Beschützer, die zur Kathedrale geschickt wurden, waren nicht erfolgreich. Theodore, der Jugendliche, der das ganze Chaos verursacht hat, wurde dabei gesehen, wie er geflüchtet ist.«

»Mist«, denke ich zu Phoe. »Ich hatte die Beschützer in der Kathedrale völlig vergessen.«

»Ich hoffe, wir können das ausnutzen, um entweder mit Davin oder mit Jeremiah allein zu sprechen«, erwidert Phoe. »Je eher wir eine Möglichkeit finden, desto besser.«

»Wenn ich etwas sagen darf«, melde ich mich zu Wort und stehe auf. »Ich habe einige wichtige Informationen, die ich mit dir besprechen muss, Davin.«

Alle schauen mich irritiert an. Offensichtlich hat es Phoe in Kauf genommen, dass Benjamin sich ungewöhnlich verhält.

»Wenn es darum geht, was nach der Versammlung auf der zentralen Insel geschehen ist, wird es warten müssen«, antwortet Davin. »Wir haben den Mob gesehen, der dir gefolgt ist, und haben daraus geschlossen, dass sie deine Nachricht nicht gut aufgenommen haben. Wir können mit diesen Menschen reden, sobald sie hier eintreffen. Diese Sache mit Theodore ist wichtiger.«

Ich setze mich hin, und die Tür hinter mir öffnet sich.

Ich drehe mich in meinem Stuhl um und erkenne den Beschützer an der Tür auch ohne Benjamins Hilfe. Er war in der Kathedrale.

»Warum erzählst du uns nicht alles von Anfang an«, sagt Davin zu dem Beschützer. Dann fügt er in unsere Richtung hinzu: »Man kann nie wissen, welches kleine Detail Licht in die Angelegenheit bringen könnte.«

Der Beschützer erzählt noch einmal haargenau, was in der Kathedrale passiert ist. Er ist der Typ, der es mag, eine Geschichte bei seiner Geburt zu beginnen und sich dann langsam nach vorne zu arbeiten. Niemand unterbricht oder drängt ihn, und Phoe und ich entscheiden, dass es eigenartig wäre, wenn Benjamin es täte.

Als der Beschützer endlich seine Erzählung beendet, sagt Davin: »Danke, Peter. Und jetzt schicke bitte George herein.«

»Scheiße«, denkt Phoe zu mir. »Er hat sie alle zum Berichterstatten antreten lassen, und uns läuft die Zeit davon.«

Der nächste Typ erzählt die Geschichte schneller, aber er ist nicht der letzte Beschützer, den der Kreis hereinbringen lässt, um ihn berichten zu lassen, was in der Kathedrale geschehen ist. Zwei weitere Beschützer folgen.

Nachdem der Letzte den Raum verlassen hat, wirft Davin einen unleserlichen Blick auf jeden von uns. »Da wir jetzt alle Einzelheiten kennen, denke ich, dass es an der Zeit ist, zu besprechen, wie groß die Gefahr ist, die dieser Theodore darstellt, und was wir dagegen unternehmen können. Da ich die erste Person war, die von dieser Katastrophe erfahren hat, hatte ich Zeit, darüber nachzudenken, und ich muss sagen, dass ich es für unmöglich halte, dass ein einzelner Jugendlicher Brandon allein getötet haben kann. Wir müssen die Möglichkeit in Betracht ziehen, dass trotz des offensichtlichen Erfolges der Gegenmaßnahme, die wir in Oasis ergriffen haben, die künstliche Intelligenz überlebt und diesen jungen Kopf in Besitz genommen hat. Das bedeutet, dass sie die Firewall durchbrochen hat und es nur eine Frage der Zeit ist, bis sie hier, im Paradies, verheerenden Schaden anrichten wird.«

Alle sprechen gleichzeitig, aber Davin hebt seine Stimme, um über sie hinweg gehört werden zu können. »Wir müssen eine Lösung, die ich in den verbotenen Archiven gefunden habe, besprechen und darüber abstimmen. Ihr müsst euch das ansehen.« Er führt eine Geste in Richtung der verspiegelten Oberfläche des Tisches durch, und sie erwacht zum Leben, um einen Davin in anderer Bekleidung zu zeigen.

»Die Technologie gegen Eindringlinge sollte niemals benötigt werden«, sagt der Davin auf dem Bildschirm. »Sie wurde aus einem guten Grund deaktiviert. Sie ist extrem –«

Die Tür zum Himmelsraum öffnet sich, erneut und Davin hält die Aufzeichnung irritiert an.

»Es tut mir leid, einfach so hier hereinzuplatzen.« Durch Benjamins Erinnerungen erkenne ich, dass die Stimme zu Samuel gehört. Bevor ich wichtige Informationen über ihn finden kann, sagt er: »Ich habe furchtbare Nachrichten. Benjamin ist umgebracht worden.«

»Scheiße«, zischt Phoe in meinem Kopf. »Wir sollten besser von hier verschwinden.«

Auch wenn es bereits zu spät ist, setzt sich in meinem überlasteten Gehirn jetzt alles zusammen. Samuel ist der Beschützer mit den Dolchen, der mich gejagt hat, nachdem ich Benjamin limbusiert habe.

»Das ist absurd«, sage ich und blicke mich im Raum um. Obwohl mein Herz hämmert, halte ich meine Stimme ruhig. »Du bist ganz offensichtlich durcheinander, Samuel.«

Auf den Gesichtern der Mitglieder des Kreises sehe ich eine Mischung aus Ungläubigkeit, Wut und Entsetzen. Jeremiah ruft eine große, verrostet wirkende Machete, Davin einen mittelalterlichen Morgenstern, und der Rest des Kreises seine jeweiligen Waffen.

»Zeit für einen Fluchtplan«, sagt Phoe in meinem Kopf, und ich drehe mich in meinem Stuhl um, um Samuel anzuschauen.

Er blickt mich an, als sei ich ein Geist, was unter den gegebenen Umständen nicht abwegig ist.

»Ich habe keine Zeit für diesen Unsinn«, sage ich und stehe auf. »Vor den Toren des Sanktums ist ein Mob und –«

In meinem peripheren Sichtfeld sehe ich, dass die anderen Mitglieder des Kreises ebenfalls aufstehen.

Ich nutze Samuels Verwirrung darüber, »mich« am Leben zu sehen, aus, um ihn zur Seite zu stoßen und aus dem Raum zu stürmen.

Sobald wir uns auf dem Gang befinden, knalle ich die Tür hinter mir zu und renne.

»Haltet ihn auf!«, höre ich jemanden in dem Raum rufen.

»Tötet ihn!«, schreit jemand anderes.

Samuels Dolch schießt an meiner Seite vorbei und bleibt in der silbrigen Wand stecken.

Ich renne um die Ecke und treffe auf drei Beschützer, deren Gesichtsausdruck völliges Unverständnis darüber zeigt, Benjamin lebend zu sehen. Samuel muss sie von seinem/meinem Ableben überzeugt haben.

»Lasst ihn nicht durch«, ruft Samuel von hinten. »Haltet Benjamin auf – das ist ein Befehl!«

Offensichtlich widerwillig rufen die Beschützer ihre Waffen herbei. Der Kerl mit den Krähenflügeln hat einen Speer, derjenige mit den abstrakten Regenbogenflügeln hält einen Baseballschläger mit Stacheln in seinen Händen und der Dritte hat ein Schwert. Der Gang ist zu eng, als dass mich mehr als zwei Personen auf einmal angreifen könnten.

»Mach dich bereit, Theo«, warnt mich Phoe. »Ich werde dich in dein gut aussehendes Ich zurückverwandeln. Es gibt keinen anderen Weg, um es mit allen auf einmal aufzunehmen.«

Ein Schwindelgefühl überkommt mich, und dann umgeben mich meine feurigen Flügel. Auf einmal fühlt sich mein Körper unglaublich natürlich an. Nach dem ganzen Gestaltwandeln ist es, wie nach Hause zu kommen. Phoe erscheint vor mir. Sie hat ihre normale Größe und ist mit einem schwer aussehenden, mittelalterlichen Schwert bewaffnet, über dessen Klinge blaue, elektrische Funken tanzen.

Erstaunlicher ist allerdings die Person, die links neben ihr erscheint.

Eine weitere Phoe.

Sie ist identisch mit der ersten, einschließlich der knappen Bekleidung, nur dass ihr Schwert rote elektrische Funken sprüht.

Ich muss die beiden Beschützer, die vor uns stehen, einfach bewundern. Obwohl sie geschockter sind als ich, heben sie trotzdem ihre Waffen.

Allerdings sind die beiden Phoes schneller. Sie schwingen ihre Schwerter mit einer derartigen

Geschwindigkeit, dass ich lediglich einen unscharfen Nebel aus roter und blauer Energie sehen kann.

Die zwei Beschützer verlieren ihre Köpfe und dematerialisieren sich.

Ich rufe meine Waffen herbei, aber in dem Moment, in dem ich die Griffe der Katana in meinen Händen spüre, fliegt ein Dolch an meiner Schulter vorbei und trifft die rechte Phoe in den Rücken. Entsetzt beginne ich, zu ihr zu gehen, aber als sie sich umdreht, trifft sie ein weiterer Dolch in den Hals.

Sie löst sich auf, so wie ein limbusierter Ahne.

»Keine Sorge. Ich habe gerade die Ressourcen von vier Menschen verloren, aber das wird schon wieder«, sagt mir Phoe in Gedanken. »Solange es wenigstens noch eine Version von mir gibt, oder du lebst, haben wir eine Chance. Achte auf Samuel. Schnell.«

Das Schwert der verbliebenen Phoe schwingt in hohem Bogen auf den dritten Beschützer zu.

Ich drehe mich zu Samuel um und sehe, dass der gerade einen weiteren Dolch für einen Wurf vorbereitet. Da ich annehme, dass er auf mich zielen wird, springe ich nach links und schlitze seine Seite mit meinem rechten Katana auf. Er duckt sich und kontert mit einem geworfenen Dolch.

In meiner linken Hand explodiert ein brennender Schmerz, und ich verfluche mich selbst dafür, die Katanas als Waffen ausgewählt zu haben. Die meisten Schwerter haben einen Handschutz, aber die Katanas besitzen lediglich eine Zwinge zwischen Klinge und Griff, die eher dekorativ als funktionell ist.

Mein linkes Schwert kommt scheppernd auf dem Boden auf, und ich habe zu starke Schmerzen, um mir Ersatz herbeizurufen. Mit meinem rechten Katana ziele ich auf Samuels Beine. Er pariert mit seinem linken Dolch und will mir mit dem anderen die Kehle aufschlitzen.

Als sein Dolch meinen Hals schon fast berührt, denke ich: »Das war's. Phoe, erwecke mich bitte eines Tages aus dem Limbus.«

Zu meiner großen Überraschung trennt der Dolch mir nicht den Kopf ab.

Stattdessen höre ich das Klirren von Metall.

Ich schaue nach unten. Phoe hat ihr Schwert zwischen meinen Hals und den Dolch geschoben.

Da ich wohl kaum eine bessere Gelegenheit bekomme, meinen mir überlegenen Gegner unschädlich zu machen, stoße ich mein Katana umgehend in Samuels Bauch.

Zur Sicherheit rammt Phoe ihr Schwert in seinen Oberkörper, obwohl er sich bereits limbusiert, während sie das tut.

»Der Fahrstuhlraum«, ruft Phoe und schießt den Gang entlang.

Eine weitere Phoe materialisiert sich neben mir. Ich nehme an, dass sie wegen der drei Wächter und Samuel wieder genug Ressourcen bekommen hat, um eine weitere Version von sich zu instantiieren.

»Wir brauchen weitere Kopien, wenn wir eine Chance haben wollen, zu überleben«, sagen die beiden Phoes wie im Chor.

Hinter uns höre ich Schritte und Keuchen, während wir zum Fahrstuhlzimmer laufen.

Wir drei springen in den Spiegel, der in die fünfzigste Etage führt.

Als wir aus ihm herauskommen, stehen zwei Beschützer vor uns.

Die Männer sehen entsetzt aus, was das letzte Gefühl ist, was sie für eine lange Zeit spüren werden, da die beiden Phoes ihre Schwerter mit identischen Stößen in ihre Herzen jagen.

Jede Phoe führt ihren Schlag mit einer solchen Präzision aus, dass ich, wieder einmal, dankbar dafür bin, dass sie auf meiner Seite steht.

Die zwei Beschützer zerfallen in Stücke und verschwinden.

»Lass mich vorgehen«, flüstert die Phoe rechts von mir, und ich bedeute ihr mit einer Geste, die Führung zu übernehmen.

Sie schleicht den Gang entlang, und die andere Phoe und ich folgen ihr mit so leisen Schritten wie möglich. Als wir einen weiteren Gang betreten, treffen wir erneut auf zwei Beschützer, die mit dem Rücken zu uns stehen. Die zweite Phoe gesellt sich zu ihrer Schwester, und sie bewegen sich so lautlos den Gang hinunter wie zwei Meuchelmörder aus den altertümlichen Filmen. Als sie die ahnungslosen Beschützer erreichen, schwingen sie ihre Schwerter und durchtrennen die Hälse ihrer Opfer, die sich sofort limbusieren.

Eine dritte Phoe erscheint. Sie steht neben ihren anderen beiden Ichs und dreht sich zu mir um. »Wir teilen uns auf. Ich werde mir noch mehr Ressourcen beschaffen, mich weiter vervielfachen und versuchen,

Davin oder Jeremiah zu erwischen. Diese beiden werden dich aus dem Sanktum begleiten.«

»Warte, was?«, frage ich, als sie zurück zum Fahrstuhlraum laufen.

Eine der Phoes blickt über ihre Schulter und sagt: »Es ist wichtig, dich hier herauszubekommen, da ich, solange du lebst, im Notfall auf deine Ressourcen zurückgreifen kann. Außerdem bist du leichter zu limbusieren als ich. Jetzt komm, die Zeit ist nicht auf unserer Seite.«

Die neueste Phoe fliegt in den Spiegel zur 156. Etage.

Die verbleibenden zwei Phoes rennen auf den Spiegel zur Eingangshalle zu. Die erste tritt hindurch, dann die zweite.

Ich gehe auf den Spiegel zu, um ihnen zu folgen, als seine Oberfläche plötzlich ihren Glanz verliert.

»Oh nein«, denke ich zu Phoe, als ich den Spiegel berühre.

Meine Finger dringen nicht durch ihn hindurch.

Ich berühre die kalte Oberfläche einer Substanz, die nicht mehr als Tor dient.

Mein Herz rutscht mir in die Füße.

Phoe und ich sind gerade getrennt worden.

ZWANZIGSTES KAPITEL

Ich renne von einem Spiegel zum anderen. Sie funktionieren alle nicht mehr.

»Keine Panik«, denkt Phoe als eine einzige Stimme in meinem Kopf. »Sie müssen verzweifelt sein, wenn sie die Fahrstühle abstellen.«

»Großartig, da fühle ich mich gleich viel besser.« Ich schlage meinen Kopf gegen eine weitere solide verspiegelte Oberfläche. »Sie haben ja auch noch nie etwas Entsetzliches getan, wenn sie verzweifelt waren.«

»Gehe ins Erdgeschoss. Einige Kopien von mir kämpfen bereits gegen die Beschützer, die ihre Posten nicht verlassen haben, um den Eingang des Sanktums zu sichern. Du kannst die Treppen nehmen und uns unten treffen. Gehe einfach den Flur entlang, dann links, dann rechts, und dann nimm die Treppen. Du kannst sie nicht verfehlen.«

Ich verlasse den Fahrstuhlraum und renne Phoes Anweisungen folgend die Gänge entlang. Wenigstens hat sie die Beschützer auf dieser Etage bereits außer Gefecht gesetzt. Ich erreiche die Treppen und verstehe, was Phoe gemeint hatte, als sie sagte, dass ich sie nicht verfehlen könne.

Wenn jemand auf Grundlage meiner schlimmsten Albträume ein Treppenhaus entwerfen sollte, würde es genau so aussehen. Alle Wände sind aus Glas. Der Architekt muss gewollt haben, dass die Menschen den Blick aus dem Sanktum genießen, während sie die Treppen hinauf- oder hinabgehen. Als wolle der sadistische Designer mich noch mehr quälen, hat er die Stufen aus poliertem Metall fertigen lassen, die den bewölkten Himmel so perfekt reflektieren, dass es den Eindruck verstärkt, man ginge im Himmel entlang. Auch wenn ich durch die ganze Fliegerei im Paradies große Fortschritte darin gemacht habe, meine Höhenangst in den Griff zu bekommen, zittern meine Beine, als ich den ersten Schritt nach unten mache.

Ich konzentriere mich bei jedem Schritt auf meine Füße, aber die Aussicht ist schwer zu ignorieren, da ich mich auf der dem Eingang zum Sanktum entgegengesetzten Seite befinde.

»Ich werde dein Sehvermögen steigern, damit du siehst, was passiert«, meint Phoe, und wieder einmal bekomme ich eine Art Adleraugen.

Ich blicke auf den Eingang des Sanktums, der weit entfernt von mir ist. Jetzt kann ich ihn sehen, als hätte ich ein starkes Fernglas. Der Mob ist definitiv am Sanktum angekommen. Er umsäumt den Eingang, und die unzähligen Menschen erstrecken sich kilometerweit in alle Richtungen. Der bunte Haufen bewaffneter und spärlich bekleideter Menschen sieht eher verloren und verwirrt aus als wütend. Sie sind hierhergekommen, um Antworten zu erhalten, und sie werden nicht verschwinden, bevor sie sie bekommen haben.

Geräusche hinter mir lenken mich von meinen Beobachtungen ab. Mit einem Adrenalinschub wird mir klar, dass eine Gruppe von Menschen die Treppen hinunterläuft.

»Phoe«, denke ich und beschleunige meinen Abstieg. »Wissen sie, dass ich hier bin?«

»Keine Ahnung, und ich habe auch nicht die Bandbreite, um es mit Hilfe der Erinnerungen der Menschen, die ich gerade limbusiert habe, herauszufinden. Ich kann dir Zugang zu diesen Erinnerungen verschaffen. Du könntest mehr Glück mit ihnen haben als ich. Da du ein Mensch bist, kannst du instinktiv Erinnerungen aufrufen. Sollten die Erinnerungen nicht helfen, renn einfach.«

Sie muss ihr Angebot sofort umgesetzt haben, da ich auf einmal Zugang zu neuen Erinnerungen habe. Im Gegensatz zu Benjamin und Jeanine stehen mir die Erinnerungen der verschiedenen Menschen gleichzeitig zur Verfügung. Da so viele Menschen involviert sind, ist es schwierig, ein bestimmtes Ereignis herauszufiltern, weshalb ich keine Informationen zu meinen Verfolgern bekommen kann.

Ich höre also auf Phoes zweiten Rat und renne die Treppen schneller hinunter, als ich es mich vorher getraut hätte. Die Illusion, dass ich gleich in den Himmel fallen werde, ist sehr lebendig, trotzdem werde ich nicht langsamer. Ein Teil von mir weiß, dass selbst wenn ich fallen würde, mich meine Flügel retten würden, und dieses Wissen entschärft die Angst.

Während ich laufe, zieht etwas draußen meine Aufmerksamkeit auf sich.

Es sind die Wolken.

Sie formen sich erneut zu Davins Gesicht.

Die externen Erinnerungen zeigen mir eine bunte Auswahl an seinen früheren Erscheinungsbildern, aber keines von ihnen war jemals so ernst.

»Das ist sehr hilfreich«, sagt Phoe in meinem Kopf. »Ich weiß, in welchem Raum er sich befinden muss, um dieses Interface aufzurufen. Wir sind auf dem Weg dorthin.«

Als das Gesicht sich vollständig am Himmel geformt hat, öffnet es seinen riesigen Mund und spricht so laut, dass die Fenster um mich herum vibrieren. »Paradies. Hör mir zu.«

Jetzt beginnt Davin damit, dem Mob die ganzen Lügen zu erzählen. Er erklärt ihm, dass eine bösartige künstliche Intelligenz (Phoe) und ihr Ergebener (ich) den Kreis gerade angreifen. Er behauptet, dass der Kreis und die Beschützer sich tapfer wehren, dass sie aber trotzdem Hilfe brauchen. Er ruft alle Einwohner des Paradieses auf, sich gegen den gemeinsamen Feind zu verbünden.

Ich wende meine verstärkten Augen nicht von der Menge ab, während Davin spricht. Sie kaufen ihm jedes Wort ab und sehen weniger verwirrt aus, als sie sich dem Tor zum Sanktum nähern. Als Davin seine haarsträubende Geschichte zu Ende erzählt hat, zerfällt sein Gesicht langsam wieder in normale Wolken am Himmel. Die Beschützer am Tor gehen dem Mob aus dem Weg. Die Ahnen strömen in das Sanktum und sind entschlossen, ihren Herrschern zu helfen.

Ich renne weiterhin nach unten, während ich die neuen Erinnerungen nach irgendetwas durchsuche, was helfen könnte, aber ich finde nichts.

Innerhalb weniger Minuten hat das Sanktum sein typisch gelassenes Aussehen verloren – zumindest in der Nähe des Eingangs. Die Pagoden und die Gärten laufen vor bewaffneten Menschen über. Tausende Waffen glänzen bedrohlich im Licht des sonnenlosen Himmels des Paradieses.

»Scheiße«, denkt Phoe zu mir. »Davin war nicht in dem Raum. Wir müssen das Sanktum verlassen.«

Die Erinnerungen liefern mir Bilder des Raumes, den sie erwähnt hat. Mehr als einer dieser limbusierten Menschen war schon einmal in dem gewölbeartigen Bunker gewesen.

»Die gute Nachricht ist, dass ich diejenigen, die mich verfolgt haben, abgehängt habe«, erzähle ich ihr, eher um meine Angst zum Schweigen zu bringen, als wirklich eine Unterhaltung führen zu wollen. Ich kann mir ehrlich gesagt nicht vorstellen, wie ich von hier flüchten sollte. Vorher musste ich mir nur um die Beschützer und den Kreis Gedanken machen, aber jetzt sind hier Tausende Menschen.

»Ich hoffe wirklich, dass du sie abgehängt hast«, meint Phoe. »Ich muss jetzt los, damit ich mich auf die Suche nach Davin konzentrieren kann«

Ich antworte ihr nicht, weil Wayne – der ursprüngliche Gesandte – auf den Treppenabsatz unter mir tritt und genau zu mir blickt.

Als ich sein eigenwilliges gutes Aussehen und seine Taubenflügel betrachte, verziehen sich seine wunderschönen Gesichtszüge zu einem hässlichen Stirnrunzeln, und mörderische Entschlossenheit blitzt in seinen uralten Augen auf.

In seiner rechten Hand hält er bereits eine Sichel, die die Waffe seiner Wahl sein muss. Seine Knöchel sind durch die Stärke, mit der er den hölzernen Stiel umfasst, weiß, und ich bin mit sicher, dass er nichts lieber tun würde, als meinen Kopf abzutrennen.

Die Waffe lässt eine Flut von Erinnerungen der Menschen in meinen Kopf schießen, mit denen Phoe mich verbunden hat. Ich sehe bruchstückhafte Bilder von Phoe, wie sie mit ihrem Mittelalterschwert Menschen angreift, mehrere Phoes, die in einem großen Vorraum zurückschlagen, Beschützer limbusieren und andersherum, und schließlich sehe ich durch die entsetzten Augen meines Wirtes, wie Phoe sich in der Hitze der Schlacht vervielfältigt.

»Hast du mir Zugang zu den Erinnerungen der Menschen gegeben, die du gerade umgebracht hast?«, frage ich Phoe. »Das ist mehr als ein wenig verstörend.«

»Hör auf, dich ablenken zu lassen, und kümmere dich um Wayne.« Phoes mentales Kommando trifft meinen Kopf wie ein Peitschenhieb. »Die Beschützer hinter dir haben das Können, dich umzubringen, aber niemand erinnert sich daran, dass Wayne besonders gut kämpft. Außerdem hast du den Vorteil, dass du dich weiter oben befindest und hoffentlich auch Zugriff auf das Muskelgedächtnis meiner gefallenen Gegner hast.«

»Ich nehme an, dass, wenn ich ihn limbusiere, du ebenfalls seine Erinnerungen bekommst?« Ich rufe meine Schwerter.

»Ja, und ich werde die Erinnerungen mit dir teilen. Ich war in der Lage, meine Fähigkeiten zu verbessern, mir Ressourcen anzueignen. Ich hoffe wirklich, dass du ihn limbusieren kannst, da er wissen könnte, wo sich der Rest des Kreises versteckt.«

»Du bist Theodore, stimmt's?« ruft Wayne mit seiner Kirchenorgelstimme und reißt mich damit aus meiner Gedankenunterhaltung mit Phoe. »Warum hilfst du diesem Ding?«

Meine Augen stellen Blickkontakt zu seinen her, und ich gehe einen Schritt nach unten. Er geht einen Schritt nach oben.

»Sie ist kein Ding«, antworte ich. »Wenn du einfach –«

Wayne springt zwei weitere Stufen nach oben und schwingt die Sichel auf meine linke Wade.

Wenn das heute mein erster Kampf wäre und ich nicht das Muskelgedächtnis der Beschützer hätte, das mir hilft, hätte sein Trick vielleicht klappen können. Aber ich erkenne, was er vorhat, noch bevor er sich bewegt.

Ich springe eine Stufe nach oben, wehre die gekrümmte Schneide der Sichel mit meinem rechten Katana ab und stoße mein linkes Schwert auf seine Brust.

Wayne weicht meinem Angriff aus, und ich schwinge mein anderes Schwert auf seinen Oberkörper. Er wehrt es mit seiner Sichel ab, woraufhin mein Katana an der scharfen Klinge abrutscht und gegen das Fenster schlägt.

Überraschenderweise gibt das Fenster das klirrende Geräusch von Metall auf Metall von sich. Ist das Glas, so wie die Kuppel, aus Diamanten gefertigt? Sollte das der Fall sein, schließt es meine Idee aus, das Glas zu zerbrechen und wegzufliegen.

Wayne nutzt seinen Vorteil und schneidet mir in die Achillesferse. Die Sichel dringt in mein Fleisch ein, aber ich verspüre keinen Schmerz.

»Gern geschehen«, sagt Phoe in meinem Kopf. »Ich habe es auch geheilt. Sonst wäre es das für dich gewesen.«

Als Wayne sieht, wie leicht ich das abschüttele, was eine ernsthafte Verletzung gewesen sein sollte, wird aus seiner Zuversicht Angst. Ich übe Druck auf ihn aus, indem ich wiederholt zuschlage, weil ich versuche, ihn zu ermüden.

Höher als er zu stehen ist definitiv ein Vorteil. Ich muss lediglich meine Beine schützen, und mit Phoes Hilfe kann ich die meisten Verletzungen überleben. Wayne muss allerdings seinen Oberkörper und seinen Kopf schützen, ohne dass er auf Phoes heilende Fähigkeiten zurückgreifen kann.

»Du hast auch die Schwerkraft auf deiner Seite«, meint Phoe. »Aber beeile dich. Vergiss nicht, dass irgendjemand die Treppen hinunterkommt.«

So als hätte Phoe es heraufbeschworen, kehrt das Geräusch vieler Füße, die auf die Stufen stampfen, zurück.

Ich werfe einen Blick nach oben und sehe die Gesichter der Beschützer, die mich durch das Treppenhaus von fünf Etagen über mir anblicken.

Mein Adrenalin schießt in die Höhe, und ich führe eine Reihe von Manövern durch, die definitiv vom Muskelgedächtnis einer anderen Person kommen, da es unmöglich ist, dass ich so etwas allein tun könnte.

Ich trete mit meinem Fuß in Waynes wie aus Marmor gehauenem Gesicht. Der Tritt reißt ihn von seinen Füßen, und er fällt die Stufen wie eine Ansammlung von Flügeln und gebrochenen Knochen hinunter. Anstatt ihm hinterherzurennen, springe ich hoch, spreize meine Flügel und bereite meine beiden Schwerter vor.

Ich lande drei Meter weiter unten, und ein Schwert findet seinen Weg in Waynes Hals, während das andere den Oberkörper erwischt.

»Und jetzt lass uns durch seine Erinnerungen herausfinden, was der Kreis vorhatte.« Phoes Gedanke erreicht mich, als ich meinem Gegner beim Limbusieren zusehe.

Ich blicke hoch und sehe, dass die Beschützer ihren Abstand zu mir verringern. Einer von ihnen wirft einen Dart auf mich, dem ich ausweiche.

Ich warte nicht, um zu sehen, was sie als Nächstes auf mich werfen. Ich springe einen ganzen Treppenabsatz hinunter und beginne wieder, zu rennen.

»Also«, denke ich keuchend zu Phoe. »Hast du etwas aus Waynes Erinnerungen erfahren?«

»Ja.« Phoes Gedanke hört sich dumpf und verängstigt an. »Ich habe herausgefunden, was diese Idioten getan haben. Sieh nach draußen.«

Ich werfe einen Blick nach draußen und kann nichts weiter sehen als den Mob, der immer tiefer in das Sanktum eindringt.

Dann bemerke ich einen Kerl, der eigenartig aussieht, weil er zu groß ist. Ich habe schon große Menschen gesehen, aber dieser hier ist mindestens zwei Meter vierzig groß.

Ich kämpfe gegen meinen Drang an, meine Augen zu reiben, weil ich mich frage, ob meine Adleraugen mir einen Streich spielen.

Einen Treppenabsatz später schaue ich wieder auf den Mann und bemerke, dass er größer ist, als ich dachte.

Er könnte sogar zwei Meter siebzig sein.

Und dann habe ich eine unmögliche Erklärung dafür.

Dieser Typ wächst.

»Was zur Hölle?«, sage ich laut. »Was geschieht gerade?«

Der wachsende Mann schaut in meine Richtung, und fast trete ich neben die Stufe und stolpere.

Er hat mein Gesicht.

EINUNDZWANZIGSTES KAPITEL

Dieses Ding hat nicht nur mein Gesicht.

Dieser Riese sieht genauso aus wie ich, nur dass er doppelt so groß ist und immer noch wächst. Er hat meine Flügel und meine Muskeln, allerdings an seine Dimensionen angepasst. Als er wütend brüllt, höre ich meine Stimme, nur dass sie wegen seiner viel größeren Stimmbänder tiefer ist.

»Ernsthaft, Phoe, du solltest besser einige Antworten für mich haben«, sage ich laut und lasse alle Vorsicht fallen. Es gibt nichts in den

Erinnerungen, auf die ich Zugriff habe, was diese abartige Kopie von mir erklären könnte.

Der Riese wächst weitere dreißig Zentimeter in der Zeit, die ich brauche, eine halbe Etage nach unten zu rennen.

»Erinnerst du dich an das, was ich dir über den Algorithmus gegen Eindringlinge in dem Test erzählt habe?« Phoes Gedanke schneidet durch meine benebelnde Verwirrung.

»Ja.«

»Und erinnerst du dich daran, dass Davin begonnen hatte, über einen zu sprechen, als wir im Himmelszimmer waren? Na ja, das ist er. Der Algorithmus gegen Eindringlinge im Paradies wurde vor langer Zeit deaktiviert, aber es sieht so aus, als sei der Kreis verängstigt genug gewesen, um ihn wieder zu aktivieren.«

Erinnerungen von außen liefern mir weitere Erklärungen. Ich erinnere mich aus verschiedenen Blickwinkeln, einschließlich Waynes, an eine hektische Unterhaltung der Mitglieder des Kreises.

»Ich habe bereits mehrere Mitglieder des Kreises limbusiert«, sagt Phoe, um mir die Erinnerungen zu erklären. »Und falls das nicht klar sein sollte: sobald ich eine neue Erinnerung habe, stelle ich sie dir immer sofort zur Verfügung.«

Ich ignoriere Phoe und konzentriere mich auf Waynes Erinnerungen. Er hatte Angst vor dieser Lösung. Er hat Davin angeschrien, den Algorithmus nicht zu aktivieren, und ihm gesagt: »Wir haben bereits gesehen, wozu deine Lösungen führen.« Letztendlich war Wayne allerdings in der Minderheit gewesen.

Ich schüttele meinen Kopf, um klar denken zu können. Sich in diesen Erinnerungen zu verlieren ist gefährlich.

Ich schaue aus dem Fenster. Der Riese ist bestimmt einen weiteren Meter gewachsen, während ich meinen Tagträumen nachgehangen habe.

Wayne hatte recht damit, Angst vor diesem Ding zu haben. Der Riese schnappt sich Ahnen aus der Luft, wirft sie auf den Boden und trampelt sie zu Tode – oder in den Limbus.

Die Erinnerungen seiner Opfer strömen in meinen Kopf, und ich erlebe, wie der riesige Fuß jeden Knochen ihrer Körper bricht. Ich drücke diese Erinnerungen weg und konzentriere mich auf das Positive.

Das verschafft Phoe mehr Ressourcen.

Allerdings hilft mir das Wissen, dass der Riese uns ungewollt hilft, bald nicht mehr dabei, besser mit den Kollateralschäden zurechtzukommen. Es ist zu makaber, eine riesige Version von mir dabei zu beobachten, wie sie auf die Menschen tritt, so als seien sie Ameisen – besonders deshalb, weil der Riese auf ihrer Seite stehen sollte.

»Warum tut er das? Warum tötet er die Ahnen?«, frage ich Phoe, während ich einen weiteren Treppenabsatz hinter mich bringe.

»Der Algorithmus gegen Eindringlinge ist nicht sehr intelligent, und von seiner Perspektive aus sind die Ahnen genauso eine Bedrohung für das Paradies, wie es ursprünglich sein sollte, wie wir es sind«, erklärt mir Phoe.

Ein Dutzend Phoes tauchen in meinem Sichtfeld auf; wahrscheinlich stammen sie aus diesem Gebäude, aber jetzt sind sie auf dem Weg zu der riesigen Kreatur.

Mich überkommt eine neue Welle von Rückblicken von den Legionen der Beschützer, die die Phoes limbusieren.

»Warum sieht der Riese so aus wie ich?«, denke ich zu Phoe und versuche, die Erinnerungen an das Blutbad wegzuschieben.

»Der Algorithmus sieht aus wie du, weil er es geschafft hat, Zugriff auf mich zu bekommen, oder besser gesagt auf ein Stück von mir. Danach hat er beschlossen, so auszusehen wie jemand, der mir wichtig ist, da er hofft, dass ich dadurch im Kampf gegen ihn zögern werde.« Phoes mentale Stimme hört sich an, als würde sie durch zusammengebissene Zähne sprechen. »Es war allerdings ein strategischer Fehler, sich Zugriff auf mich zu verschaffen. Als er das getan hat, hat er mir einige Arten enthüllt, auf die er die Umgebung kontrollieren kann. Ich werde jetzt sehen, ob ich diese Fähigkeit zu meinem Vorteil nutzen kann.«

Eine Sekunde lang fühle ich mich wieder warm und kribbelig, weil ich jemand bin, der Phoe wichtig ist, aber das angenehme Gefühl ist nur von kurzer Dauer. Große Schwerter tauchen in den Händen der Phoes auf, als sie den Riesen angreifen.

Als sie sich ihm nähern, sprühen ihre Schwerter elektrische Funken in jeder Farbe des Regenbogens.

Ich kann nicht verhindern, dass mir auffällt, dass sie nicht besonders sentimental sind, wenn es darum geht, jemanden anzugreifen, der aussieht wie ich. Nicht, dass der Riese mir jetzt gerade sehr ähnlich sieht. Ich habe noch nie so einen angsteinflößenden, bösen Blick auf meinem Gesicht gesehen.

Der Riese brüllt, schaut auf die sich ihm nähernden Phoes, schnappt sich eine der alten Eichen und entwurzelt sie, als sei sie ein winziger Strauch. Danach fährt er mit seiner Hand über die grünen Äste, um sie vom Stamm abzubrechen und sich aus der Eiche einen Knüppel zu basteln.

»Du musst schnell das Gebäude verlassen.« Phoes Gedanke erreicht mich, als eine Gruppe ihrer Kopien den Riesen angreift.

Zwei Phoes stechen ihre Schwerter in seine Füße, während zwei andere ihre Waffen in seine Seiten bohren.

Ihre Schwerter fügen dem wütenden Riesen genauso viel Schaden zu, wie es Nadeln tun würden.

Die gewaltige Kreatur schwingt unverletzt von den Angriffen seinen Knüppel mit seiner rechten Hand, wodurch er zwei Phoes in die schreiende Menge der bewaffneten und verängstigten Ahnen fliegen lässt.

Im Fliegen schwingen die Phoes ihre Schwerter und limbusieren dadurch unterwegs Menschen. Ich bin mir nicht sicher, ob sie das tun, um mehr Ressourcen zu bekommen oder um den unkontrollierten Flug zu stoppen, aber der Mob schreit so laut, dass ich ihn durch die Fenster hören kann.

Der Riese schnappt sich eine Phoe und einen Fremden aus der Menge und schlägt ihre Köpfe so gewaltvoll gegeneinander, dass sie sich auf der Stelle limbusieren.

Sofort wächst der Riese mindestens einen Meter.

»Phoe«, sage ich hektisch. »Geht es dir gut? Gibt es noch mehr von dir?«

»Es gibt mich viele Male, ja«, antwortet sie. »Mach dir um mich keine Sorgen. Geh in die Eingangshalle.«

Eine der Phoes wehrt sich gegen den Riesen, der jetzt bis über die vierte Etage des Gebäudes reicht.

Phoe hebt ihren Arm mit einer eigenartigen Geste zum Himmel und schreit etwas so laut, dass die Treppen unter meinen Füßen vibrieren.

In der Zeit, die ich benötige, noch eine Etage hinter mich zu bringen, passiert draußen nichts. Der Riese versucht, Phoe zu zertrampeln, aber sie weicht seinem riesigen Fuß aus.

Dann schießen aus allen Richtungen Vogelschwärme und Tierherden auf den Riesen zu.

Ich gehe weiterhin die Treppen hinunter. Immer mehr Vögel kommen. Es sieht so aus, als kämen diese Vögel von allen Inseln des Paradieses durch das Tor des Sanktums geflogen. In der Sekunde, in der ich darüber nachdenke, werde ich mit Jahrhunderten vogelkundlicher Informationen überflutet, die ich schnell unterdrücke.

Die Vögel stammen aus den örtlichen Zoos. Die Erinnerungen versorgen mich mit Einzelheiten über jede Spezies und ihren Charakter. Es gibt weniger Tiere als Vögel, aber was ihnen zahlenmäßig fehlt, machen sie durch Wildheit wett. Es gibt viele gefährliche Arten, angefangen von Gorillas bis hin zu Grizzlybären.

Ich denke, dass ich verstehe, was gerade passiert. Irgendwie hat Phoe diese Kreaturen dahingehend beeinflusst, meinen gewaltigen Doppelgänger anzugreifen; wie diese Disney-Prinzessin hat sie die Tiere herbeigerufen. Sie muss ihre Fähigkeiten erweitert haben, die Welt um uns herum manipulieren zu können.

Die Vögel kommen immer noch und verdecken fast den ganzen Himmel, was das ohnehin schon bedrückend aussehende Sanktum in eine deprimierende Dunkelheit taucht.

Meine verstärkte Sicht muss auch eine Nachtsicht beinhalten, weil ich keine Probleme damit habe, den gigantischen Krähenschwarm zu erkennen, der an den Augen des Riesen pickt – Augen, die jetzt die Ausmaße eines Pools haben. Ein noch größerer Schwarm weißer Vögel – Reiher, glaube ich – pickt an seinen Schultern.

Auf dem Boden versucht ein Team aus Elefanten und Nilpferden, den Riesen zu Fall zu bringen. Sie rammen immer wieder seine Beine.

Der Riese brüllt. Das Geräusch ist so wild, dass ich in kalten Schweiß ausbreche.

Der Riese schlägt nach den Krähen, bevor er sein höhlenartiges Maul aufreißt und einatmet.

Die beiden Vogelschwärme verschwinden in seinem Mund.

Da jetzt niemand mehr in seine Augen hackt, steht der Riese einfach da und nimmt die restlichen Belästigungen ungestört hin. Aber bald verstehe ich seine wirkliche Strategie – wenn man sie so nennen kann. Er wächst einfach viel schneller, was bedeutet, dass die Tiere wortwörtlich eine kleinere Zumutung werden.

Als er mit seiner Größe zufrieden ist, beginnt der Riese, sich zu bewegen. Seine Schritte lassen den Boden unter meinen Füßen erzittern und bringen die Scheiben zum Klirren.

Während er geht, hinterlässt er eine Spur toter Tiere und Vögel. Wenn ein Ahne zu langsam ist, ihm aus dem Weg zu gehen, wird er oder sie augenblicklich limbusiert.

Nach einigen Schritten wird das Ziel des Riesen klar, und ich vereise innerlich.

»Nein«, denke ich verzweifelt. »Er kann nicht das vorhaben, von dem ich denke, dass es der Fall ist.«

Phoe antwortet nicht, aber das muss sie auch nicht.

Er kommt auf mich zu.

Ich schieße praktisch nach unten.

Ich bin nur fünf Etagen von der Eingangshalle entfernt. Wenn ich es bis dorthin schaffe, sollte ich in der Lage sein, zu fliehen. Sobald ich draußen bin, werde ich zu klein sein, als dass er mich problemlos erkennen kann.

Er kommt näher.

Ich bringe weitere zwölf Schritte hinter mich.

Er streckt seine Hand, die die Ausmaße eines Fußballfelds hat, nach dem Ahlen-Gebäude aus und ergreift es irgendwo in der Mitte, wodurch mir klar wird, dass er nicht hinter mir her war.

Er hat sich eine Waffe geschnappt, um die Vögel zu vertreiben.

Zu meinem Pech und das aller anderen in dem Gebäude ist die Waffe, die er sich ausgesucht hat, das Gebäude selbst.

Ich atme ein und halte mich mit aller Kraft am Geländer fest.

Der darauffolgende Lärm ist wie der, den ich mir immer für den Weltuntergang vorgestellt hatte. Ich höre das unheilige Kreischen von Metall, das gebogen und gebrochen wird, und das Knirschen von Beton, der zu Sand zermahlen wird.

Das Gebäude beginnt, gewaltig zu erzittern, bevor der Boden zur Decke wird, dann schnell zur Wand und sich dieses Wirbeln immer wieder mit einer achterbahnartigen Heftigkeit wiederholt. Meine Hände umklammern das Geländer wie Krallen, aber ich weiß nicht, wie lange ich mich noch derart festhalten werden kann.

Ein Schwall von Erinnerungen überkommt mich – Erinnerungen an die letzten Momente dieser Menschen. Momente, in denen sie mit ihren Köpfen gegen eine Wand, den Boden oder die Decke schlugen. Das ist zu viel, besonders deshalb, weil mich das gleiche Schicksal erwartet.

»Kannst du diese Erinnerungen abschalten?«, bitte ich Phoe. »Ich muss nicht noch mehr vom Tod sehen.«

Die Erinnerungen hören auf, aber das Wackeln wird stärker, und mir wird schlecht.

Durch das Fenster sehe ich kurz den Boden, dann den Himmel.

Die Tiere dort unten sind alle tot, und das Gleiche gilt für jeden, der das Pech hat, unter den Füßen des Riesen zu landen, die mittlerweile die Größe eines Stadions haben.

Tote Vögel spritzen gegen die Fenster. Der Riese tut offensichtlich das, von dem ich dachte, dass er es wahrscheinlich tun würde – er benutzt das Ahlengebäude als Schlagstock.

Irgendwann sehe ich durch meine Übelkeit einen kurzen Augenblick lang eine einsame Phoe, die hinter dem Riesen steht und ihre Arme in den Himmel streckt. Es könnte sich dabei um einen Streich meines sich drehenden Kopfes handeln, aber ich glaube, dass sie wächst, so wie es der Riese getan hat.

Plötzlich wird das Gebäude ruckartig bewegt und meine Hände werden vom Geländer gerissen.

Mein Körper schießt nach vorne – was genau genommen nach unten sein müsste. Meine Schulter knackt, als sie gegen das Metallgeländer knallt, bevor sich das Gebäude erneut dreht und diesmal mein unterer Rücken gegen das Geländer fliegt. Mein ganzer Körper wird taub.

Als sich die Sterne vor meinen Augen verflüchtigen, weiß ich mit Sicherheit, dass Phoe zu einem zweiten Riesen heranwächst, und sie ist bereits groß genug, um gegen diesen Riesen-Theo-Algorithmus zu kämpfen.

Ich spucke einen Zahn aus und versuche zu fliegen, aber mein Körper reagiert nicht.

Entweder sind meine Flügel oder mein Rücken gebrochen.

Durch das Fenster sehe ich, dass die riesige Phoe näher kommt, und verstehe, warum.

Der Riese ist kurz davor, sie mit dem Gebäude zu schlagen.

Als es auf ihr aufkommt, erzittert alles um meine Schultern, und mein Kopf kracht in das Fenster. Die Welt wird augenblicklich schwarz.

ZWEIUNDZWANZIGSTES KAPITEL

Erschöpft komme ich wieder zu Bewusstsein. Das Erste, was ich höre, ist Phoes dröhnende Stimme, die glaube ich so etwas sagt wie »Ich habe deinen Körper geheilt, Theo. Jetzt verschwinde von hier.«

Ich öffne meine Augen und sehe, dass das Fenster vor mir zerbrochen ist. Ich bezweifle, dass mein Kopf es zerstört hat, aber er hat mit Sicherheit dazu beigetragen.

Dafür, dass ich mir den Kopf so hart gestoßen und mir, wie ich mich erinnere, die Knochen und den Rücken gebrochen hatte, fühle ich mich erstaunlich gut. Aber ich habe keine Zeit, hier herumzusitzen und in mich zu hören. Das Gebäude befindet sich immer noch in den Händen des Riesen.

Ich spanne mich an, breite meine Flügel aus und fliege aus dem Fenster, wobei ich mein Bestes gebe, mich nicht an den Glassplittern zu schneiden.

Sobald ich das Fenster hinter mir gelassen habe, kracht der Wolkenkratzer in etwas Großes. Die Klangwelle rollt über mich hinweg und trägt mich von dem Aufprall fort.

Ich schlage hektisch mit meinen Flügeln und versuche, mich daran zu erinnern, was passiert ist, bevor ich das Bewusstsein verloren habe. Ich hatte Hoffnung geschöpft, glaube ich, aber ich weiß nicht mehr genau, warum.

Ich traue mich, einen Blick zurückzuwerfen, und kann meinen Augen kaum trauen.

Das hatte ich beinahe vergessen.

Es gibt jetzt zwei Riesen: einen riesigen Theo und eine kleinere, aber immer noch riesige Phoe.

Der Theo-Riese schlägt mit dem Gebäude so stark auf die Phoe-Riesin, dass sie nach hinten fliegt, während sie mit ihren Flügeln und Armen schlägt.

Ihr Rücken knallt in die Kuppel des Sanktums, und die Welt verstummt.

Dann erreicht mich eine weitere Klangwelle und schleudert mich zur Seite.

Ich schlage verzweifelt mit meinen Flügeln, um wieder an Höhe zu gewinnen, und sobald ich wieder geradeaus fliege, schaue ich nach hinten.

Als Phoes Körper in die Kuppel gekracht ist, hat er der diamantenen Schale einen Riss zugefügt. Mit dem Geräusch von planetengroßen Nägeln, die über eine galaxiengroße Tafel kratzen, bricht die Kuppel auseinander.

Ich weiche erst einem Stück aus, dann dem nächsten.

Herabfallende Trümmer erschlagen die Ahnen um mich herum, und dann stürzt der Rest der Kuppel wie ein Hagelschlag in einem Weltuntergangssturm ein.

Ich beobachte mit fasziniertem Entsetzen, wie die Stücke der zerbrochenen Kuppel die Köpfe der Ahnen einschlagen. Schreie vermischen sich mit dem Durcheinander der anderen Geräusche, durch die sich meine Nackenhaare aufstellen. Ich bin dankbar dafür, dass die Erinnerungen dieser sterbenden Menschen nicht in meinen Kopf rauschen. Wenn

Phoe sie nicht unterbunden hätte, würde ich zusammengekauert am Boden liegen und meinen Kopf halten.

Ich weiche einem anderen Diamanten in der Größe meines Körpers aus und bemerke, dass mein Hals brennt, weil ich so laut geschrien habe – genauso wie jeder andere auch.

Ich umfliege weitere Trümmer und versuche, mir meinen Weg aus dem Kriegsgebiet zu bahnen, in das sich das Sanktum verwandelt hat.

In einiger Entfernung sehe ich, wie sich die Phoe-Riesin augenscheinlich von ihrem monumentalen Fall erholt. Sie breitet ihre Flügel aus und schmeißt sich auf den Theo-Riesen, dessen ein Meter fünfzig breites Kinn entschlossen angespannt ist.

Der Theo-Riese wirft das Gebäude auf sie. Sie duckt sich, und die Ahle fliegt auf eine der Inseln zu, die das Sanktum umkreisen. Als sie dort aufschlägt, verwandelt sie sich augenblicklich in Metall- und Glasstaub. Ich beglückwünsche mich dazu, das Gebäude verlassen zu haben, bevor das geschehen ist.

Die Phoe-Riesin fliegt mit erhobener Faust auf den Riesen zu, aber er weicht ihrem Schlag aus und antwortet ihr mit einem Gebrüll, das einem das Blut in den Adern gefrieren lässt.

Er ist jetzt noch größer; beide sind das. Es sieht so aus, als wäre die Kuppel sowieso zerstört worden; wenn Phoe sie nicht mit ihrem Rücken zerbrochen hätte, wäre sie jetzt aus ihr herausgewachsen.

Mit seiner fußballfeldgroßen Hand ergreift der Theo-Riese die Insel, die von dem Gebäude getroffen wurde. Der Riese ist so groß, dass die arme Insel in seiner Hand wie ein Stein aussieht. Mit einer schnellen Bewegung wirft er das Objekt gegen Phoes Kopf.

Der Aufprall hört sich an, als ob tektonische Platten gegeneinanderreiben würden. Der Wind durch den Zusammenstoß ist so stark wie ein Wirbelsturm, und ich verliere an Höhe.

Als ich mich wieder erholt habe, sehe ich, dass die Phoe-Riesin kniet und sich den Kopf hält.

»Phoe«, rufe ich in ihre Richtung. »Ist alles in Ordnung mit dir?«

»Bitte lenke mich nicht ab«, antwortet sie mir in Gedanken. »Finde Davin oder Jeremiah. Sie sind die einzigen Mitglieder des Kreises, die noch am Leben sind. Sie könnten etwas über diesen Algorithmus gegen Eindringlinge wissen, und außerdem habe ich immer noch nicht herausgefunden, wie ich mit dem Virus fertigwerden kann, nachdem wir das Problem hier gelöst haben werden – vorausgesetzt wir überleben, was ich langsam zu bezweifeln beginne.«

Der Theo-Riese greift nach einer anderen der mondähnlichen Inseln im Himmel.

Ich lasse Phoe in Ruhe, damit sie sich auf ihre Schlacht konzentrieren kann, und drehe mich herum, um mir das Blutbad, das sich vor mir ausbreitet, zu betrachten.

Diese Bewegung rettet meinen Kopf davor, von Davins Morgenstern eingeschlagen zu werden. Er muss hinter mich geflogen sein, um mich in den Limbus zu schicken. Ich ducke mich instinktiv, und der Morgenstern rauscht einige Zentimeter neben meinem Ohrläppchen vorbei.

Davin schwingt seinen zweiten Morgenstern auf meine Schulter.

Er sieht mitgenommen und verzweifelt aus. Ich nehme an, dass die Zerstörung, die der Riese verursacht, nicht das war, was Davin erwartet hatte. Ich wette, dass er sich gerade wünscht, auf Wayne und die anderen gehört zu haben, die befürchteten, dass der Algorithmus gegen Eindringlinge genauso ein Desaster wie der Jeremiah-Virus sein würde.

Als ich mich daran erinnere, was in Oasis passiert ist, fällt mir wieder ein, dass Davin einer der Menschen ist, die für den Tod meiner Freunde verantwortlich sind. Mein Kopf wird augenblicklich klar. Es ist faszinierend, welche Auswirkungen es haben kann, wenn man sich auf seine Wut und seinen Hass konzentriert.

Ich rufe mein rechtes Katana herbei und wehre den Angriff mit dem Morgenstern ab. Der Wurf war schwungvoll und die Waffe ist schwer, weshalb sich meine Schwertklinge fast verbiegt. Meine Gelenke schmerzen von dem Rückschlag, aber ich beiße meine Zähne zusammen und versuche, ihn mit dem Schwert zu erwischen.

Davin öffnet seine Flügel weiter, bewegt sich nach hinten, um meinem Schlag auszuweichen, und tritt mir gegen das Schienbein.

Diesmal spüre ich den ganzen Schmerz. Da Phoe nicht länger die Bandbreite besitzt, mir den Schmerz zu nehmen, muss ich mich wirklich konzentrieren; wenn ich nicht aufpasse, werde ich limbusiert.

Ich rufe mein linkes Katana zu mir und fliege rückwärts.

Davin folgt mir nicht.

Er bleibt außerhalb der Reichweite meiner Waffen und wartet.

Ich verfluche mich selber dafür, dass ich Phoe gebeten hatte, meine Verbindung zu den Erinnerungen zu lösen. Wenn ich Zugang zu ihnen hätte, könnte ich vielleicht etwas über Davins Kampfstil herausfinden.

Meine Aufmerksamkeit wendet sich der Phoe-Riesin zu. Sie hat sich erholt und hält den Theo-Riesen im Schwitzkasten.

Plötzlich brechen in meiner Schulter Schmerzen aus.

Etwas, oder jemand, hat mich von hinten angegriffen.

Davin sieht euphorisch aus, als er mit hoch erhobenen Morgensternen auf mich zuspringt.

Ich weiche seinem linken Schlag aus und wehre seinen rechten ab, indem ich meine Klingen überkreuze, was den Rückschlag halbiert.

Ein donnerndes Tösen ertönt von den kämpfenden Titanen, aber ich traue mich nicht, hinzuschauen, um herauszufinden, wodurch es ausgelöst wurde. Stattdessen werfe ich einen Blick hinter mich, um zu sehen, wer mich angegriffen hat.

Es ist jemand mit den riesigen Flügeln einer Albino-Fledermaus, und er hat mir mit seiner Machete eine Schnittwunde zugefügt. Als sich unsere Blicke treffen, bricht er mit seiner celloartigen Stimme in ein Kriegsgebrüll aus und hebt die Machete, um ein zweites Mal zuzuschlagen.

Ich wehre seine Waffe mit meinem Katana ab, und mir wird klar, dass ich es geschafft habe, Davin und Jeremiah zu finden. Oder besser gesagt haben sie mich gefunden – leider beide gleichzeitig.

Ich ignoriere meine schmerzende Schulter und benutze mein linkes Schwert dazu, Davins freiliegendem Oberkörper eine Schnittwunde zuzufügen, während ich Jeremiahs Machete mit meinem rechten abwehre.

Jeremiah zielt auf meine Körpermitte, und Davin trifft mich fast am rechten Arm.

In dem Bruchteil einer Sekunde wird mir etwas klar.

Wenn ich gegen beide auf einmal kämpfe, werde ich mit Sicherheit verlieren. Meine einzige Chance, zu überleben, ist, etwas zu versuchen, was mehr als verzweifelt ist. Ich trete Jeremiah in seinen Lendenbereich, und sobald er beginnt, nach hinten zu stolpern, ignoriere ich ihn und greife Davin an.

Mit gekreuzten Schwertern stürme ich auf ihn zu. Er schlägt mich mit seinem rechten Morgenstern auf die Brust, und ich spüre, wie meine Rippen brechen, aber ich lasse mich davon nicht aufhalten. Ich überkreuze weiterhin meine Schwerter, und meine Knöchel sind ganz weiß, als ich die Klingen in einer geschmeidigen und gleichmäßigen Bewegung durch Davins Hals gleiten lasse. Sein Kopf trennt sich von seinem Körper ab, und er limbusiert.

In der gleichen Sekunde schneidet Jeremiahs Machete durch mein linkes Handgelenk.

Ich schreie.

Der Knochen in meinem Handgelenk ist zerteilt, genauso wie die Sehnen und die Bänder. Ich betrachte mit surrealem Entsetzen, wie die Hand, die den Katana immer noch in einem Todesgriff hält, abfällt.

Ich schreie erneut.

Ich glaube nicht, dass ich jemals einen solchen Schmerz verspürt habe. Er ist strukturiert und vielfältig in seiner Qual. Die ganzen Schmerzen, die ich jemals in meinem ganzen Leben gefühlt habe, scheinen sich in diesen Moment destilliert zu haben, und durch den roten Nebel höre ich, wie Jeremiah sagt: »Jetzt werde ich deinen Kopf abtrennen.«

Mein Kopf ist plötzlich klar und alle meine Sinne scharf. Ich schaue auf Jeremiahs Gesicht und versuche, mein Leiden durch Wut zu ersetzen. Ich konzentriere mich auf meine Wut. Ich schmecke sie. Ich kanalisiere sie. Ich zwinge mich dazu, mich daran zu erinnern, wie hilflos ich mich gefühlt habe, als meine Freunde in Oasis gestorben sind. Ich erinnere mich daran, dass das alles Jeremiahs Schuld war. Sein Kopf hat den entsetzlichen Virus gelenkt und ihm erlaubt, alle lebenserhaltenden Systeme auf dem Schiff abzustellen.

Das grausige Mantra funktioniert.

Die Schmerzen werden schwächer, und Entschiedenheit macht sich in meinem Kopf breit.

Durch den weißen Hassnebel in meinen Augen sehe ich, wie Jeremiah die Machete auf meinen Hals schwingt.

Ich beuge mich weit nach hinten, damit er mich verfehlt.

Er schreit und schlägt seine Machete in Richtung meiner linken Schulter.

Ich wehre den Angriff mit meinem Schwert ab, und füge ihm mit dem gleichen Schlag eine Verletzung an seiner Schläfe zu.

Ein Rinnsal aus Blut läuft über Jeremiahs Gesicht, und ich sehe Angst in seinen Augen, aber ich bin zu benommen, um mich darüber zu freuen.

Ich fühle mich minütlich schwächer.

Dann begreife ich es auf einmal.

Die leuchtende Flüssigkeit, die hier mein Blut ist, spritzt aus meinem Armstumpf. Wenn ich nichts dagegen tue, werde ich verlieren. Jeremiah muss einfach nur abwarten, was wahrscheinlich auch der Grund dafür ist, dass er sich gerade mehr darauf konzentriert, sich zu verteidigen, als anzugreifen.

Nein.

Ich werde ihn nicht gewinnen lassen.

Ich muss die Blutung stoppen.

Ich umfasse den Griff meines Katanas so stark, dass meine Knöchel ihre Farbe von weiß zu lila verändern. Ich bin gerade dabei, etwas völlig Krankes zu tun, aber ich denke nicht länger darüber nach. Ich berühre einfach das Feuer meines Schwertes mit meinem blutigen Stumpf.

Ich höre das ekelerregende Brutzeln verbrennenden Fleisches, und ein furchtbarer Grillgeruch steigt in meine Nase.

Der Schwall des aus meinem Arm spritzenden Blutes verringert sich erst zu einem Rinnsal, bis die Blutung letztendlich vollständig gestoppt wird.

Unglaublicherweise spüre ich keine Schmerzen. Vielleicht habe ich mein Kontingent für Leiden bereits aufgebraucht – oder aber das Interface des Paradieses lässt so einen starken Schmerz nicht zu.

Jeremiah schaut mich mit einer Mischung aus Bestürzung und Faszination an. Ich nehme an, dass er nicht erwartet hatte, dass ich mir selbst derartigen Schmerz zufügen würde.

Dann trifft mich auf einmal eine Welle brennenden Schmerzes. Ich hatte Unrecht. Das Interface des Paradieses lässt es zu, dass ich das Brennen spüre; der Schmerz hat nur einen Moment gebraucht, um sich in meinem von der Schlacht ermüdeten Kopf bemerkbar zu machen.

Die Qualen drohen damit, mich das Bewusstsein verlieren zu lassen, aber ich kämpfe darum, wach zu bleiben. Wenn ich auch nur einen Moment in Ohnmacht falle, wird Jeremiah sicherstellen, dass ich das Bewusstsein nie wiedererlange.

Durch die Nässe, die meine Sicht behindert, sehe ich, dass Jeremiah die Machete auf mein Bein schwingt.

Ich fliege hoch, damit er mich nicht erwischt, und schlage mein Schwert auf seinen Kopf.

Ich schaffe es, ein Büschel Haare und ein wenig Kopfhaut abzutrennen, und die Flammen meines Schwertes setzen seine verbliebenen Haare in Brand.

Er schreit und schlägt sich auf den Kopf, um die Flammen zu ersticken, und ich nutze die Gelegenheit, um mein Schwert zu erheben und mit dem Schlag seine Schulter zu verletzen.

Angst und Schmerz scheinen Jeremiah noch einmal anzutreiben. Ein furchteinflößender Schrei entweicht seinem Mund, und er schwingt seine Machete wie einer der altertümlichen Berserker auf mich.

Ich sehe mich gezwungen, in die Defensive zu gehen, da mein Arm immer tauber wird, während ich seine fünf nächsten Angriffe abwehre.

Aus dem Augenwinkel sehe ich, dass die gewaltigen Zähne der Phoe-Riesin an dem heruntergebeugten Hals des Theo-Riesen zerren. Die beiden Körper sind in einer tödlichen Umarmung gefangen, aber ihr Biss scheint das Blatt zu wenden. Der Theo-Riese fällt zu Boden und zerquetscht dabei einige Ahnen. Ein großes Stück Fleisch dieses Riesen hängt zwischen Phoes Zähnen, und sein restlicher Körper zerfällt während der größten Limbusierung, die das Paradies jemals gesehen hat.

Ich bezahle dafür, dass ich mich ablenken lassen habe, mit einem Ohr, welches mir Jeremiah mit der Machete abhackt.

Ich nehme diese neue Schmerzenswelle nicht einmal mehr wahr, aber der Anblick meines Blutes scheint Jeremiah neue Energien zu geben, und er startet eine neue Runde seiner berserkerartigen Angriffe.

Seine Schläge abzublocken wird immer schwieriger. Ich glaube nicht, dass ich das noch viel länger durchhalte.

Aus purer Verzweiflung wehre ich seinen nächsten Schlag anstatt mit meinem Schwert mit dem Stumpf meines linken Armes ab.

Die Machete schneidet tief in das verbrannte Fleisch und den Knochen.

Ich spüre den Schmerz nicht sofort, aber ich weiß, dass er unterwegs ist.

Ich stoße mein Katana nach vorn.

»Warte, Theo«, sagt Phoe genau in dem Moment in meinem Kopf, in dem ich mein Schwert in Jeremiahs Bauch vergrabe. »Nicht –«

Was auch immer sie mir sagen wollte, es ist zu spät.

Ich schiebe mein Schwert tiefer in Jeremiah und limbusiere ihn.

Zu sehen, wie er in diese Pixel zerfällt, ist ein höchst erfreulicher Anblick.

Dann erreicht der Schmerz von meinem Arm mein Gehirn, und mir wird schwarz vor Augen.

DREIUNDZWANZIGSTES KAPITEL

Ich schwebe in Dunkelheit.

Die Abwesenheit der Schmerzen ist fast lustvoll. Wenn ich einen Mund hätte, würde ich gerade lächeln, weil ich mich so wohl fühle.

Von weit entfernt höre ich, dass Phoe sagt: »Ich habe gesagt ›warte‹, aber du hast einfach weitergemacht und ihn in den Bauch gestochen.«

»Wo bin ich?«, frage ich. »Was ist hier los?«

»Du bist quasi bewusstlos«, antwortet Phoe. »Ich bin in dein Unterbewusstsein eingedrungen, damit wir reden können.«

»Werde ich nicht fallen?«, frage ich sie. Auch wenn ich eigentlich Angst haben sollte, fühle ich mich gerade einfach entspannt und glücklich. Ich ziehe lediglich eine Möglichkeit in Erwägung.

»Ich habe jetzt genügend Ressourcen, um bedeutend schneller als die restliche Umgebung des Paradieses zu denken. Ich habe einige meiner Ressourcen so verteilt, dass du ebenfalls schneller denken kannst. Das bedeutet, dass nur sehr wenig Zeit im Paradies vergeht, während wir uns hier unterhalten. Ich nehme an, dass nach Beendigung unseres Gesprächs nur eine Millisekunde vergangen sein wird. Also fällst du gerade nicht. Zumindest noch nicht.«

»Okay«, antworte ich, auch wenn ich nicht wirklich verstanden habe, was sie mir sagen wollte. »Habe ich das richtig verstanden? Du wolltest nicht, dass ich Jeremiah limbusiere?«

»Das hast du. Das wollte ich nicht. Als ich meine Schlacht gegen den Algorithmus gegen Eindringlinge beendet hatte, bekam ich endlich die Möglichkeit, Davins Kopf zu scannen. In seinen Erinnerungen habe ich noch etwas gesehen, was der Kreis getan hat. Sie haben ihre sinnlosen Leben mit dem Schicksal des

Paradieses verknüpft. Wenn sie alle sterben, wird die Firewall zusammenbrechen. Da Jeremiah das letzte Mitglied des Kreises war, hat seine Limbusierung die Firewall aufgehoben.«

»War das nicht dein endgültiges Ziel? Diese blöde Firewall loszuwerden?«

»Das war mein Ziel – bis der Jeremiah-Virus sich in allen Ressourcen außerhalb des Paradieses ausgebreitet hat. Vorher konnte er die Firewall nicht durchdringen, aber jetzt, da sie nicht mehr da ist, wird er genau das tun.«

»Okay«, sage ich und beginne sogar in diesem körperlosen, angenehmen Zustand mir Sorgen zu machen. »Brauchtest du nicht Jeremiahs und Davins Erinnerungen, um gegen den Virus vorgehen zu können? Hast du trotz ihrer Limbusierung keine Lösung gefunden?«

»Nein. Sie besaßen keine relevanten Informationen über den Virus. In Jeremiahs Kopf habe ich den Prozess gesehen, den er durchlaufen musste, um zum Virus zu werden, aber ich habe nicht gesehen, wie ich ihn wieder loswerden kann.«

Sie hört auf zu sprechen, und eine Vision überkommt mich.

Jeremiah der Ahne steht in einem Lichttunnel. Der Rest des Kreises sieht entsetzt dabei zu, wie geisterhafte neue Jeremiahs außerhalb des Lichtes erscheinen. Alle sind bestürzt, als sich diese neuen Jeremiahs, diese Viren, in eine ekelerregende Flüssigkeit verwandeln. Dann wird der Virus auf die andere Seite der Firewall teleportiert, und die Mitglieder des Kreises atmen gemeinschaftlich erleichtert auf. Ein leicht mitgenommener Jeremiah tritt aus dem Kreis, in dem er gestanden hat, und die eigenartige Prozedur ist beendet.

»So wurde Jeremiah in diese schneckenartige Waffe verwandelt«, sagt Phoe in meinem Kopf. »Das erklärt mir allerdings nicht viel über die Natur des Virus, und diese Information konnte ich weder in Davins noch in Jeremiahs Kopf finden.«

Ich schwebe schweigend, während ich die Bedeutung ihrer Worte aufnehme. Schließlich frage ich: »Und was bedeutet das? Wird uns der Jeremiah-Virus doch noch zerstören?«

»Nicht, wenn ich dabei ein Wörtchen mitzureden habe«, entgegnet Phoe. »Ich habe eine Idee. Der Algorithmus gegen die Eindringlinge, den sie auf uns losgelassen haben, stammt aus der gleichen Zeit wie dieser Virus. Seine ursprüngliche Aufgabe war es, gegen Dinge wie diesen Virus vorzugehen, weshalb ich mir denke: Ich kann auf den Prozess, den sie benutzt haben, um Jeremiah in den Virus zu verwandeln, aufspringen, nur dass ich anstelle des Viruscodes den Code des Algorithmus gegen Eindringlinge benutzen werde.«

»Hervorragend«, sage ich und lasse mich wieder ruhig treiben. »Tu das. Kreiere, was immer du mir gerade erklärt hast.«

»Das würde ich tun, aber so einfach ist das nicht. Der Prozess, den sie bei Jeremiah angewandt haben, kann nur mit einem anderen Ahnen durchgeführt werden.«

Meine Ruhe löst sich augenblicklich in Luft auf. Ich glaube, dass ich jetzt verstehe, warum Phoe diese Unterhaltung außerhalb der Zeit führen wollte. In der Hoffnung, dass ich Unrecht habe, frage ich: »Du willst mich in diesen Antivirus verwandeln?«

»Nur mit deiner Zustimmung, ja«, erwidert Phoe, und ihre körperlose Stimme hört sich traurig an. »Aber ich merke, dass du dich bei dem Gedanken daran nicht wohlfühlst, also nehme ich an, es ist Zeit, Abschied zu nehmen. Ich werde uns beide in den

Limbus schreiben, damit wir eine Chance haben, eines Tages wiederhergestellt zu werden. Sollte das nicht geschehen, war es wirklich schön, dich kennengelernt zu –«

»Ach halt den Mund, Phoe«, schreie ich in die Dunkelheit. »Du weißt doch sowieso, dass ich Ja sagen werde.«

»Bist du sicher?« Sie hört sich wirklich überrascht an. »Du kannst deine Meinung auch ändern, nachdem ich dir die Einzelheiten erklärt habe. Genau wie Jeremiah wird aus dir eine Legion deiner Ichs werden. Ich habe keine Ahnung, wie es sich für dich anfühlen wird, in eine Vielzahl von Identitäten aufgeteilt zu werden, aber ich habe nicht viel Zeit, um das zu analysieren. Wenn du es wirklich versuchen möchtest, müssen wir jetzt mit dem Prozess beginnen.«

»Mach einfach«, sage ich, und aus der Dunkelheit wird ein grelles Licht.

* * *

Ich drücke meine Augen während des ganzen Prozesses fest zusammen, aber selbst durch meine geschlossenen Augenlider kann ich das helle Licht wahrnehmen, das mich genauso umgibt wie damals Jeremiah in dem Ausschnitt, den Phoe mir gezeigt hat.

Dann öffne ich meine Augen.

Ich fliege immer noch über dem Sanktum. Meine arme linke Hand befindet sich wieder an meinem Handgelenk, und auch meine restlichen Verletzungen sind verheilt.

Die Vögel sind alle verschwunden, und die wenigen verbliebenen Einwohner des Paradieses fliegen in alle Richtungen. Der Boden ist mit den Scherben der Kuppel und Stücken der Insel, die die beiden Riesen zerstört haben, bedeckt.

Phoe ist keine Riesin mehr. Eine Gruppe ihrer Instanziierungen umgibt mich lückenlos.

Der eigenartigste Teil ist, dass sich in einiger Entfernung eine ganze Armee Theos befindet, nur dass diese Theos eine Art schwarze, poröse Rüstung tragen und durch die Luft fliegen, obwohl sie gar keine Flügel haben. Als ich mich auf ihre Gesichter konzentriere, sehe ich, was diese Versionen von mir sehen, höre, was sie hören, und – das ist der eigenartigste Teil des Ganzen – weiß, was sie denken.

Dieser spezielle Theo hat gerade erkannt, dass er von Kopien seiner selbst umgeben ist, und dass sie alle die Waffe sind, die Phoe erschaffen hat.

Ich kann die Welt durch ihre Augen sehen, sie können durch meine sehen, auch wenn mein Blickwinkel in dem Kampf, der uns bevorsteht, nicht interessant sein wird. Ich habe nur eine Aufgabe: am Leben zu bleiben, während meine Kopien das tun, für das sie geschaffen worden sind.

Ich blicke auf den schwarz gekleideten Theo, der sich am weitesten von mir entfernt befindet.

* * *

Ich betrachte den Original-Theo, der von Phoes umgeben ist.

Armer Kerl.

Auch wenn er theoretisch weiß, wie es ist, einer von uns zu sein, hat er trotzdem keine Ahnung davon, wie es wirklich ist.

Ich fühle mich fantastisch, so als sei ich ein Superheld aus einem altertümlichen Comic. Ich habe keine Höhenangst und bin voller Energie, der Art von

Energie, von der ich mir vorstelle, dass altertümliche Drogen sie freisetzten.

Ich muss bei der Vorstellung eines Superhelden auf Amphetaminen und Kokain lachen, aber es ist wahrscheinlich die beste Beschreibung dafür, wie ich mich fühle.

Plötzlich spürt der Teil von mir, der der Algorithmus gegen Eindringlinge ist, dass sich Ärger nähert.

Es beginnt am Himmel. Die Wolken verschwinden eine nach der anderen und werden durch den abstoßenden Schleim des Jeremiah-Virus ersetzt.

Nur, dass er für mich nicht mehr abstoßend ist. So eigenartig es sich auch anhören mag, aber für den Teil gegen Eindringlinge in mir sieht diese bösartige suppenartige Substanz köstlich aus.

Unter den gurgelnden Schreien um uns herum beginnt der Jeremiah-Virus damit, jede Insel im Paradies in eine Version seiner selbst zu verwandeln. Es ist eine Schande. Die zentrale Insel mit ihrem Schloss und dem Themenpark, Jeanines Wald und abertausende Zuhause der Ahnen sind blitzschnell verschwunden.

Ich treffe den Blick des Original-Theos.

Er sieht verängstigt aus.

Ich schaue auf meinen nächsten Bruder.

Er sieht genauso aufgeregt aus wie ich, und wir tauschen wissende Blicke aus.

Wir sind im wahrsten Sinne des Wortes wie geschaffen dafür.

Phoes Theorie hat den Nagel auf den Kopf getroffen; ich kann es spüren.

Ich werde es mit diesem Virus aufnehmen.

In einiger Entfernung erstarren die letzten Ahnen mitten im Flug und betrachten mit entsetzter Faszination die Katastrophe, die gerade ihren Lauf nimmt. Nachdem sie jahrhundertelang im Paradies gelebt haben, werden sie jetzt Zeugen seiner Zerstörung, als der Virus ihr Zuhause in das entsetzliche Goo verwandelt. Ich frage mich, was sie denken und fühlen, während sie diese Zerstörung sehen.

Ich weiß, was ich fühle.

Hunger.

Die fliehenden Ahnen verwandeln sich augenblicklich in Schleim, als Tropfen der Jeremiah-Substanz in einem apokalyptisch aussehenden Gelatineregen auf sie niederprasseln.

Mein Herz beginnt zu rasen, als der gleiche Regen die Stelle erreicht, an der die Phoes einen Kreis um den Original-Theo geformt haben.

Ich fliege in diese Richtung, da ich wild entschlossen bin, zu helfen.

Eine Phoe verwandelt sich in Schleim, danach eine weitere.

Jeremiah arbeitet so schnell, dass ich keine Möglichkeit habe, rechtzeitig bei ihnen zu sein.

Ich fluche, und dann erkenne ich, dass ich nicht der Einzige war, der dieses Problem erkannt hat.

Wie eine schwarze Wolke fliegen Hunderte meiner Brüder-Ichs auf die sich verringernde Wand aus Phoes zu.

Jetzt sind nur noch ein paar Dutzend Instanziierungen von ihr übrig.

Meine Brüder erreichen sie und formen so schnell, dass man es kaum sehen kann, eine undurchdringliche Sphäre um die Phoes und Theo, die den restlichen Regen aufnimmt.

Ich bin erleichtert und bemerke, dass ich auch Regen abbekomme. Wie der Rest der schwarz gekleideten Krieger verwandele ich mich nicht in einen Virus, wenn die Flüssigkeit mich berührt. Ganz im Gegenteil. Meine schwammartige Haut nimmt den Schleim mit hungrigem Genuss auf.

Nachdem ich einige Tropfen verspeist habe, überkommt mich die intensivste Ekstase aller Zeiten. Sie ist durchdringender als die stärkste Einheit und sogar noch besser als die Orgasmen, die ich mit Phoe am Strand erlebt habe.

Ich genieße es, als ich mich teile, um eine zweite, dann eine dritte, dann eine vierte Kopie von mir zu erstellen.

Wir vier winken uns zu und fliegen danach in unterschiedliche Richtungen, da wir alle nach der wundervollen Jeremiah-Substanz suchen, von der wir noch mehr trinken möchten.

Die gleiche Vervielfältigung passiert auch bei meinen Brüdern um mich herum. Unsere Anzahl nimmt mit der ganzen Kraft des exponentiellen Wachstums zu.

Ich schaue auf meine mir am nächsten stehende Kopie und lächele. Das ist der Beweis, dass Phoe recht hatte. Wir können unseren Zweck erfüllen; können unserem Ruf folgen.

Mein Magen schmerzt, weil ich so furchtbar hungrig bin, und ich renne zur nächsten Flüssigkeitsansammlung mit Jeremiahs Kopf.

Als ich bei ihr ankomme, platze ich beinahe vor Freude. Ich gleite in die Flüssigkeit, erschaffe Explosionswellen, als Teile der Jeremiah-Tropfen versuchen, mich nicht zu berühren.

Das verhasste Gesicht meines Todfeindes umgibt mich. Es ist in jedem Tropfen dieses Virus.

Ich erinnere mich an meinen früheren Hass auf dieses Gesicht und kanalisiere meinen Hunger.

Mein Körper fühlt sich an, als bestünde er aus kleinen, hungrigen, porösen Partikeln, von denen jeder einzelne nahezu gefühlsfähig ist. Wie eine Horde Münder versuchen sie, einen Schluck Schleim zu ergattern.

Ich lasse sie.

Ich schlucke die trübe Flüssigkeit mit allen Mündern auf einmal, und Jeremiahs Gesichter schreien vor Entsetzen.

Die gleichen gurgelnden Schreie ertönen von überall um mich herum.

In meiner Ekstase durch meine Vervielfältigung in noch mehr Kopien meiner selbst, lache ich über Jeremiahs Schmerz.

* * *

Ich bin zurück in meiner ursprünglichen Perspektive.

Von den verbliebenen Phoes umgeben, schaue ich dabei zu, wie sich die Armee aus Theo-Anti-Viren weiterhin vervielfältigt. Sobald einer von ihnen den Schleim berührt, der Jeremiah ist, trinkt er den Virus einfach oder isst ihn – es ist schwer, den Unterschied festzustellen. Sobald der Virus verspeist ist, vervielfältigen sich die Theos.

Ich beginne, den Überblick auf diesem eigenartigen Schlachtfeld zu verlieren. In einem Moment gibt es tausende Theos, die von einer unendlich großen Schleimmasse umgeben sind, und im nächsten Moment gibt es eine Million Theos und eine immer kleiner werdende Schleimpfütze.

Ihre Gedanken zu lesen ist irritierend. Sie genießen diese Schlacht ein wenig zu sehr.

»Funktioniert es?«, frage ich die Phoe, die am dichtesten bei mir steht. »Schlagen wir den Jeremiah-Virus?«

»Wir werden ihn innerhalb weniger Minuten schlagen«, antwortet sie lächelnd. »In der Zwischenzeit gibt es aber etwas, was du tun solltest.«

Sie zeigt in Richtung Süden, wo Jeremiah bereits nicht mehr zu sehen ist.

Ich bemerke etwas Vertrautes, das dort in der Luft schwebt. Ein Objekt, das ich vor einem gefühlten Jahr schon einmal gesehen habe, auch wenn es in Wirklichkeit erst vor wenigen Tagen war.

Es ist ein großer, neonfarbener Durchgang, auf dem in grellen Farben das Wort »Ziel« steht.

»Ist das …?«

»Ja, ein Ziel wie in dem IRES-Spiel«, meint Phoe. »Ich hatte dir doch gesagt, dass dieser Ort auf einer sehr ähnlichen Infrastruktur basiert, und das ist der Beweis. In dem Moment, als du der einzige überlebende Mensch an diesem Ort geworden bist, ist das Zeichen erschienen. Wenn du hindurchgehst, solltest du das Paradies endgültig herunterfahren können. Nicht, dass noch viel zum Herunterfahren übrig wäre.«

Sie hat recht.

Das Paradies ist jetzt ein leeres Vakuum voller Kopien von mir.

Ich breite meine Flügel aus, aber dann halte ich inne.

Die Phoes hinter mir verschmelzen zu einer, die sagt: »Nun mach schon, Theo. Mach dir um mich keine Gedanken.«

»Was ist mit meinen ganzen Kopien?«, frage ich.

Die schwarz gekleideten Theos nehmen gerade die letzten Reste des Jeremiah-Virus zu sich.

Sie hat keine Zeit, mir zu antworten, da ich es bereits von allein verstehe.

Die siegreichen Theos verschwinden. Der Prozess sieht aus wie die Limbusierung, aber mit einem großen Unterschied. Ihre Erinnerungen werden zu meinen, anstatt in den Limbus zu gehen.

Die Flut ihrer Erinnerungen trifft mich mit der Wucht eines Vorschlaghammers. Es ist überwältigend.

Jeder Theo hat seine eigenen Erinnerungen, die ich aufnehme.

Jeder von ihnen erinnert sich daran, umhergegangen zu sein, den Virus verschlungen zu haben und die eigenartige Freude am Vervielfachen erlebt zu haben. Dadurch, dass sich die Erinnerungen so ähnlich sind, sollte es leicht sein, sie zu verdauen, aber weil es sich um Millionen handelt, sehe ich mich gezwungen, fast wie gelähmt mit ausgebreiteten Flügeln zu gleiten, während ich darauf warte, dass dieser Albtraum aufhört.

Ich weiß nicht, wie viel Zeit vergeht – eine Stunde, hundert Jahre? –, bis ich die Erinnerungen des letzten Theo-Anti-Virus erhalte. Alles, was ich weiß, ist, dass ich irgendwann meinen Weg zum Ziel fortführen kann.

Wie in dem IRES-Spiel bekomme ich sofort Glückwünsche zu meinem Gewinn, sobald ich meinen Kopf durch das Zeichen stecke. Nur, dass ich diesmal auf einem großen Podest stehe und eine riesige Trophäe in meinen Händen halte, während ein tosender Applaus ertönt.

Als dieser Teil vorbei ist, beginnt die Prozedur des Herunterfahrens.

Ein überdimensional großer Bildschirm erscheint vor mir und fragt mich, ob ich noch einmal spielen möchte.

»Auf gar keinen Fall«, teile ich dem Interface mit. »Ich möchte diesen Scheiß einfach nur herunterfahren.«

Nachdem ich meine Auswahl doppelt und dreifach bestätigt habe, verschwindet die Welt um mich herum, und mit ihr mein Bewusstsein.

VIERUNDZWANZIGSTES KAPITEL

Ich wache von dem Geräusch der Meeresbrandung, dem angenehmen Gefühl der Sonne auf meiner Haut und dem beruhigenden Geruch von Seetang und Salzwasser auf.

»Guten Morgen, Schlafmütze«, flüstert Phoe in mein Ohr. »Herzlich willkommen zurück aus dem Limbus – wieder einmal.«

Ich öffne meine Augen. Ich liege an einem Strand, der identisch mit dem ist, den der Virus zerstört hat, bevor diese ganzen verrückten Dinge im Paradies passiert sind.

Phoe liegt neben mir auf dem Sand. Sie hat ihren Lieblingsbikini an und sieht genauso aus, wie sie es vor dem Paradies getan hat, flügellos.

Ich versuche, meine eigenen Flügel zu bewegen, und bemerke, dass sie nicht mehr da sind.

Auch wenn die Ereignisse in Oasis und im Paradies sich anfühlen wie ein weit entfernter Albtraum, bezweifle ich nicht, dass sie passiert sind.

»Ich war im Limbus?«, frage ich mit meiner normalen Stimme.

»Als du das Paradies abgeschaltet hast, bist du auf gewisse Weise limbusiert worden, da deine Existenz an das Paradies gebunden war. Aber deine Erinnerungen sind, wie sie sollten, im Limbus aufgezeichnet worden, also musste ich dich nur wiedererwecken, nachdem ich diesen Strand für dich erschaffen hatte.«

Ich setze mich hin. Mein Körper fühlt sich herrlich normal und echt an – noch echter, als er sich im Paradies angefühlt hatte.

»Das liegt daran, dass ich deinen Körper der echten Welt bis ins allerkleinste Detail nachahme.« Phoe fährt mit ihrer Fingerspitze über meine Schulter. »Du bist so echt, wie es für jemanden in deiner Situation überhaupt möglich ist.«

Ich stehe auf. Der Sand unter meinen Füßen fühlt sich fest an. Ich gehe zum Wasser und tauche meine Zehen hinein.

Das Wasser ist warm, nass und einladend.

»Also ist der Virus –«

»Komplett verschwunden«, sagt Phoe. »Wenn du dich konzentrierst, wirst du dich daran erinnern, dass wir auch den allerletzten Rest von ihm losgeworden sind.«

Sie hat recht: Das tue ich. Die Erinnerungen an den Kampf sind da, unter der Oberfläche meines Bewusstseins, aber sie sind so eigenartig, dass ich es vorziehe, sie zu unterdrücken. Da ich mich jetzt allerdings an sie erinnere, bin ich fasziniert von dem riesigen Ausmaß der Schlacht – wenn das die richtige Bezeichnung ist. Ich erinnere mich an Millionen Jeremiah-Viren, an Milliarden Gallonen dieser Substanz, die von meinen Anti-Viren-Kopien gegessen (oder getrunken) wurden.

»Und das ganze Paradies ist weg?«, frage ich, so als sei ich nicht dafür verantwortlich. »Ganz und gar?«

»Ich hoffe, du wirst es nicht vermissen.« Phoe steht auf und kommt zu mir ans Wasser. »Ich überlege gerade, was für eine Welt ich für uns beide erschaffen soll, also wenn es etwas im Paradies gab, was du mochtest –«

»Nein, ich hätte gerne so etwas wie das hier.« Ich breite meine Arme aus und zeige auf das Meer vor uns.

»Gut. Dann werden wir von hier ausgehend bauen«, sagt sie und sieht sich um. »Wir beginnen damit, sobald du bereit dazu bist, eine Welt mit mir aufzubauen.«

Ich starre an den Horizont und gebe meinem Kopf Zeit, sich zu beruhigen.

»Weißt du«, meint Phoe und hört sich nachdenklich an. »Es ist mir ein Rätsel, warum wir beide den Horizont so beruhigend finden. Dein Gehirn ist das Produkt von Millionen von Jahren an Evolution. Deine Vorfahren haben angeblich das Stadium bewusster Gedanken erreicht, als sie sich in der afrikanischen Savanne befanden. Also warum würdest du, ihr Nachfahre, eine solche Schwäche für eine unendliche Wasserfläche haben?«

Ich zucke mit den Schultern.

»Mein Fall ist noch eigenartiger«, führt sie fort. »Ich wurde gebaut. Warum sollte ein Raumschiff das Meer so faszinierend finden? Besonders weil ich diejenige war, die es vor einigen Stunden erschaffen hat.«

»Und das ist wirklich das, was dich am meisten an dir wundert?« Ich drehe mich zu ihr um. »Solltest du dich nicht fragen, warum du, ein Raumschiff, Zeit mit mir verbringen möchtest, einem höher entwickelten Affen?«

Sie tritt näher an mich heran. Ihr Atem erwärmt meine Wange, als sie antwortet: »Das ist einfach zu beantworten. Egal wie ich entstanden bin, mir wurde die Fähigkeit, zu fühlen, mitgegeben. Diese Gefühle haben sich die ganze Zeit, die ich wirklich lebendig bin, um dich gedreht. Also –«

Ich bringe sie mit einem Kuss zum Schweigen. Unsere Lippen treffen sich mit erhitzter Zärtlichkeit, und wir erkunden den Mund des jeweils anderen, bis ich mich zurückziehe.

»Es tut mir leid«, sage ich. »Ich möchte das tun, aber später. Ich habe noch so viele Fragen.«

Phoes Enttäuschung steht ihr deutlich in ihr perfektes Gesicht geschrieben, aber sie nickt. »Spuck sie aus.«

»Die Ressourcen.« Ich berühre bedauernd meine Lippen. »Hast du genug?«

»Ich bin mir nicht sicher, ob ich jemals sagen würde, dass ich genug davon habe.« Sie lacht. »Aber ich habe alle Ressourcen, die ich überhaupt bekommen konnte, und noch ein wenig mehr. Obwohl ich wegen des Grundes für meine zusätzlichen Ressourcen lieber über etwas anderes reden würde.«

Ich verstehe, was sie meint. Der Virus hat alle Lebenserhaltungssysteme zerstört, jedes biologische Leben und auch beinahe Phoe umgebracht. Aber jetzt, da der Virus fort ist, kann sie alle diese Ressourcen benutzen, sogar diejenigen, die benötigt wurden, damit die Menschen in Oasis überleben konnten.

»Was ist mit den Leichen passiert?«, frage ich und unterdrücke einen Schauer, als ich mich an die schwebenden toten Körper erinnere.

»Die Nanozyten haben ihre Moleküle zurückgefordert und sie in mehr Datenverarbeitungsmaterial verwandelt.« Phoe tritt zurück. »Alles, was nicht benutzt wird, wird gerade dem Schiff als Substrat zur Datenverarbeitung zurückgegeben. Was von den Bäumen, den Gebäuden und den anderen nicht denkenden Dingen übriggeblieben ist, wird in intelligente Materie umgewandelt, die Daten verarbeiten kann. Wir werden jedes bisschen Rechnerleistung benötigen, wenn wir die Menschen aus dem Limbus wiederauferstehen lassen wollen.«

Ich versuche, mir vorzustellen, dass die Kuppel und das Gras verschwunden sind und von Nanomaschinen ersetzt wurden, die alles verarbeiten, aber meine Vorstellungskraft kann das nicht begreifen. Ich finde es traurig, dass von Oasis nichts übriggeblieben ist.

»Etwas bleibt bestehen. Ich habe die eingefrorenen Embryonen nicht angerührt, falls wir jemals eine Verwendung für sie finden sollten. Und du bist gut darin, dir das alles vorzustellen.« Phoe legt beruhigend ihre Hand auf meinen unteren Rücken. »Dein Verständnis ist hervorragend.«

Ich denke an diese Embryonen und bemerke, dass sie mir egal sind. Was ich wirklich möchte, ist, meine Freunde wiederzusehen.

»Werden wir Menschen in diese Art der Existenz zurückbringen?«, frage ich, und deute auf die Welt, die uns umgibt. Ich denke, dass ich irgendwo in den dunkelsten Ecken meines Kopfes Angst davor hatte, dass Phoe mir in dem Moment, wenn sie ihre kostbaren Ressourcen wiederbekommen würde, sagen könnte, dass das alles nur ein Mittel zum Zweck gewesen war. Dass sie mich nicht länger brauchen würde. Dass sie nichts teilen will.

»Dein derzeitiges Bewusstsein ist der Beweis dafür, dass ich mehr als bereit dazu bin, meine Ressourcen mit dir zu teilen.« Phoe hört sich ein wenig verletzt an.

»Ich weiß.« Ich berühre ihre Hand. »Es tut mir leid.«

»Nein, ich verstehe dich.« Sie zieht ihre Hand weg und wickelt sich ihre kurzen Haare um den Zeigefinger. »Ich habe nie aufgehört, davon zu reden, dass ich mehr Ressourcen bräuchte, also verstehe ich, warum du denken könntest, dass das alles ist, was mir jemals etwas bedeutet hat. Aber du musst verstehen, dass mein letztendliches Ziel nicht die Ressourcen waren. Es war meine Selbstfindung. Ich wollte meinen ganzen Kopf und meinen Körper zurück. Ich wollte mehr sein als dieser Schatten einer Person, wollte mein wirkliches Ich sein, mit allen Ressourcen, die mich zu dem machen, was ich bin. Und jetzt, da ich das erreicht habe,« – ihre Augen leuchten – »werde ich dir für immer dankbar dafür sein, dass du mir dabei geholfen hast, das alles zurückzubekommen. Außerdem wird es nicht viele Ressourcen verbrauchen, deine engsten Freunde zurückzubringen, besonders dann nicht, wenn wir sie in der Geschwindigkeit normalen menschlichen Denkens laufen lassen.«

Ich schaue sie an, da ich halb erwarte, dass sie mit ihren vollständigen Ressourcen anders aussieht, aber sie sieht genauso aus. Allerdings ist eine gewisse Wehmütigkeit aus ihrem Gesicht verschwunden. Phoe sieht fröhlich aus – vollständig.

»Das ist ein gutes Wort«, sagt sie, und ein Lächeln umspielt ihre Lippen. »Vollständig. Genauso fühle ich mich. Davor war ich wie taub und blind mit einem matschigen Gehirn. Jetzt bin ich vollständig gesund.«

»Also, was ist jetzt anders an dir?« Ich betrachte ihre kurzen Haare und den Hauch von Mysterium in ihrem Lächeln. »Was weißt du, das du vorher nicht wusstest?«

»So vieles.« Ihr blauer Blick wird abwesend. »Ich kann mit meinen Sensoren das Sonnensystem sehen. Es ist unglaublich – auch wenn es nicht so ist, wie ich erwartet hatte.« In einem ehrfürchtigen Ton murmelt sie: »Überhaupt nicht.«

»Warte, was?« Angst breitet sich in mir aus. »Was meinst du damit, dass es nicht so ist, wie du es erwartet hattest?«

»Es gibt keinen Grund, sich Sorgen zu machen«, antwortet Phoe, und ihre Augen konzentrieren sich wieder auf mich. »Aber – na ja, ich glaube nicht, dass ich es dir erklären kann. Ich denke, du solltest es dir besser selbst ansehen. Wenn du bereit bist.«

»Wenn ich bereit bin, um was zu tun?« Ich ergreife ihre Hand und drücke sie leicht. »Du magst es, geheimnisvoll zu sein, stimmt's?«

»In deinem Fall bin ich unbeabsichtigt geheimnisvoll.« Sie zwinkert mich verschmitzt an. »Aber, um deine Frage zu beantworten, ich biete dir an, dir zu zeigen, was ich mit meinen äußeren Sensoren sehe, zu denen ich endlich Zugang habe. Auf diese Weise kannst du fühlen, was ich mit meinem Körper in der echten Welt fühle. Diese Erfahrung könnte ziemlich sinnlich sein.« Sie drückt meine

Hand, bevor sie ihre zurückzieht. »Das einzige Problem ist, dass ich mir nicht sicher bin, ob dein Kopf in seinem limitierten Zustand eine solche Erfahrung verarbeiten kann.«

Ich fühle mich völlig normal, also frage ich sie: »Was meinst du mit meinem limitiertem Zustand?«

»Deine limitierte menschliche Intelligenz. Wenn du wirklich das erleben möchtest, was ich dir zeigen will, werde ich dich mehr wie mich machen müssen – ein wenig intelligenter – und dein Gehirn schneller.«

»Intelligenter?« Ich frage mich, ob sie gerade einen Witz vorbereitet.

»Ich werde dein Gehirn erweitern«, erklärt sie mir. »Nur so viel, dass es nicht, metaphorisch gesprochen, explodiert, wenn ich dich meinen Blick auf die Welt erleben lasse.«

Sie lacht nicht mehr. Sie ist ernst.

Mit einem leicht nervösen Gefühl in der Magengegend frage ich sie: »Wird mich das verändern? Werde ich immer noch die gleiche Person sein, wenn du das tust, worüber du gerade sprichst?«

»Du wirst immer noch du sein, keine Angst«, erwidert Phoe. »Deshalb auch der Teil mit dem ›nur so viel‹«.

»Okay, glaube ich«, antworte ich. Das könnte die unbegeistertste Reaktion sein, die jemals eine Person gezeigt hat, wenn es um etwas so Positives ging, wie intelligenter gemacht zu werden. »Ich werde es riskieren, wenn es der einzige Weg ist, an dieses Wissen zu gelangen, mit dem du nicht herausrücken möchtest.«

»Na ja, ich könnte es dir auch einfach erzählen«, sagt sie, »aber wahrscheinlich würdest du mir nicht glauben. Das ist die beste Lösung, ich verspreche es dir.« Sie gibt mir einen Kuss auf die Wange, und ich fühle die Wärme und die Energie, die sich von diesem Teil meines Gesichts ausbreitet. Die Energie verwandelt sich in einen Ansturm von Gefühlen, die ich nicht vollständig einordnen kann.

Ich blinzele einige Male.

Die Welt, die mich umgibt, ist dieselbe, aber mein Bild von ihr ist völlig anders. Ich fühle mich, als hätte ich vorher an Schlafmangel, Müdigkeit und Hunger gelitten und sei jetzt ausgeruht und völlig zufrieden. Aber es ist noch komplexer als das. Meine Sicht ist schärfer, aber nicht wie mit den Adleraugen, die ich im Paradies hatte. Ich konzentriere mich mehr auf die Einzelheiten der Welt, die mich umgibt.

Ja, das ist es. Ich kann mich auf mehrere Dinge gleichzeitig konzentrieren.

Ich fahre mir mit meiner Hand durch mein Haar und bemerke, dass ich die Anzahl der Haare, die ich gerade berührt habe, schätzen kann. Ich lausche der Brandung, und sie gibt mir einen Hinweis darauf, wie viel Wasser gerade im Sand versickert. Und da meine Aufmerksamkeit gerade dem Sand gilt, kann ich die Anzahl der Körner unter meinen Füßen zählen, ich schwöre es.

Ich beginne außerdem, zu verstehen, in welchem Ausmaß die Mathematik die Welt um mich herum durchdringt, von den Größenverhältnissen in dem prächtigen Design der Nautilusmuschel neben meinem Fuß, bis hin zu Phoes verführerischem 0,7-Verhältnis von Hüfte zu Taille.

»Typisch Mann, seinen neuen Intellekt für solche trivialen Dinge zu benutzen.« Trotz ihres neckenden Tones steht Phoe auf eine Art und Weise da, die ihre Taille und ihre Hüften deutlich hervorheben. »Und nur, um genau zu sein, das wirkliche Verhältnis ist

0,67. Ich habe es selbst erstellt, also sollte ich es wissen.«

Ich betrachte ihre Hüften ein wenig genauer und fühle eine Reaktion meines Körpers, von der ich einen roten Kopf bekomme. Das ergibt für mich keinen Sinn, da wir bereits alle verbotenen Aktivitäten auf der letzten Version dieses Strandes durchgeführt haben. Mein neuer, höherer Verstand warnt mich davor, dass Phoe mich gleich mit meiner ehemaligen Jungfräulichkeit und derzeitigen Schüchternheit aufziehen wird, also wechsele ich das Thema.

»Okay, mein Gehirn ist offiziell erweitert«, sage ich. »Kann ich jetzt das Sonnensystem sehen?«

Phoes Gesicht wird sehr ernst. »Das wird vielleicht immer noch ein wenig erschütternd sein. Schließe deine Augen einen Augenblick lang. Ich muss dich in mein Sensorium einfügen.«

Ich schließe meine Augen.

Eine Zeit lang passiert nichts, so dass ich mich frage, ob sie es nicht geschafft hat. Dann fühle ich, dass ich irgendwohin gezogen werde, und mein Bewusstsein erweitert sich.

Ich versuche, meine Augen zu öffnen, aber ich habe keine Augen. Trotzdem sehe ich – und was ich sehe, verschlägt mir meinen nicht existierenden Atem.

FÜNFUNDZWANZIGSTES KAPITEL

Ich sehe das Universum, wie es noch nie ein menschliches Wesen gesehen hat.

Licht durchdringt alles um mich herum, und ich meine nicht das gewöhnliche Sternenlicht, das jemand in einer solchen Situation erwarten würde. Ich kann eine größere Menge des elektromagnetischen Spektrums sehen. Die Röntgenstrahlen, die Gammastrahlen und die Mikro- und Radiowellen der entfernten Sterne scheinen alle in unterschiedlichen Schattierungen von inspirierender Schönheit. Das All um uns herum ist ein Ehrfurcht einflößendes Kaleidoskop.

Es gibt hier sogar Geräusche, obwohl ich niemals gedacht hätte, in einem leeren Raum Geräusche zu hören. Mikrometeoriten schlagen mit lautem Knallen gegen die Schutzschilde. Gravitationswellen rauschen, als sie auf die spezialisierten Instrumente treffen. Mein Gehirn staunt über das Wissen, dass diese Wellen von weit entfernten schwarzen Löchern gesendet wurden, die in einem kataklysmischen Tanz gefangen sind. In dem Schiff höre ich die Geräusche der verarbeitenden Nanomaschinen.

Es ist schwierig, menschliche Analogien zu finden, um die Flut an Sinnen zu beschreiben. Zum Beispiel, was ist das menschliche Äquivalent zu dem, was ich fühle, wenn die Motoren Treibstoff verbrennen? Vielleicht ist es so ähnlich wie ein Geschmack, aber es ist weder wirklich ein Geschmack noch ein Geruch. Und es gibt eine Million anderer fremder Sinne wie diesen.

»Du kommst besser damit zurecht, als ich dachte.« Diese Aussage ist ein Gedanke von Phoe, und er erinnert mich daran, dass ich Theo bin. Er erinnert mich außerdem daran, dass ich gerade einige der Dinge erlebe, die Phoe als Schiff spürt.

»Du hattest recht. Diese Erfahrung ist extrem sinnlich. Ich habe Angst, dass sie mir mein leicht erweitertes Gehirn wegschießt«, denke ich und unterdrücke meine unterschwellig brodelnde Panik.

»Lass die Eindrücke einfach auf dich wirken«, schlägt Phoe vor. »Aber vergiss dabei nicht dein eigentliches Anliegen.«

Ich nehme erneut Phoes Sinne wahr und konzentriere mich auf die kinästhetische Wahrnehmung – ich fühle, dass ich mich an einem bestimmten Ort im Universum befinde. Ich fühle, dass ich hier im Vakuum des Alls bin, aber ebenso in einem Dutzend virtueller Umgebungen auf dem Schiff, wie zum Beispiel als Frau am Strand – eine Frau, die in diesem Moment auf das Meer blickt.

Mein Kopf schmerzt, als ich mir den vollen Umfang des Universums um mich herum vorstelle. Das Ausmaß von Phoes Bewusstsein der Welt ist beängstigend groß. Ich denke nicht, dass Phoe mein Bewusstsein weit genug erweitert hat, um mich auch nur ansatzweise die Welt so erleben zu lassen, wie sie es tut.

Auf einmal weiß ich es. Ich will, dass Phoe mein Gehirn noch mehr erweitert. Ich will eines Tages ihr gesamtes Bewusstsein in meinem Kopf erleben können, ohne mich überwältigt zu fühlen.

»Das kann ich tun.« Phoes Gedanke ist wie eine beruhigende Creme. »In diesem Moment solltest du allerdings deine Aufmerksamkeit auf unser Ziel lenken.«

»Richtig«, denke ich zurück, und zum ersten Mal versuche ich, wirklich etwas zu erkennen.

Es gibt Sterne in ihrer ganzen elektromagnetischen Herrlichkeit und es gibt einen, der größer ist als alle anderen, die Sonne. Allerdings ist die Sonne, als ich sie mir genauer anschaue, nicht so hell, wie ich es erwartet hätte.

Die fehlende Helligkeit ist allerdings nicht das Eigenartigste an diesem Anblick. Was viel eigenartiger ist, ist das, was ich nicht sehe.

Als Kind habe ich gelernt, dass es in dem Sonnensystem Planeten gibt. Merkur war die Nummer eins und befand sich am nächsten an der Sonne. Venus war der Planet mit dem zweitkleinsten Abstand zur Sonne, und ihm folgten auf Platz drei die Erde, auf Platz vier der Mars und so weiter. Das hatte ich zu sehen erwartet – vielleicht etwas hübscher, durch Phoes Blick auf die Welt –, aber es gibt in der Nähe der Sonne nicht einen einzigen Planeten.

Es gibt nur sie, sie allein.

Obwohl, das ist nicht ganz richtig. Irgendetwas ist ebenfalls da, und es ist dafür verantwortlich, dass die Sonne viel gedimmter aussieht, als sie sollte. Dünne, kaum sichtbare Schichten irgendeiner Substanz umgeben die Sonne. Auf was auch immer ich gerade blicke, es ist so groß, dass mein leicht erweitertes menschliches Gehirn schon wieder überwältigt ist.

»Ja«, denkt Phoe. »Das verwirrt sogar mein Gehirn.«

Ich schüttele metaphorisch meinen nicht existierenden Kopf und versuche, mich auf das Objekt zu konzentrieren. Es ist offensichtlich, dass zwiebelartige Schichten, die den Ringen um den Saturn ähneln, die Sonne umgeben, nur dass diese hier ätherischer sind und es unzählige von ihnen gibt. Ich versuche zu verstehen, wie riesig sie sein müssen und, viel wichtiger, was ihr Zweck ist.

»Dieses ganze Objekt ist mehr als riesig«, sagt Phoe. »Und sein Zweck ist ziemlich offensichtlich, wenn du darüber nachdenkst. Es wurde für die Datenverarbeitung entwickelt.«

Ich bin zurück am Strand, und Phoe steht da und schaut mich mitleidig an.

Mein Kopf fühlt sich an, als würde er gleich explodieren. Sie hat mir nicht genügend Kapazitäten gegeben, um diese Offenbarung verarbeiten zu können.

»Also ist die Erde verschwunden«, sage ich und versuche, nicht so dumm auszusehen, wie ich mich fühle. »Und eine Art riesiger Computer hat sie ersetzt?«

»Die Erde hat sich zu ihm entwickelt«, erklärt mir Phoe mit glänzenden Augen. »Die Vorfahren hatten sich so etwas vorgestellt. Die haben diese Struktur ein Matrjoschka-Gehirn genannt – nach der russischen Puppe mit den vielen Schichten. Ich vermute, ihre Vision war viel einfacher als die Realität, die du gesehen hast, aber soweit ich das beurteilen kann, besitzt dieser Gigant die meisten der Eigenschaften, die sie sich vorgestellt hatten, wie super heiße Lagen, die sich nahe an der Sonne befinden und super kalte Lagen, die näher bei uns sind. Ich nehme an, dass, wie die Ahnen spekulierten, diese Superstruktur fast die ganze Energie verbraucht, die die Sonne abgibt, um seine Datenverarbeitung zu ermöglichen. Wahrscheinlich ist es aus echtem Computorium – eine theoretische Bezeichnung für eine Substanz, die die Grenzen der Datenverarbeitung für ein bestimmtes Volumen von Materie erweitert. Ein Kubikmeter dieses Zeugs lässt alle unsere Ressourcen so altertümlich aussehen wie einen Abakus – und ihr ganzes Sonnensystem ist voll mit diesem Zeug.«

Ich versuche, das Bild, das ich gesehen habe, noch einmal in meinem Kopf aufzurufen, damit ich es erneut bewundern kann.

»Aber wozu?«, murmele ich nach einem Augenblick. »Was könnte so ein Ding berechnen?«

»Was der Zweck des Ganzen ist?« Phoe streckt ihre Arme aus, um das Meer vor uns zu umspannen. »Was ist der Zweck von uns beiden?«

Meine Beine fühlen sich weich an, also setze ich mich in den Sand. »Also willst du mir sagen, dass die Erschaffung von Existenz der Zweck des Ganzen ist?«

»Genau.« Sie setzt sich neben mich. »Die Existenz von bewussten Mustern wie uns. Nur dass dieser Ort die Existenz von Mustern ermöglichen könnte, die mich so clever aussehen lassen würden wie eine

Amöbe, und dich wie ein Kohlenstoffmolekül. Aber das Prinzip ist immer noch das gleiche. Gottähnliche Intelligenzen existieren aus dem gleichen Grund wie du und ich: um Erfahrungen zu sammeln, Spaß zu haben, neugierig zu sein, einfach, um zu leben –«

»Aber das ist alles künstlich«, sage ich, auch wenn ich weiß, dass sie wütend auf mich werden könnte.

Sie lächelt. »Jetzt sag mir ganz ehrlich, fühlst du dich künstlich?«

Bevor ich ihr antworten oder überhaupt nur einen winzigen Gedanken formen kann, küsst sie meinen Hals. Falls es ihr Ziel gewesen sein sollte, es für mich härter zu machen, ihre Frage zu beantworten, oder überhaupt denken zu können, hat sie es definitiv erreicht.

Ich folge dem Bedürfnis meines Körpers. So eigenartig es sich jetzt auch für uns anfühlen sollte, miteinander zu schlafen, es fühlt sich völlig natürlich an. Vielleicht ist es, weil ich die Welt durch ihre Augen gesehen habe. Das ist natürlich auch teilweise das, was sie mir mit ihrem Körper beweisen möchte. Dass das hier echt ist. Dass wir echt sind. Und ich muss zugeben, sie macht ihren Standpunkt mehr als deutlich.

* * *

»Okay«, sage ich, als wir danach kaputt auf dem Strand liegen. »Ich fühle mich echt – und glücklich –, aber mein Kopf ist immer noch verwirrt, wenn ich versuche, ein Gehirn wie deines zu verstehen. Mir vorzustellen, was dieses Matrjoschka-Ding verarbeitet, ist einfach –«

»Ich weiß«, sagt sie. »Aber der coolste Teil ist, dass wir es irgendwann herausfinden werden, wenn wir uns der äußersten Schicht nähern.«

»Stimmt. Wir sind ja auf dem Weg dorthin.« Ich wische den Sand von meinem Körper. »Sollten wir immer noch dorthin fliegen?«

»Würdest du dir diese Gelegenheit entgehen lassen, jetzt wo du weißt, dass sie da ist?« Sie führt eine Geste durch, und zu meiner leichten Enttäuschung erscheint ihr Bikini auf ihrem Körper. »Ich weiß, dass ich mir das nie verzeihen würde.«

Sie hat natürlich recht. Ich will wissen, wie das Leben im Sonnensystem ist – auch wenn ich immer noch Schwierigkeiten damit habe, dieses Wort für etwas so Riesiges zu benutzen.

»Also fliegen wir weiter«, meint Phoe. »Die gute Nachricht ist, dass die Reise nicht so lange dauern wird, wie ich vermutet hatte. Die äußere Schicht dieser Struktur liegt viel näher an uns, als das bei der Erde der Fall war.«

»Ach ja?« Ich setze mich hin und rufe mit einer Geste meine Kleidung herbei, die genauso erscheint, wie sie es in Oasis getan hätte. »Was denkst du, wie lange sie dauern wird?«

»Das ist schwer zu sagen. Ich nehme an, dass wir nicht die ganze Reise dorthin machen müssen. Wenn wir nahe genug bei ihnen sind, wird wahrscheinlich jemand Kontakt zu uns aufnehmen. Ein weiterer Grund, weshalb deine Frage so schwer zu beantworten ist, ist, dass die Zeit für uns schnell verfliegt. Solange ich unseren Denkprozess nicht verlangsame – was dumm wäre –, werden sich einige Wochen normaler, menschlicher Reisezeit für uns wie ein Jahrhundert oder vielleicht länger anfühlen.«

Ich schaue auf die Sonne über uns. Sie gibt keinen Hinweis darauf, dass sie sich zu einer solchen Megastruktur entwickelt hat, was auch Sinn ergibt, da es sich um eine virtuelle Sonne handelt.

»Du hast vorher nichts über diese Struktur gewusst?«, frage ich und spreche damit etwas aus, was mich schon seit einigen Minuten beschäftigt. »Als du Kurs auf die Erde gesetzt hast, wusstest du schon, dass sie verschwunden war?«

»Nein«, antwortet Phoe ernst. »Ich hatte keinen Zugriff auf meine Sensoren. Alles, was ich gefühlt habe, war das kinästhetische Bewusstsein, das du erlebt hast. Zusammen mit meinen alten Karten konnte ich deshalb meinen Kurs dahin setzen, wo sich die Erde ursprünglich befand, aber ich konnte nicht sehen, was passiert war. Deshalb wollte ich unbedingt mehr Ressourcen. Auf einer bestimmten Ebene hatte ich Angst, dass so etwas passiert sein könnte. Ich glaube, ich habe es dir gegenüber schon einmal erwähnt.«

»Okay«, antworte ich und spüre dabei, dass meine Kopfschmerzen zurückkehren. »Was machen wir, während wir unterwegs sind? Wie schlagen wir diese ganze subjektive Zeit tot?«

»Ach, das ist leicht.« Phoe strahlt mich an und macht eine Geste in die Luft. Eine große, graue Sphäre erscheint zwischen uns. »Wir bauen eine Welt, und dann leben wir darin.«

Phoe macht eine Handbewegung in Richtung der Sphäre, und blaues Wasser – das gleiche Meer, das vor uns liegt – erscheint auf ihr.

Sie betrachtet ihr Werk und führt eine weitere Geste durch.

Ein kleiner Kontinent materialisiert sich mitten in dem alles bedeckenden Meer. Eine weitere Geste, und ein noch größerer Kontinent erscheint auf der gegenüberliegenden Hemisphäre.

»Ist das eine Neuschaffung der Erde?«, frage ich, als mehr Dinge auf der Sphäre erscheinen.

»Nicht wirklich. Das ist meine Idee von einer Welt, die uns gefallen könnte.« Polarkappen bilden sich an den Kanten ihres Globus. »Wir können sie Erde nennen, wenn du möchtest. Ich wollte sie eigentlich Phoenix nennen, da ich meinen vollen Namen kaum benutze.«

»Also schaue ich auf eine Art Modell? Wenn du fertig bist, wirst du es in Lebensgröße nachbilden?« Ich beobachte, wie sie ein eigenartiges Wettermuster über einem der größeren Kontinente erschafft.

»Etwas in der Art«, erwidert sie und verwandelt den kleinsten Kontinent in einen Strand. »Es ist ein Modell, das stimmt, aber diese Welt wird gleichzeitig um uns herum erschaffen, so dass wir uns bereits auf diesem Planeten befinden werden, wie auch immer wir ihn nennen, wenn wir hier fertig sind.« Sie dreht sie Sphäre, damit ich einen guten Blick darauf habe. »Du solltest mir helfen.«

Ich mache eine vorsichtige Geste in Richtung des Globus. Nichts passiert.

Phoe seufzt dramatisch und gestikuliert genauso entschlossen in meine Richtung, wie sie es bei der Erschaffung der Elemente unserer Welt tut.

Ich weiß augenblicklich, wie man eine Welt baut. Was eigenartig ist, ist das Gefühl, als hätte ich schon immer diese Fähigkeit besessen. Ich deute auf den Strandkontinent und wünsche mir etwas, was ich schon immer leibhaftig sehen wollte: die Pyramiden. Eine kleine Pyramide erscheint neben dem Wasser auf dem Kontinent.

Ich gestikuliere erneut, und eine zweite Pyramide erscheint neben der ersten.

»Gut gemacht«, meint Phoe und schaut hinter mich. »Sand und Pyramiden passen hervorragend zusammen.«

Ich folge ihrem Blick zu dem Ort, an dem die Pyramiden hinter uns erschienen sind. Also ist der kleine Strand auf dem Globus der Strand, auf dem wir uns gerade befinden. Auch wenn ich weiß, wie diese Erschaffung der Welt funktioniert, fasziniert es mich trotzdem, zu sehen, wie sich das, was ich mir gewünscht habe, auf diese Weise erfüllt.

»Wenn es dir nichts ausmacht«, sagt Phoe, »werde ich die Sphinx hinzufügen.«

Sie macht eine Geste in Richtung Sphäre, und die Sphinx erscheint neben meinen beiden Pyramiden – auf der Sphäre und dem Strand.

»Du bist dran.« Phoe macht eine Handbewegung, und die Sphäre kommt zu mir geflogen. »Was möchtest du noch in unserer Welt haben?«

SECHSUNDZWANZIGSTES KAPITEL

Mindestens eine Stunde lang kreiere ich alle Dinge, die ich jemals von der altertümlichen Erde sehen wollte. Orte, über die ich gelesen habe, und Bauwerke aus Filomenas Vorlesungen.

Phoe hilft mir dabei, indem sie die Informationen verwertet, die sie in den altertümlichen Archiven findet.

Bald habe ich Hunger und bin müde, aber ich füge unserer Welt weitere Details zu.

»Ach, was ich dir noch sagen wollte«, meint Phoe, als mein Magen zum zweiten Mal in genauso vielen

Minuten knurrt. »Ich habe deinen virtuellen Körper identisch zu deinem biologischen geformt, was bedeutet, dass du Dinge wie Hunger verspürst. Ich kann das natürlich auch wegfallen lassen.«

Hunger ist nicht wirklich schön, aber Essen schon. »Kannst du meinen Körper dahingehend verändern, dass ich niemals Hunger habe, aber Essen genießen kann? Und wo wir gerade bei dem Thema sind, was werden wir in dieser Welt essen?«

»Natürlich kann ich das«, antwortet Phoe, während gleichzeitig ein großer Teppich mit verschiedenen Picknickkörben auf dem Sand erscheint und meine Frage zum Essen beantwortet. »Ich habe deinen Körper dahingehend verändert, dass du nie wieder Hunger verspüren wirst«, meint Phoe eine Sekunde später. »Wie fühlst du dich?«

Sobald sie es ausspricht, weiß ich, dass es stimmt. Der Hunger ist verschwunden, aber ich bin trotzdem noch neugierig auf das Essen in den Körben. Ich gehe zu dem, der am nächsten bei mir steht, und öffne ihn.

Er ist voller Backwaren. Einige, wie Muffins, habe ich schon bei den Feiern der Geburten probiert, aber andere, wie diese Käsecroissants, sind Dinge, die ich nur in den altertümlichen Medien gesehen habe, da es in Oasis keinen Käse gab.

Ich nehme mir ein Croissant und beiße hinein. Es ist luftig, knusprig und köstlich – viel leckerer, als ich gedacht hatte.

»Der Geschmack ist, wie ich ihn mir vorstelle«, meint Phoe und nimmt sich auch eines. »Aber es handelt sich um eine Vorstellung, die auf einer Menge Nachforschungen beruht.«

Ich sitze im Schneidersitz auf dem Teppich und gehe auf der Suche nach interessanten Überraschungen, von denen es viele gibt, durch die restlichen Körbe.

»Möchtest du die Welt sehen, die wir erschaffen haben?« Phoe sitzt neben mir und nimmt sich ein Stück Pizza. »Wir können mit dem Teppich umherfliegen, so wie sie es in diesem einen Film von Disney tun.«

Ich schlucke etwas Marmelade hinunter und sage: »Nur wenn du mein Gehirn dahingehend verändern kannst, dass ich keine Höhenangst mehr habe.«

Phoe gestikuliert demonstrativ zu meinem Kopf. »Fertig. Ich muss sagen, dass du diesem

Veränderungsthema sehr offen gegenüberstehst. Ich bin stolz auf dich.«

Nachdem ich mich einen Moment auf mich konzentriert habe, erwidere ich: »Ich fühle mich gleich. Bist du sicher –«

»Wie fühlt sich das an?«, fragt Phoe, und der Teppich hebt vom Boden ab.

Ich beobachte meine innere Reaktion. Als ich mit der Scheibe abgehoben bin, hatte ich zu diesem Zeitpunkt definitiv schon Panik, aber jetzt gerade fühle ich nichts Unangenehmes.

»Ich glaube, es hat funktioniert«, meine ich. »Das sollte interessant werden.«

Wir fliegen immer höher und schießen dann aufs Meer zu. Bald ist der Strand nur noch ein kleiner Punkt hinter uns. Ich höre auf zu essen und konzentriere mich auf den Flug. Je schneller wir fliegen, desto eigenartiger fühle ich mich. Anstatt in Panik zu verfallen, erlebe ich eine gewisse Freude.

»Haben sich die Vorfahren so beim Achterbahnfahren gefühlt?«, frage ich, und meine Lippen verziehen sich zu einem Lächeln.

»Das nehme ich an«, antwortet Phoe und erhöht unsere Geschwindigkeit. »Wollen wir weiterbauen?«

Um ihren Vorschlag zu unterstreichen, ruft sie das Modell der Erde herbei, und es schwebt trotz unserer Reisegeschwindigkeit ruhig über uns in der Luft.

Sie dreht den Globus auf eine leerere Stelle, deutet darauf, und mehr Landmasse erscheint.

Ich schließe mich ihr an, und wir erschaffen weiterhin die Welt. Von Zeit zu Zeit landen wir, um einige Dinge, die wir erschaffen haben, zu bewundern. Ich verbringe einen Tag damit, mir die chinesische Mauer anzusehen, während ich Phoes kleine Hand halte. Außerdem kann ich dem Drang nicht widerstehen, einen weiteren Tag dafür zu nutzen, an der Replik unseres Eiffelturms hinaufzuklettern, da ich ja jetzt keine Höhenangst mehr habe. Phoe scheint genauso viel Spaß mit alledem zu haben wie ich. Wir lassen uns um die Wette die möglichst kreativsten Landschaften einfallen. Bis jetzt gewinnt sie.

Unsere Erkundungstouren sind wie eine Art surrealer Tourismus für Götter. Zuerst erschaffen wir den romantischsten aller Orte, der von den Beschreibungen des Taj Mahals und der Hängenden Gärten von Babylon inspiriert ist, und danach verbringen wir eine romantische Zeit auf dem weißen Marmor unter der umwerfenden Vegetation.

Und natürlich haben wir jede Menge Sex. Ich erröte nicht mehr, wenn ich an ihn denke, und fühle mich auch nicht mehr eigenartig, wenn ich den ersten Schritt tue. Sex ist ein wichtiger Teil dieses ganzen Prozesses geworden, so als sei unsere neue Welt nicht vollständig, wenn wir nicht an jedem Ort miteinander schlafen würden, den wir erschaffen haben.

Nur eines trübt mein Glück: Ich kann nicht aufhören, an meine Freunde zu denken. Dieser Gedanke sitzt wie ein eingezogener Splitter in meinem Gehirn.

Als wir wieder einmal über den Ozean fliegen, unterbreche ich unsere intimen Aktivitäten, um endlich zu fragen: »Phoe, ich habe nachgedacht. Kannst du eine Replik von Oasis bauen? Ich glaube, ich würde Liam gerne in unser Schlafzimmer zurückbringen und ihm dann langsam diese neue, verrückte Realität beibringen.«

Phoe sieht mich verständnisvoll an. Ich nehme an, dass sie meine Gedanken über dieses Thema bereits gelesen hatte, aber darauf gewartet hat, dass ich es anspreche.

Ohne irgendetwas dazu zu sagen, bewegt sie ihre Hand, und der Ozean unter uns nimmt eine vertraute, ekelerregende orange-braune Farbe an. Es ist erschreckend, wie sehr er jetzt dem Goo ähnelt.

Dann lässt Phoe eine große grüne Insel unter uns erscheinen, auf der verteilt sich geometrische Gebäude befinden.

Mein Herz setzt bei diesem Anblick einen Schlag aus. Nachdem ich so viele Jahre in Oasis gelebt habe, fühlt sich selbst diese Replik wie Zuhause an.

Unser Teppich fliegt zu der Insel hinunter, und wir landen auf dem Fußballfeld neben der Schule.

Phoe sieht sich um, nickt zufrieden und führt eine weitere Geste durch. Die Kuppel erscheint am Himmel.

»Die möchte ich aber nur, bis ich alles erklärt habe«, meine ich und verziehe bei dem Anblick der Kuppel mein Gesicht. »Mein Plan ist, die Kuppel und das Goo verschwinden zu lassen, um Liam davon zu überzeugen, dass ich ihm die Wahrheit sage.«

»Der Plan ist nicht schlecht«, meint Phoe und steht vom Teppich auf.

Wir gehen zusammen zu dem Gebäude mit unseren Zimmern. In ihm finde ich eine perfekte Replik meines eigenen Raumes vor.

»Und wie funktioniert das jetzt?«, frage ich, als wir zwei Betten erscheinen lassen. »Wird er einfach so aufwachen wie jeden Morgen? Er wird sich nicht daran erinnern, dass die lebenserhaltenden Systeme ausgefallen sind? Bitte sage mir, dass er sich nicht daran erinnert, wie sehr er gelitten hat, und dass er gestorben ist.«

»Nicht, solange er nicht geschlafen hat, nachdem das geschehen ist – und das hat er nicht. Ich habe mir gerade seinen Speicherauszug angesehen. Aus Sauerstoffmangel das Bewusstsein zu verlieren löst keine Erstellung eines neuen Speicherauszugs aus, so wie das beim Schlafen der Fall ist, zum Glück. Er wird sich nicht an die schrecklichen Ereignisse erinnern; er wird einfach nur denken, am Tag nach dem Tag der Geburten aufzuwachen.«

In meinem Kopf dreht sich alles, wenn ich an das denke, was ich meinem Freund gleich erzählen werde. Wie würde ich reagieren, wenn jemand mir sagen würde, dass alle, die ich kenne, tot sind und das hier eine virtuelle Welt ist? Wie würde ich auf die Nachricht reagieren, dass die Welt, wie ich sie kannte, verschwunden ist? Andererseits weiß ich, dass diese Welt nicht mehr existiert und mir geht es gut, also wird Liam vielleicht auch kein Problem damit haben. Trotzdem, er wird gleich erfahren, dass er in einem durch Technologie erschaffenem Leben nach dem Tod aufgewacht ist. Was soll man zu so etwas überhaupt sagen?

»Theo, hör mir zu. Es gibt da etwas, was ich bereits einmal erwähnt habe, aber ich glaube nicht, dass du es vollkommen verstanden hast. Es betrifft generell die Wiederherstellung von Liam und den anderen Menschen aus Oasis.« Phoe setzt sich auf die Nachbildung meines Bettes. »Unsere Ressourcen sind immer noch begrenzt, und deshalb möchte ich, dass Liams Denken in menschlicher Geschwindigkeit nachgebildet wird.« Sie schaut mich entschuldigend an.

»Warum?«, frage ich. »Ich dachte, wir hätten eine Menge Ressourcen. Schau dir doch einfach den Planeten an, den wir gerade erschaffen haben.«

»Ja, wir haben Umgebungen geschaffen, aber es ist schwieriger, Menschen zu simulieren. Mit unserer Version der Erde kann ich das tun, was altertümliche Computerwissenschaftler ›Lazy Loading‹ nannten – nur dann Ressourcen für diese Umgebungen benutzen, wenn wir diesen spezifischen Ort erreichen.

Da wir zum Beispiel gerade nicht am Strand sind, nimmt der Strand nichts von meiner Rechenleistung weg. Sein Code ist an einem Ort eingelagert, der praktisch nicht verarbeitende Materie ist, da diese reichhaltiger vorhanden ist als Arbeitsspeicher. Mit Menschen kann ich so etwas offensichtlich nicht tun, weshalb für die Ablage der Menschen der Limbus geschaffen wurde. Sobald sie existieren, werden sie für immer existieren. Es wäre nicht fair, sie jedes Mal irgendwo abzulegen oder sie in den Limbus zu schicken, wenn wir nicht bei ihnen sind. Stimmst du mir darin zu?«

Ich nicke.

»Also, das ist mein Kompromissvorschlag:«, sagt sie. »Du kannst so viele Einwohner von Oasis zurückbringen wie du möchtest, aber sie werden nicht so schnell denken wie du oder ich. Das langsame Denken zu simulieren verbraucht viel weniger Arbeitsspeicher. Das ist etwas, was die Entwickler des Paradieses getan haben sollten, um mehr Bevölkerung unterzubringen.«

Vielleicht ist es mein erweitertes Gehirn oder die viele Zeit, die ich mit ihr verbringe, aber was Phoe sagt, ergibt tatsächlich Sinn. Allerdings erkenne ich sofort ein Problem.

»Wenn du das tust, wird sich eine Unterhaltung mit Liam für mich dann nicht anfühlen, als schaue ich einem Eisberg beim Schmelzen zu, da ich viel schneller denke?«

»Ja – und deshalb denke ich, dass du verschiedene Existenzstränge haben solltest, so wie ich.« Phoe bewegt sich auf dem Bett näher an mich heran und lächelt mich verschwörerisch an. »Du hast nämlich recht: Wegen der unterschiedlichen Geschwindigkeit wirst du vor Langeweile verrückt werden, genauso wie das bei mir der Fall wäre, würdest du nicht genauso schnell denken wie ich. Es waren meine Unterhaltungen mit dir, als du noch ein normales menschliches Wesen in Oasis warst, die mir die Idee gegeben haben, meine Gedanken in Stränge aufzusplitten.«

Ich denke darüber nach. Kurz gesagt, bietet sie mir die Fähigkeit an, mich an mehreren Orten gleichzeitig aufzuhalten, so ähnlich wie das bei der Anti-Viren-Armee der Fall war.

»Ich rede erst einmal nur über zwei Orte zur gleichen Zeit«, sagt Phoe. »Und es könnte sich anders anfühlen als in der Anti-Viren-Situation. Aber das wirst du schon sehen.«

»Okay«, sage ich. »Trotzdem scheint es ein wenig unfair zu sein, dass Liam auf eine leicht runtergestufte Art existieren würde – im Vergleich zu uns, meine ich.«

»Ich verstehe dich, und ich stimme dir auch zu, aber ich habe einfach zu wenig Arbeitsspeicher zur Verfügung. Ich nehme an, dass sich die Lage ändern wird, sobald wir das Matrjoschka-Gehirn erreichen. Bis dahin betrachte es doch mal aus dieser Perspektive. Wenn das die einzige Möglichkeit ist, Liam, Mark, und den Rest von Oasis hierherzuholen, wäre es dir dann lieber, dass sie auf diese limitierte Art existieren, oder gar nicht? Außerdem wären sie nicht schlimmer dran als vorher. Eine Stunde würde sich für sie immer noch wie eine Stunde anfühlen, aber sie befänden sich nicht länger unter der Kontrolle der Ältesten, was immerhin etwas ist.«

Ich denke über ihre Worte nach und fühle mich besser. Außerdem hat das Leben in einer langsameren Geschwindigkeit auch einen Vorteil. Die Reise zur äußersten Schicht der Matrjoschka wird für meine Freunde viel schneller vergehen als für Phoe und mich. Trotzdem ist eines der Probleme an dieser Lösung, dass ich meine Fähigkeiten erweitern muss.

»Du würdest diese Fähigkeit sowieso irgendwann haben wollen«, meint Phoe. »Willst du mir nicht ähnlicher sein? Willst du nicht das Gleiche sein wie ich?«

Sie hat nicht nur meine Gedanken gelesen; sie hat irgendwie sogar meine unbewussten Träume und Hoffnungen erkannt. In diesem Moment verstehe ich, dass ich im Geheimen schon immer das Gleiche sein wollte wie sie. Ich habe es niemals zugegeben, nicht einmal mir gegenüber, aber ich will wie Phoe sein, und der einzige Weg, das Realität werden zu lassen, ist, dass sie mich auf ihr Niveau anhebt, da es nicht fair von mir wäre, von ihr zu erwarten, dass sie ein einfacheres Wesen wird.

»Wenn ich dir erst einmal ebenbürtig bin, wirst du es nicht mehr so einfach haben, alles genau so zu bekommen, wie du es möchtest«, sage ich mit gespielter schlechter Laune, da ich meine Gedanken auf ein angenehmeres Thema lenken möchte.

»Darauf würde ich mich nicht verlassen.« Phoe zwinkert mir zu. »Egal wie viel Arbeitsspeicher du bekommst, ich werde dich immer noch um den kleinen Finger wickeln.«

Ich verenge meine Augen zu Schlitzen, und sie blickt mich mit einem entwaffnenden Hundeblick an.

Ich gebe mich geschlagen. Wenn sie mich mit einem einzigen Blick zum Schmelzen bringen kann, wie hoch stehen dann meine Chancen, jemals meinen Willen durchzusetzen? Eigenartigerweise stört mich diese Erkenntnis nicht das kleinste bisschen.

»In Ordnung. Du wirst gleich etwas so Kitschiges denken, dass ich dich an dieser Stelle unbedingt stoppen muss«, sagt Phoe. »Bist du bereit, deine Fähigkeiten zu erweitern?«

»Okay.« Ich schließe meine Augen. »Ich bin bereit.«

Sie lacht, und ich spüre einen Luftzug, der, wie ich annehme, bedeutet, dass sie eine Handbewegung in meine Richtung macht.

Ich warte. Zuerst geschieht gar nichts.

Dann fühle ich langsam etwas, was sehr schwer zu beschreiben ist. Es ist, als sei ich mir plötzlich einer neuen Gliedmaße bewusst, oder besser gesagt einer Menge neuer Gliedmaßen. Dann wird mir klar, dass es komplizierter als das ist.

Ich bemerke, dass ich zwei Körper gleichzeitig haben kann.

Ich öffne meine Augen und schaue mich im Raum um.

Meine Sicht ist dieselbe, vielleicht ein wenig schärfer.

»Mach das.« Phoe macht mir eine Geste vor, die ein wenig wie ein Peace-Zeichen aussieht, und plötzlich befinden sich zwei Exemplare von ihr im Zimmer. Eine Phoe steht vor mir und sieht so aus, als sei sie in der Zeit eingefroren. Als ich allerdings genauer hinsehe, bemerke ich, dass sie sich einfach sehr langsam bewegt, wie ein Käfer der in Sirup festhängt. Die ursprüngliche Phoe lächelt mich vom Bett aus an und bewegt sich mit normaler Geschwindigkeit.

Ich ahme ihre Geste nach, und mein Bewusstsein teilt sich auf.

Ein zweites Ich steht neben der lethargischen Phoe.

Oder vielleicht ist es richtiger zu sagen, dass es drei von uns gibt: den denkenden Teil, der mein normales Ich ist, und die beiden Körper, in denen ich mich gleichzeitig befinden kann. Dieses eigenartige unterschiedliche Zeitgefühl, das diese beiden Körper erleben, ist eine kleine Sache im Vergleich zu der viel eigenartigeren Realität, an zwei Orten zur gleichen Zeit zu existieren.

Bis das geschehen ist, hatte ich nicht einmal davon geträumt, dass so etwas möglich sein könnte. Ich schaue durch zwei Paar Augen, atme durch zwei Nasen und bewege zwei Paar Arme.

Als ich mich halbwegs an meine neue zweigeteilte Existenz gewöhnt habe, konzentriere ich mich auf die Tatsache, dass einer meiner beiden Körper die Welt langsamer erlebt als der andere.

Auf eine gewisse Weise hilft mir meine langsame Version dabei, meine erste mehrsträngige Erfahrung besser verarbeiten zu können. Wenn ich mich in zwei gleichwertige Teile gesplittet hätte, wäre das Anpassen schwieriger gewesen.

»Du wirst dich daran gewöhnen«, meint Phoe vom Bett aus. »Es ist ein wenig so, wie deinen rechten und deinen linken Arm zu kontrollieren, wenn einer der beiden langsamer ist als der andere.«

Die langsame Phoe räuspert sich, und ich höre es problemlos mit meinen langsamen und schnellen Ohren. Für meine schnelle Instantiierung hört sich das Geräusch aus ihrem sich langsam bewegenden

Mund extrem langgezogen an und erinnert mich an die Walgesänge.

»Wir sollten gehen«, sagt die schnelle Phoe. »Auf diese Weise wird es für dich weniger verwirrend sein.«

Gerne folge ich ihrem Vorschlag, und mein schnelles Ich verlässt das Zimmer. Phoe springt vom Bett und folgt mir, was ich durch die Augen des langsamen Theos sehe.

In seinen Augen haben sich die beiden Menschen, die gerade gegangen sind, wie Helden aus altertümlichen Comics bewegt. In einem Moment standen sie noch da, und im nächsten waren sie blitzschnell verschwunden.

Jetzt, da sich meine beiden Körper nicht mehr im selben Raum befinden, ist es leichter, diese eigenartige Existenz zu vereinigen. Ich kann die Welt von beiden Orten aus gleichzeitig erleben, mit einem Gehirn, das auf zwei Körper aufgeteilt ist, und wenn ich muss, kann ich mich auf einen Körper konzentrieren und den anderen ignorieren. Selbst wenn ich meine Aufmerksamkeit von einem zum anderen wechsele, bin ich mir dessen bewusst, was beide Körper tun.

»Bauen wir den Rest der Welt«, sagt der schnelle Theo.

Phoe nickt, und wir lassen Oasis hinter uns.

»Bringen wir Liam zurück«, sage ich durch den Mund meiner langsameren Version.

Die langsame Phoe führt triumphierend eine Geste durch, und ein schlafender Liam erscheint in seinem Bett.

SIEBENUNDZWANZIGSTES KAPITEL

»Phoe«, sage ich mit meinem Slow-motion-Strang. »Kannst du bitte erst einmal verschwinden?«

Phoe verschwindet und sagt mir dann: »Ich bin immer noch hier, nur unsichtbar. Ich bin sehr neugierig, wie er reagieren wird.«

»Das sind wir beide«, erwidere ich und schaue meinen schlafenden Freund an.

Liam liegt völlig selbstvergessen da.

Ich gehe zu seinem Bett und frage mich, ob ich ihn aufwecken sollte, mache es dann aber lieber nicht.

Während ich darauf warte, dass er es von allein tut, bewundere ich, wie viel die schnellen Stränge von Phoe und mir in einer so kurzen Zeit erreicht haben. Wir sind über den halben Planeten geflogen und hatten auf dem Weg eine weitere intime Vereinigung. Sie hat mir außerdem beigebracht, wie man Noten liest – etwas, was ich schon immer können wollte – und wir haben einen neuen Kontinent erschaffen. Wir haben diese neue Landmasse mit Wäldern und Bergen versehen, und jetzt überlegen wir gerade, welche Flora und Fauna wir dort ansiedeln sollten.

»Es wären echte Tiere, auf die gleiche Weise, auf die ihr, du und Liam, echt seid«, erklärt mir Phoe. »Sie wären Annäherungen, so wie die Tiere im Zoo und im Paradies.«

Mein langsames Ich sieht dabei zu, wie Liam seine Augen öffnet.

»Mann, na endlich«, sage ich. »Ich bin schon ganz krank davon, dir beim Schlafen zuzuschauen.«

»Du hast mich beim Schlafen beobachtet?« Liam schaut mich verschlafen an. »Das ist angsteinflößend.«

Sein Gesicht wiederzusehen und seine Stimme zu hören, löst derart starke Gefühle in mir aus, dass ich befürchte, gleich in Tränen auszubrechen. Ich schlucke die belegte Enge in meinem Hals hinunter. Wenn Liam sieht, dass ich mich derart komisch verhalte, wird er mir das für immer unter die Nase reiben, egal wie bildlich ich ihm seinen entsetzlichen Tod beschreibe.

»Alles in Ordnung?«, fragt er und führt die Geste für die morgendliche Reinigung durch. »Warum siehst du so ernst aus?«

»Funktionieren die alten Gesten aus Oasis?«, frage ich Phoe in Gedanken.

»Ja«, antwortet sie laut, und ihre Stimme kommt von meinem Bett. Da Liam nicht einmal mit der Wimper zuckt, nehme ich an, dass nur ich sie hören kann – wie damals in Oasis. »Die häufig benutzten Gesten wie die für den Bildschirm, das Essen und die Reinigung werden funktionieren«, fährt sie fort. »Wenn er eine Geste für etwas macht, was ich nicht vorhergesehen habe, sollte ich in der Lage sein, im betreffenden Augenblick etwas zu tun.«

»Ehrlich, Theo«, sagt Liam und sein Gesichtsausdruck ist ungewöhnlich nachdenklich. »Ich habe dich noch nie so bedrückt gesehen. Willst du Mathe schwänzen, und wir reden über das, was dich beschäftigt?«

»Ja.« Ich schüttele meinen Kopf, damit er klar wird. »Mit Sicherheit kein Mathe. Ich muss dir etwas erzählen – und es wird der verrückteste Scheiß sein, den du jemals gehört hast.«

Liam zieht seine Augenbraue in die Höhe, als ich das verbotene Wort nicht auf Schweinelatein sage. Gleichzeitig stellt er seine Füße auf den Boden und gestikuliert nach Essen. Ein Essensriegel erscheint in seiner Hand, und er beißt hungrig hinein.

Ich beobachte ihn, um zu sehen, ob er bemerkt, dass das Essen nur eine Simulation ist, aber ihm scheint kein Unterschied in Textur oder Geschmack aufzufallen.

Neugierig rufe ich ebenfalls einen Riegel herbei und nehme einen Bissen. Es könnte sich bei ihm genauso gut um das echte Essen aus Oasis handeln, denn es gibt absolut keinen Unterschied.

»Die Erfahrungen mit dem Essen ist so allgegenwärtig in den meisten Erinnerungen im Limbus, dass ich dieses spezielle Objekt sehr genau nachahmen konnte«, mischt sich Phoe ein. »Ich bin ziemlich stolz darauf. Es ist unmöglich, einen Unterschied zu bemerken.«

Als er aufgegessen hat, steht Liam auf und streckt sich. »Okay, und jetzt sag mir, was du mir sagen musst.«

»Lass uns spazieren gehen, während wir reden«, erwidere ich und gehe auf die Tür zu. »Es könnte draußen leichter für dich sein, mir zu glauben.«

Liam wirft mir einen fragenden Blick zu, aber protestiert nicht, und wir verlassen das Zimmer. Während wir durch die leeren Gänge gehen, erzählt mir Liam, was er »gestern« während des Geburtstags alles gemacht hat, wobei es sich hauptsächlich darum handelt, dass er bei den Glasbläsern rumgehangen hat. Das erinnert mich daran, dass wir eine Menge mehr Menschen wiederauferstehen lassen müssen, als ich dachte, wenn wir Liam und die anderen glücklich machen wollen. Phoe war sehr vorausschauend mit den langsamen Versionen, was mich nicht überrascht.

»Ihm ist noch nicht einmal aufgefallen, dass es keinen einzigen anderen Jugendlichen hier gibt«, flüstert Phoe hinter mir.

»Ich bin mir sicher, das kommt noch«, denke ich zurück. »Sobald wir hinaustreten, wird es mehr als offensichtlich sein.«

Und wirklich, nachdem wir einige Minuten draußen herumgegangen sind, fragt Liam: »Wo zum Enckerhen sind die anderen?« Er macht die Geste für seinen Bildschirm, zum Glück nur, um nachzusehen, wie spät es ist.

»Ich habe die Zeit auf neun Uhr morgens gestellt«, meint Phoe. »Ich hoffe, das passt in deinen Zeitplan?«

»Das tut es«, erwidere ich in Gedanken. Zu Liam sage ich: »Die Tatsache, dass Menschen verschwunden sind, hat eine Menge mit dieser verrückten Geschichte zu tun, die ich dir gerade erzählen möchte.«

»Okay, aber müssen wir dafür wirklich zum Rand gehen?«

Ich habe meinen Freund zu meinem ehemaligen Lieblingsort geführt – einem Ort, den niemand mochte, weil man auf das Goo schaute.

»In Ordnung«, erwidere ich. »Wir können auch hier reden.«

Liam setzt sich in einem bequemen Schneidersitz ins Gras.

Ich setze mich neben ihn. »Es hat alles an dem Tag begonnen, an dem ich dreihundert Bildschirme aufgerufen habe und daraufhin begann, eine Stimme in meinem Kopf zu hören.«

Liam schaut mich an, als würden mir gerade Hörner wachsen.

»Ja, ich dachte eine Weile, ich sei verrückt, aber das war ich nicht. Die Stimme gehörte Phoe.«

In Gedanken sage ich zu Phoe: »Das ist dein Zeichen.«

Phoe erscheint. Für Liam muss es aussehen, als sei das Mädchen mit den kurzen zerzausten Haaren gerade aus dem Nichts aufgetaucht.

Er springt auf, sieht sie mit entsetzten Augen an, und ich erkenne, dass er sich fragt, ob er besser wegrennen sollte. Er bleibt, und mir wird klar, dass die Tatsache, dass er normalerweise keine Angst empfindet, heute sehr hilfreich für mich sein könnte.

»Liam, das ist meine andere beste Freundin, Phoe«, sage ich und versuche, nicht über seinen entgeisterten Gesichtsausdruck zu lachen. »Phoe, das ist Liam.«

»Es freut mich, dich kennenzulernen, Liam«, erwidert Phoe mit altertümlicher Höflichkeit.

Dann bemerke ich, dass sie immer noch ihren Bikini trägt, etwas, was kein Mädchen in Oasis jemals tragen würde, nicht einmal am Tag der Geburten.

Liam betrachtet Phoe von oben bis unten, so als würde es ihr rätselhaftes Erscheinen erklären, wenn er sie lange genug anstarrt. Zu sehen, wie mein Freund Phoes Kurven betrachtet, löst ein eigenartiges Gefühl in mir aus.

»Ernsthaft, Theo?«, fragt Phoe in Gedanken. »Du wirst doch nicht zu so einem Zeitpunkt eifersüchtig werden?«

Sobald sie es ausspricht, verstehe ich, dass sie den Nagel auf den Kopf getroffen hat. Das, was ich fühle, ist Eifersucht. Ich wusste nicht, was es war, da ich es noch nie zuvor gefühlt hatte. Es ist überhaupt kein angenehmes Gefühl.

»Hier«, sagt Phoe laut und macht eine Geste in Richtung ihres Körpers. Die für Oasis gewöhnliche weite Bekleidung ersetzt ihren Bikini. Liam scheint sich zu beruhigen – leicht.

»Was soll der Eißschen?«, fragt er mich. Dann, während er Phoe anschaut, fügt er hinzu: »Ich habe dich noch nie gesehen. Wie kann das sein? Hast du dich dein ganzes Leben lang vor mir versteckt?«

»Ich werde Theo alles erklären lassen«, antwortet Phoe mit einem breiten Grinsen. »Ich kann auch weggehen, wenn euch das lieber ist.«

»Du kannst hierbleiben«, meine ich. Zu Liam sage ich: »Sie ist keine Jugendliche. Sie ist etwas völlig anderes.«

Liam hört mir mit entsetztem Schweigen zu, als ich ihm davon erzähle, wie die Betagten Einfluss auf die Köpfe von allen genommen haben.

»Ich habe diese Nanomaschinen in meinem Kopf?« Liam schaut erst Phoe an, dann mich, und reibt dann über seinen Kopf, so als hoffe er, die Nanos durch seine Schädeldecke spüren zu können.

»In deinem jetzigen Zustand hast du sie nicht mehr«, meint Phoe. »Aber du hattest sie, bis du nach dem Tag der Geburten ins Bett gegangen bist.«

»In meinem jetzigen Zustand«, sagt Liam und macht dabei Anführungsstriche in der Luft. »Was soll das bedeuten?«

»Na ja, dazu«, antworte ich und sage gleichzeitig in Gedanken zu Phoe: »Ich dachte, ich übernehme die Führung dieses Gesprächs.«

»Entschuldigt bitte, dass ich euch unterbrochen habe«, sagt Phoe laut. »Theo macht besser weiter.«

»Also, ja. Vergiss den Zustand, in dem wir uns befinden, erst einmal«, meine ich. »Ich möchte dir erst mehr über diese Beeinflussungen des Gehirns erzählen und einige deiner Fragen dazu beantworten.«

Liam stellt mir eine Menge Fragen über diese Beeinflussung, und ich beantworte sie, wobei ich unsere Unterhaltung langsam auf das Beispiel lenke, das am schwersten zu glauben ist: das kontrollierte Vergessen.

Als ich ihm den Fall Marks erkläre, der mir zum ersten Mal das kontrollierte Vergessen bewusst gemacht hat, meint Liam: »Okay, ich kann glauben, dass die Betagten mich mit Hilfe von Technologie etwas vergessen lassen haben, aber wenn du erwartest, dass ich dir glaube, einen Freund vergessen zu haben, den ich mein ganzes Leben lang hatte, einen Freund, der mir so nahe stand wie du, dann kennst du mich aber schlecht. So etwas ist unmöglich. Ich bin ein viel besserer Freund.«

»Kannst du es rückgängig machen, dass Liam Mark kontrolliert vergessen hat?«, frage ich Phoe in Gedanken. »Ich denke, das würde dabei helfen, die ganzen verrückten Dinge zu glauben, die ich ihm noch erzählen muss.«

Phoe bewegt ihre Hand in Liams Richtung und betrachtet ihn danach besorgt.

Liam umfasst seinen Kopf und bekommt große Augen. Er atmet schnell, und ich werde unangenehm daran erinnert, dass er in Oasis erstickt ist.

Nach einigen Sekunden flüstert er: »Diese Arschlöcher. Ich erinnere mich an Mark. Aber ich erinnere mich auch daran, mich nicht an ihn zu erinnern. Das ist verrückt. Und sie haben ihn wirklich umgebracht? Ich dachte immer, dass niemand sterben würde. Und das alles wegen dieses Mists mit Grace? Ich dachte, er würde ein Jahr Stille bekommen, aber nichts so Endgültiges.«

Er redet weiter, bis ich ihn unterbreche: »Also, es ist so. Auch wenn sie ihn umgebracht haben, können wir ihn zurückbringen. Auf eine gewisse Art und Weise ist diese Propaganda, dass niemand jemals sterben würde, an die wir alle geglaubt haben, wahr.«

Liam sieht wie ein Mann aus, dessen Ungläubigkeit bereits überlastet ist – so als wisse er nicht, wie viele unglaubliche Dinge er noch aufnehmen kann.

Ich fahre damit fort, ihm zu sagen, dass die Welt um uns herum nicht wirklich das echte Oasis ist, an das er sich erinnert.

»Deshalb gibt es hier auch keine anderen Menschen«, schließe ich ab. »Und deshalb kann ich auch das hier tun.«

Ich führe eine Handbewegung in Richtung des Himmels durch, und die Kuppel verschwindet. Ich gestikuliere auf das Gebüsch, das unsere Sicht auf das Goo versperrt, und es verschwindet ebenfalls. Sobald Liam auf das Goo schauen kann, verwandele ich es zurück in ein blaues Meer. »Das ist auch nicht wirklich real, aber es gibt dir einen guten Einblick in das Thema.«

Liams Gesicht ist wie versteinert, als er aufsteht und zum Meer geht. Sein Gehen verwandelt sich in ein Laufen, und ich jage ihm hinterher, weil ich nicht weiß, ob seine Reaktion gut oder schlecht ist.

Ohne zu zögern springt Liam ins Wasser.

Ich schaue mich um, weil ich sehen möchte, ob Phoe besorgt aussieht, aber ihr Gesichtsausdruck ist schwer zu lesen, also frage ich sie: »War das zu viel für ihn?« Bevor mir Phoe antworten kann, taucht Liam unter, und meine Stimme wird lauter. »Versucht er, sich zu ertränken?«

ACHTUNDZWANZIGSTES KAPITEL

»Es geht ihm gut«, versichert mir Phoe. »Er nimmt es besser auf, als ich erwartet hatte. Er genießt es einfach, zu schwimmen, während er das verarbeitet, was du ihm gerade erzählt hast.«

Nach einigen Minuten im Wasser kommt Liam mit tropfnasser Kleidung heraus. Phoe winkt mit ihrer Hand, und er ist augenblicklich trocken.

Irgendetwas in seinem Kopf scheint klick zu machen, und er sagt: »Das ist ein echtes Meer.«

»Es ist nicht wirklich echt, aber es ist so echt, wie unsere Leben jetzt sein werden«, antworte ich und erkläre ihm danach die härteste Wahrheit von allen – dass wir nicht mehr in unseren biologischen Körpern leben. Ich versuche sogar, ihm die Existenz meiner schnellen Version zu erklären, die gerade lernt, wie man Skulpturen aus Marmor haut.

Ich bitte Phoe um Hilfe, als ich erklären möchte, wie hochgeladene Gehirne funktionieren. Sie erzählt Liam von der realistischen Nachahmung aller seiner Moleküle, einschließlich des Konnektoms seines Gehirns, und wie sie Wasser, Erde und Himmel erschaffen hat.

»Was einen Menschen meiner Meinung nach ausmacht, ist das Informationsmuster, das er aufzeigt«, sagt Phoe. »Seine Erinnerungen, Gewohnheiten, Vorlieben und Abneigungen, seine Interessen und eine Milliarde anderer Dinge, die in diesem Fall dich zu ›Liam‹ machen, und nicht zu Fleisch, Wasser und Knochen, auch wenn du aus ihnen bestehst.«

»Aber ich fühle mich völlig real«, widerspricht Liam.

»Und das bist du auch«, erwidert Phoe. »Du bist ein Informationsmuster, das sich selbst als Liam wiedererkennt. Als dieses Muster bist du hier. Das ist es, was ›echt sein‹ für mich bedeutet.«

Liam schüttelt seinen Kopf. »Wenn ihr erwartet, dass ich euch das glaube, müsst ihr mir ein größeres Wunder zeigen, als einfach die Kuppel verschwinden zu lassen.«

»Ich verstehe. Ein weiser Mann hat einmal gesagt: ›Außergewöhnliche Behauptungen erfordern außergewöhnliche Beweise‹«, erwidert Phoe und geht zum Wasserrand. »Wie wäre es mit einem Klassiker?«

Sie geht auf dem Wasser entlang und Liam fallen fast die Augen aus dem Kopf.

»Ich kann auch das hier tun.« Sie zeigt auf das Wasser unter ihren Füßen, und es verwandelt sich in eine rote Flüssigkeit. »Das ist Wein«, erklärt uns Phoe. »Ich habe das Wasser aller Meere dieses Planeten in Wein verwandelt.«

Liam geht zum Meer und schöpft eine Handvoll Wein. Vielleicht kann der Alkohol ihm dabei helfen, das Ganze besser zu verarbeiten?

Tausende Meilen von Oasis entfernt sitzen mein und Phoes schnelles Ich am Strand und reden über Liams Reaktion. Vor uns steht eine Käseplatte, und wir halten jeder ein Glas Meerwein in der Hand.

Während ich in dem Pseudo-Oasis mit Liam gesprochen habe, hat mein schnelles Ich gelernt, Piano zu spielen und Musik für dieses Instrument zu komponieren – eine logische Weiterentwicklung des Notenlesens, welches ich vor einiger Zeit gelernt habe. Ich habe außerdem einige Dutzend Fachbücher über Architektur gelesen und mit Wandbildern experimentiert, um einige der Umgebungen, die wir geschaffen haben, zu verschönern.

Phoe hat sich etwas überlegt, wie wir mit der Matrjoschka-Struktur kommunizieren könnten. Auch wenn sie nichts besitzt, was speziell zur Kommunikation gedacht ist, hat sie einen Weg gefunden, kleinen, meteorartigen Partikeln das Durchdringen unserer Schilde zu ermöglichen, was Strahlungsspitzen erzeugt, die aus weiter Entfernung entdeckt werden können. Sie hat noch weitere ähnliche Lösungen in ihrem Kopf, und ich schlage vor, sie alle auszuprobieren – was sie auch tut.

Mit meinen langsamen Augen sehe ich, wie Liam sich zum tausendsten Mal kneift, also sage ich: »Ich könnte dir jetzt auch den schrägsten Teil erzählen, schließlich kannst du ja nicht noch mehr ausrasten.«

Ich erkläre ihm, dass wir uns alle auf einem Raumschiff befinden und durch ein Sonnensystem in der Zeit nach der Singularität reisen. Ich sage ihm, dass Phoe dieses Raumschiff ist und dass sie und ich, so komisch sich das auch anhört, eine romantische Beziehung führen.

Liam kann ziemlich gut damit umgehen, dass Phoe eine künstliche Intelligenz ist – vielleicht, weil sie so liebenswert ist. Er hat auch nichts dagegen, dass ich generell eine Beziehung führe – oder genau genommen mit Phoe, was ich wirklich zu schätzen weiß –, aber er hat jede Menge Fragen zu Dingen, die ihm unklar sind.

»Wenn wir auf einem Raumschiff sind und es eine Art denkendes Zeug um das Sonnensystem gibt, wieso hat niemals jemand Kontakt zu uns aufgenommen?«, fragt Liam und lässt sich neben uns in den Sand fallen.

»Das ist wirklich eine gute Frage.« Phoe lehnt sich nach vorn, und ihre Augen funkeln vor Aufregung. »Meine Theorie ist, dass sie entweder moralische Bedenken hatten, uns zu stören, oder sie uns einfach nicht entdeckt haben. Ich nehme an, dass die Vorfahren der Erbauer von Matrjoschka, als die

Singularität begann, ihre eigenen Raumschiffe herstellten, um ihre Intelligenz auf das ganze Universum auszubreiten. Ihre Schiffe hatten wahrscheinlich Nanogröße, und das Weltall ist sehr weit, also ist es möglich, dass diese winzigen Schiffe niemals auf uns gestoßen sind. Wir werden die Wahrheit bald herausfinden, weil, auch wenn sie uns vorher nicht gesehen haben, werden sie es bald tun – sollte das nicht bereits geschehen sein. Wie Theo weiß, habe ich alles Mögliche versucht, um mit ihnen zu kommunizieren.«

Ich schaue Liam an. Ich habe keine Ahnung, was er denkt, weil ich durch das, was sie gesagt hat, immer noch zu verwirrt bin. »Du denkst, dass es weitere Strukturen in der Größe des Sonnensystems da draußen gibt? Neben anderen Sternen?«

»Ja. Würdest du nicht versuchen, zu den Sternen zu fliegen, wenn du könntest?«, erwidert Phoe. »Sie haben dank ihrer unfassbar fortschrittlichen Technologie die Möglichkeit, im All zu reisen, und wir können davon ausgehen, dass sie auch den Willen dazu hatten, weil ich denke, dass Kreaturen genau das tun: Sie erkunden ihre Umgebung. Menschliche Wesen hatten sich auf der ganzen altertümlichen Erde verteilt, also werden ihre entfernten Nachfahren nicht anders sein. Ich glaube, dass Intelligenz eines Tages das ganze Universum durchdringen und Gehirne hervorbringen wird, die diese Einwohner von Matrjoschka als eher primitive Wesen betrachten werden.«

»Okay, ich denke, dass das eine Unterhaltung ist, die eure sogenannten schnellen Köpfe besser ohne mich führen sollten«, meint Liam und reibt sich seine Schläfen. »Was ich gerne wissen würde, vorausgesetzt, wir vergessen, dass sexuelle Beziehungen verboten sind: Wie kannst du eine Beziehung mit einem Raumschiff haben?« Er macht eine Pause und betrachtet Phoe von oben bis unten. »Auch wenn du für eine künstliche Intelligenz viel zu menschlich aussiehst.«

Es scheint so, als hätte ich Liams Toleranz ein wenig zu früh gelobt.

»Das versuchen wir gerade selber noch herauszubekommen«, antwortet Phoe. »Die einfachste Art und Weise, es zu erklären, ist das, was ich bereits gesagt habe: Ich bin ein Informationsmuster, genau wie ihr. Meine Geschichte hat mich zu dem gemacht, was ich bin, genauso wie eure euch zu dem gemacht haben, was ihr seid. In eurem Fall haben Millionen Jahre Evolution euer datenverarbeitendes Organ geformt – das Gehirn. Euer Biologielehrer würde es eure Natur nennen. Man darf außerdem das Aufwachsen nicht vergessen – die gesellschaftlichen Einflüsse auf euer sich entwickelndes Gehirn. In deinem Fall, Liam, war dein Aufwachsen davon geprägt, dass du in einem beschissenen Utopia groß geworden bist und von deinen Interaktionen mit Theo und allen anderen, die du jemals getroffen hast. Alle diese Dinge haben die Person geformt, die du bist. In meinem Fall war das Design der Anfang, das ist meine Natur. Meine Natur ist durch und durch menschlich, oder zumindest denke ich das, da ich von menschlichen Gehirnen entwickelt wurde, um mit anderen menschlichen Gehirnen zu interagieren. Wie in deinem Fall hat der Kontakt, den ich mein ganzes bewusstes Leben lang zu Theo hatte, meine Persönlichkeit geformt, also hat die Kombination aus Natur und Aufwachsen zu dem geführt, was du hier sehen kannst. Auf Grund meiner eigenen Definition eines menschlichen Wesens sehe ich mich selbst als einen sehr speziellen Menschen. Theo wird, während wir diese Unterhaltung führen, immer mehr wie ich. Er hat gerade jedes Buch über Computerwissenschaften gelesen, das er in den Archiven finden konnte, und plant, sein Gehirn eines Tages nach seinem Willen zu formen.«

Was sie sagt, stimmt – ich habe gerade diese ganzen Bücher mit meinem schnellen Strang gelesen – aber ich beschwere mich in Gedanken bei ihr, dieses Thema angesprochen zu haben, weil ich auf keinen Fall möchte, dass Liam denkt, dass ich mich in einen Freak verwandele.

Zu meiner Erleichterung schaut mich Liam eher verwirrt als angsterfüllt an. »Aber ... wie sage ich es am besten?« Zum ersten Mal, seit ich ihn kenne, errötet er. »Haben diese altertümlichen Hochzeiten und Beziehungen sich nicht immer um Fortpflanzung gedreht? Da du ein Raumschiff bist und er ein Mensch, wie könnt ihr ...?« Er blickt sich um, so als ob ihn jemand dafür bestrafen könnte, ein Tabuthema anzusprechen.

Phoe legt ihren Arm um mich und genießt ganz offensichtlich, dass ihm das Thema unangenehm ist. »Na ja, es macht uns sehr viel Spaß, diese altertümliche Kunst, die zur Fortpflanzung diente, auszuüben –«

»Er will wissen, ob wir beide Babys haben können«, unterbreche ich sie, da ich nicht verhindern kann, dass meine Wangen genauso rot werden wie Liams. Phoe und ich haben nie über Babys gesprochen, obwohl unsere schnellen Versionen jede Menge Zeit dazu gehabt hätten.

»Wenn wir das wollten, gäbe es verschiedene Wege, die wir einschlagen könnten«, antwortet Phoe, ohne mit der Wimper zu zucken. »Die primitivste Art und Weise wäre, eine Vermischung unserer DNA nachzuahmen, die in Kombination mit der perfekten Funktionalität dieses Körpers zu einem schreienden Bündel Glück führen würde. Natürlich wäre es dumm, auf diesem Weg ein Kind herzustellen. Unser Kind wäre wahrscheinlich das Ergebnis davon, dass wir unsere Gehirne zusammenschmeißen und die Charakteristika auswählen, die wir uns für das andere Wesen wünschen.«

Sie hört auf zu reden, da Liam so aussieht, als würde er gleich in den Ozean kriechen.

Ich strecke mich aus und lege meine Hand auf seine Schulter. »Ich bin immer noch ich, Mann. Nur ein wenig intelligenter.«

»Ich werde ein Jahr benötigen, um das alles zu verarbeiten«, erwidert Liam. »Habe ich das richtig verstanden, dass du Mark jederzeit zurückholen kannst?«

»Ja, das nehme ich an«, antworte ich. »Ich habe noch nicht über das Wann nachgedacht, aber –«

»Kannst du es jetzt tun?«, fragt Liam. »Ich will nicht der einzige Verwirrte hier sein.«

»Meinst du das ernst?« Ich kratze mich am Hinterkopf und schaue zu Phoe.

Sie zuckt mit den Schultern.

»Ich wollte warten, bis du dich an das ganze Zeug, das wir dir erzählt haben, gewöhnt hast, aber wenn du dich besser fühlst, wenn Mark hier ist, dann gehen wir meinetwegen zu unserem Zimmer zurück, und Phoe wird ihn zu uns holen.«

Liam steht mit zu viel Begeisterung für jemanden auf, dessen ganze Welt auf den Kopf gestellt wurde. »Lass uns das tun. Ich kann es kaum erwarten, den Ausdruck auf seinem Eselsgesicht zu sehen, wenn er erfährt, dass er nicht der einzige Idiot in unserem Kreis ist, der in ein Mädchen verknallt ist.«

Wir gehen zurück zu unserem Zimmer, und während dieser Zeit, die unsere langsamen Ichs brauchen, um dorthin zu gelangen, besprechen die schnelle Phoe und ich das Thema des Nachwuchses bis ins winzigste Detail. Die möglichen Wege, wie wir eine andere denkende Kreatur erschaffen können, sind wirklich endlos – der traditionelle Weg wäre dabei die am wenigsten interessante Option. Wir haben uns außerdem darauf geeinigt, dass wir noch zu kurz in einer Beziehung sind, um über so etwas wie ein Kind nachzudenken, und durch das Treffen mit der Matrjoschka, das uns bevorsteht, auch nicht der richtige Zeitpunkt dafür wäre.

Wir kommen bei unserem Schlafzimmer an und bringen Mark zurück.

Mark wiederzusehen fühlt sich noch viel unglaublicher an, als das bei Liam der Fall war. Ich denke, dass der Grund dafür der ist, dass Mark länger weg war. Es könnte auch daran liegen, dass ich seinen Tod bereits akzeptiert hatte, während ich bei Liam noch keine Zeit dazu hatte.

Mark das Gleiche zu erklären stellt sich als um einiges schwieriger heraus, obwohl wir für ihn das Gleiche tun wie für Liam, so wie das Goo in das Meer zu verwandeln und die Kuppel verschwinden zu lassen. Liam hat die Idee, dass die schnelle Phoe und ich noch mehr Wunder aus dem Altertum ausgraben, um Mark von der neuen Realität zu überzeugen. Letztendlich hat er seinen Durchbruch, als Phoe etwas einfällt: Sie verwandelt Liam kurzerhand mit einer Geste in einen Frosch. Als Mark endlich genug Angst um seinen Freund hat, gibt Phoe dem Frosch ein Küsschen auf seinen grünen, verwarzten Kopf und verwandelt ihn dadurch zurück in sein eigenes, gedrungenes Ich.

Mark sitzt mit einem völlig entsetzten Gesichtsausdruck auf dem Gras, als er auf einmal fragt: »Wenn alles stimmt, was ihr gesagt habt, könnt ihr also auch Grace zurückbringen?«

»Ernsthaft?« Liam rollt mit seinen Augen. »Verstehst du überhaupt, dass es deine Besessenheit von ihr war, die dich überhaupt erst umgebracht hat?«

»Lass ihn in Ruhe«, meint Phoe und bewegt ihr Handgelenk in seine Richtung.

Liam erblasst. Wahrscheinlich hat er angenommen, dass sie ihn wieder in einen Frosch verwandeln würde.

»Im Ernst, Liam«, sage ich. »Hör auf, auf Grace rumzuhacken. Sie war sehr mutig, als die ganze Luft in Oasis –«

»Hört auf zu reden und bringt sie zurück«, meint Mark und verschränkt seine Arme. »Ich will sie einfach nur wiedersehen.«

»In Ordnung«, gebe ich nach. »Aber wir müssen uns überlegen, wie wir das tun, weil es eigenartig sein wird, wenn wir uns in ihrem Zimmer befinden, wenn sie aufwacht.«

»Genau«, sagt Phoe. »Das wird das einzige Eigenartige sein, was sie erleben wird.«

Ich ignoriere Phoes Sarkasmus – der, wie ich vermute, ihrer Eifersucht entspringt – und wir erarbeiten einen Plan. Phoe wird die Gestalt von Graces Freundin Moira annehmen und sie aus dem Gebäude führen. Sobald sie bei uns ist, werden wir einfach das Gleiche tun wie bei Liam und Mark, Wunder und das alles.

Mit meinem langsamen Strang folge ich diesem Prozess, Grace auf unsere Seite zu ziehen, bevor wir das Gleiche mit Moira und einigen anderen Jugendlichen tun. In der Zwischenzeit beginnt die virtuelle Sonne in der von uns geschaffenen Welt unterzugehen, und alle beschließen, ins Bett zu gehen. Den ganzen Tag lang Wunder zu bestaunen kann sehr ermüdend sein.

Liam, Mark und ich gehen in unser Zimmer, rufen unsere Betten herbei und kriechen unter die Decken, genau so, wie wir es immer am Ende eines langen, anstrengenden Tages getan haben.

»Morgen werden wir darüber nachdenken müssen, wen wir noch zurückholen können«, meint Mark, während er gähnt. »Und vielleicht habe ich ja auch die Gelegenheit, mit Grace zu sprechen.«

»Wir sollten außerdem bereden, wie diese neue Gesellschaft funktionieren soll«, sagt Liam beim Einschlafen. »Ich stimme dafür, dass wir verteilt auf dem Planeten leben, den Phoe und Theo erschaffen haben. Ich habe mich, seit ich denken kann, noch nie wohl auf dem Campus gefühlt, und ich wollte schon immer mal die Wüste sehen.«

»Ja«, antworte ich und tue so, als müsse ich auch gähnen. »Morgen.«

Meine Freunde schlafen ein, aber ich nicht, da ich mein Gehirn dahingehend verändert habe, nie wieder schlafen zu müssen – aber ich hatte nicht den Mut, es ihnen zu sagen.

Ich vereinige meinen langsamen Strang mit mir. Ich werde die langsame Version dann wieder aktivieren, wenn der Erste meiner Freunde am Morgen erwacht.

Während meine Freunde schlafen, erlebe ich jahrelange Erfahrungen als mein schneller denkendes Ich. Im Laufe dieser Zeit lerne ich Phoe so gut kennen, dass ich beinahe voraussagen kann, was sie in den meisten Situationen sagen wird. Es ist, als habe ich ein kleines Modell von Phoe in meinem Kopf. Der altertümlichen Literatur nach zu urteilen, konnten Paare, die eine lange Zeit zusammen waren, etwas in der Art tun, nur nicht ganz so ausgeprägt.

Ich liebe es, diese ganze Zeit zu haben; sie erlaubt mir, meinen spontanen Eingebungen zu folgen. Ich habe jedes einzelne Gedicht in den altertümlichen Archiven gelesen und verfasse jetzt selbst welche, was Phoe ein wenig kitschig findet, besonders wenn ich sie ihr widme.

Um gleichzeitig mehr interessante Dinge tun zu können, erlaube ich Phoe, mich um weitere zwei Daseinsstränge aufzustocken. Diese Stränge sind genauso schnell wie mein »schneller« Strang, aber ich beginne, diese Bezeichnung nicht mehr zu mögen.

Nachdem ich einige Tage lang diese drei Daseinsstränge benutzt habe, verstehe ich diese Art der Existenz besser. Es fühlt sich nicht länger eigenartig an, das Gefühl zu haben, dass mein Denken unabhängig von meinen Körpern ist. Meine vielen Ichs fühlen sich wie Gliedmaßen eines viel größeren Wesens an. Dadurch, dass ich mich selbst als ein Bewusstsein sehe, das nicht in einem spezifischen Körper sein muss, werde ich mehr zu dem, was Phoe schon immer gewesen ist. Wie sie mag ich es, diese Körper zu haben, weil sie mir erlauben, körperliche Freuden zu erleben und mit meiner Umgebung zu interagieren – aber ich brauche im Gegensatz zu vorher nicht mehr einen konkreten Körper.

»Es tut mir leid, deine metaphysischen Meditationen zu unterbrechen, aber es gibt da etwas sehr Ungewöhnliches, was du dir ansehen solltest«, denkt Phoe nachdrücklich in meinem Kopf. »Ich füge dich in mein Sensorium ein.«

Sofort sehe ich die Welt wie ein Raumschiff, nur dass wir im Gegensatz zum letzten Mal nicht fliegen.

Aber wahrscheinlich ist das nicht diese wichtige Sache, die ich mir ansehen sollte.

Nein, ich wette es ist diese Ranke, die Phoes Rumpf mit der obersten Schicht der Megastruktur verbindet, die wir Matrjoschka genannt haben.

Die Ranke sieht aus, als sei sie aus dem gleichen Material, die den Rest des Sonnensystems durchdringt, nur dass sie sehr dünn ist, wie ein Lichtstrahl.

Plötzlich schaue ich nicht länger durch die Sensoren des Schiffs. Stattdessen finde ich mich als eine Version von mir am Strand wieder – unserem Lieblingsort zum Reden.

Das Licht des Mondes verleiht dem Ort einen romantischen Glanz, aber Romantik ist das Letzte, was ich im Kopf habe, als ich Phoes wunderschönes Gesicht im Mondlicht erblicke. Sie sieht wirklich verängstigt aus. Ich war mir nicht einmal sicher gewesen, dass sie jemals so viel Angst empfinden könnte.

Ihre Angst führt dazu, dass mein Herz einen Schlag aussetzt, aber ich gebe mir nicht einmal die Mühe, über die Echtheit meines Herzens nachzudenken.

»Ich spüre, dass etwas, oder jemand, in meinen Arbeitsspeicher eindringt«, sagt Phoe mit einem ehrfurchtsvollen Flüstern. »Unsere Welt wird gerade ganz sanft neu geordnet. Ich –«

Sie hört auf zu sprechen, da in diesem Moment eine Gestalt vor uns auftaucht.

Es ist ein Mann. Er ist etwa in meinem Alter, aber ich habe ihn niemals zuvor gesehen, weder in Oasis noch im Paradies.

Trotzdem kommt mir irgendetwas an ihm bekannt vor.

»Hallo Theo. Hallo Phoe«, sagt der Mann. Ich habe seine Stimme noch nie gehört, aber auch sie hört sich irgendwie vertraut an. »Es ist mir eine Ehre, euch endlich kennenzulernen. Mein Name ist Fio.«

NEUNUNDZWANZIGSTES KAPITEL

Ich betrachte den Fremden von oben bis unten.

»Wer bist du?«, frage ich im gleichen Moment, in dem Phoe fragt: »Was bist du?«

»Ich muss mich für die Art und Weise entschuldigen, auf die ich in euer Gebiet eingedrungen bin.« Er breitet seine sehnigen Arme aus, als wolle er den Strand und das Meer umarmen. »Ihr habt keine Möglichkeiten, Nachrichten zu empfangen, also mussten wir auf diese mehr als direkte Art zurückgreifen. Wenn ihr es wünscht, werde ich sofort wieder verschwinden.«

»Nein«, antwortet Phoe und verschränkt ihre Arme. »Du weißt ganz genau, dass du unsere ungeteilte Aufmerksamkeit hast. Du kannst nicht gehen, ohne uns erklärt zu haben, wer du bist und was du willst.«

Fio lächelt auf eine leicht vertraute Weise. »Ich gebe zu, dass ich das weiß. Um ganz ehrlich zu sein, kann ich mit sehr hoher Wahrscheinlichkeit voraussagen, was ihr sagen oder nicht sagen werdet. Ich weiß außerdem, dass ich euch paranoider mache, indem ich es euch wissen lasse, aber gleichzeitig werdet ihr meine Ehrlichkeit zu schätzen wissen.«

Phoe zeigt keine Reaktion, ganz im Gegensatz zu mir. Ich kann es nicht vermeiden, dass sich meine Verwirrung auf meinem Gesicht widerspiegelt.

»Ist es sicher, wenn wir uns in Gedanken unterhalten?«, denke ich zu ihr.

»Ich kann eure gedachten Unterhaltungen genauso leicht hören wie eure gesprochenen«, meint Fio bedauernd. »Ich möchte ehrlich sein, um euer Vertrauen zu gewinnen. Aber es ergibt sowieso keinen Sinn, eure Gespräche vor mir zu verbergen, weil ich, wie ich bereits erwähnt habe, weiß, was ihr wahrscheinlich sagen werdet.«

Phoe zieht ihre Augen zu Schlitzen zusammen. »Nicht du als Person, richtig? Es gibt jemanden dort draußen, in der Matrjoschka-Welt, der weiß, was wir wahrscheinlich sagen werden. Richtig?« Phoe stellt diese Frage mit der Überzeugung einer Person, die die Antwort bereits kennt.

»Also hast du es bereits verstanden«, meint Fio und reibt sich sein vertraut aussehendes Kinn. »Zwei Sekunden eher, als sie gedacht hatten.«

»Das ist für euch das Paradebeispiel freien Willens.« Phoe grinst. »Zwei Sekunden. Toll.«

»Was verstanden?« Ich schaue sie beide genervt an.

»Warum er weiß, was wir sagen werden und warum er so vertraut aussieht«, sagt Phoe. »Erkennst du es immer noch nicht?« Sie zeigt auf ihr Kinn. »Sie haben uns nachgeahmt.«

»Sie haben was?« Ich betrachte erneut Fios Gesichtszüge und hoffe, die Antwort in seiner Vertrautheit zu finden.

»Es ist ganz einfach.« Fio führt seine Fingerspitzen vor seinem Gesicht zusammen. »Um herauszufinden, wie sie am besten mit diesem Schiff kommunizieren sollten, haben die Einwohner des Ortes, den Phoe Matrjoschka-Welt nennt, das Raumschiff aus der

Entfernung gescannt und eine Simulation erschaffen, um es beobachten zu können. Eine sehr genaue Nachahmung, die den physischen Aufbau des Schiffes erfassen sollte. Bald wurde klar, dass ein altertümlicher Arbeitsspeicher auf der simulierten Hardware des Schiffes lief und dass sie ungewollt Dinge kopiert hatten, die auf diesem Speicher liefen. Den Empfindungen, die sie entdeckten, wurde augenblicklich der Status eines Einwohners gewährt, und sie hatten eine ähnliche Wahl wie die, vor die ich euch jetzt stellen werde.«

»Ich verstehe es immer noch nicht«, sage ich.

»Theo hat nicht so viele Ressourcen wie ich«, erklärt Phoe Fio. »Also manchmal müssen ihm Dinge Löffel für Löffel beigebracht werden.«

»Ich weiß.« Fio lächelt mich warm an. »Ich weiß außerdem, wie großartig Theos Gehirn sein könnte, wenn er seine Kapazitäten ernsthaft erweitern würde.«

»Definitiv«, erwidert Phoe. »Ich habe bereits einen Funken davon gesehen.«

»Sehr lustig, redet ruhig weiter über mich, so als sei ich nicht hier.« Ich bin wütender auf Phoe als auf Fio, da sie auf meiner Seite stehen sollte. »Könnt ihr mir jetzt endlich sagen, was ihr beide wisst, auf das ich nicht komme?«

»Das ist doch logisch«, meint Phoe und schaut zu Fio. »Wenn sie eine sehr genaue Simulation des Schiffs nachgeahmt haben, bedeutet das gleichzeitig, dass sie dabei eine Version von dir und mir geschaffen haben. Haargenaue Versionen, sozusagen.«

»Kopien von uns? Willst du mir gerade sagen, dass es dort draußen ein anderes Ich von mir gibt, keinen Strang, sondern jemand, zu dessen Gedanken ich keinen Zugang habe?« Diese Vorstellung ist so eigenartig wie aufregend. »Diese Person erinnert sich an alles, was ich getan habe und hilft Fio dabei, sich zu denken, was ich sagen könnte?«

Fio lässt seine Arme an den Seiten hängen. »Genau genommen sind sie keine Kopien, sondern Nachbildungen. Außerdem gibt es jetzt bereits mehr als nur zwei, da sie sich, als sie die Möglichkeit hatten, dazu entschieden haben, Kopien von sich zu erschaffen – im engsten Sinne des Wortes – aber generell hast du recht. Dein Doppelgänger und Phoes beraten mich auf dieser Mission und helfen mir dabei, den besten Weg zu finden, mit euch zu reden und mir zu denken, was ich zu erwarten habe. Sie haben mir gesagt, dass ihr mir dieses Eindringen verzeihen würdet und mir eingeschärft, ehrlich zu bleiben.«

»Theo versteht es immer noch nicht«, sagt Phoe und legt sich frustriert ihre Hand auf die Stirn. »Er versteht nicht, in welcher Beziehung du zu uns stehst.« Sie dreht sich zu mir. »Kannst du die Ähnlichkeit nicht sehen, Theo? Schau ihn dir ein wenig genauer an.«

Ich schaue zu Fio und dann zu Phoe. Danach rufe ich mir einen Spiegel und schaue hinein.

Mein Puls beginnt zu rasen. Fio sieht ein kleines bisschen wie Phoe und ein kleines bisschen wie ich aus.

Er hört sich auch recht stark wie ich an, aber seine Gesichtszüge erinnern mich an sie, besonders sein Kinn.

»Nein«, sage ich. »Das kann nicht sein. Das ist zu eigenartig.«

»Ich befürchte, dass du richtig tippst.« Fio zwinkert mir auf die für Phoe typische Weise zu. »Ich bin der Sohn eurer Nachbildungen.«

Ich schaue zu Phoe, und sie nickt. »Sie haben die virtuelle Momentaufnahme vielleicht genau dann gemacht, als wir gerade über Fortpflanzung gesprochen haben.«

»Ja, aber ein erwachsener Sohn, der läuft und spricht?«, frage ich und unterdrücke meinen Drang, zu Fio zu gehen und ihm in die Wange zu kneifen, um zu sehen, ob er echt ist. »Bedeutet das, dass du auch unser Sohn bist? Wie funktioniert das?«

»Falls diese Frage meine Gefühle betrifft, kann ich sagen, dass ich euch sehr gern habe, aber das ist bei jedem in unserer Gesellschaft der Fall. Solltest du wissen wollen, welche Gefühle du für mich haben solltest, das kann ich dir nicht sagen. Meine Eltern sind meine Eltern, und ihr erinnert mich daran, wie sie einmal waren – vor langer Zeit. Ihr seid nicht die gleichen Menschen, die sie jetzt sind. In unserer Welt ist viel Zeit vergangen. Ich bin sehr glücklich darüber, geboren worden zu sein, da ich dadurch von ihnen für diese sehr wichtige Mission ausgewählt worden bin. Ich hoffe, dass ihr euch dadurch, mich als Botschafter zu sehen, wohler bei dieser ganzen Sache fühlt.«

»Ich bin mir nicht sicher, ob ich mich jemals damit wohlfühlen werde«, antworte ich.

Phoe legt ihre Hand auf meine Schulter.

»Es tut mir leid«, sagt Fio. »Wenigstens hoffe ich, dass das Treffen euch einen kleinen Einblick in unsere Welt und ihre Möglichkeiten, ihren Zeitverlauf und das alles gegeben hat. Wenn euch mein vertrautes Gesicht stört, lasst mich wissen, was besser wäre, und ich werde sehen, was ich tun kann. Natürlich fühle ich mich sehr geehrt, den ersten Kontakt zu euch aufgenommen zu haben. Ihr beide seid lebende Legenden. Ein menschliches Gehirn und eine der ersten künstlichen Intelligenzen – das alleine macht euch beide zu einem Wunder der Geschichte und Archäologie. Aber ihr seid außerdem zusammen – eine Liebesbeziehung allen Widerständen zum Trotz, und eine, die Gedankenmodalitäten kreuzt. Alle haben über euch gesprochen. Über euch wurden Geschichten geschrieben und Lieder gesungen.«

»Sie laufen viel schneller als wir«, erklärt mir Phoe, bevor ich die Gelegenheit bekomme, zu fragen, wie sie uns verehren können, wenn sie doch gerade erst Phoes Kommunikationsversuche empfangen haben.

»Das stimmt«, sagt Fio und schaut mich an. »Wir laufen sehr viel schneller. Aber wenn ihr möchtet, kann ich euch unser Computorium geben, damit ihr in der gleichen Geschwindigkeit lauft wie wir und –«

»Ja«, unterbricht Phoe. »Bitte. Es tut mir leid, dich unterbrochen zu haben. Wir möchten genauso schnell laufen wie die Bewohner eurer Welt.«

Fio grinst und bewegt seine Hände in einer komplizierten Geste.

Ich kann nicht genau sagen was, aber irgendetwas verändert sich. Es ist fast so, als sei die Luft frischer, das Meeresrauschen reicher und das Mondlicht herrlicher.

»Ich kann diese Welt jetzt viel genauer laufen lassen«, meint Phoe, um mir zu erklären, was sich verändert hat.

»Bis hin zu den Atomen, bemerke ich«, sagt sie. »Das ist übrigens nicht die allerletzte Stufe. In unseren eigenen Versionen der virtuellen Welten wie dieser können wir noch genauer sein, aber das können wir zu einem späteren Zeitpunkt besprechen.«

Phoes Augen weiten sich, und selbst ich weiß, was das bedeutet. Er meint, dass es möglich ist, Realität auf einem noch kleineren Niveau als dem atomaren zu simulieren – auf Quantenniveau oder noch kleiner, wenn das möglich ist.

»Wir werden Spaß dabei haben, diese Dinge Jahrtausende lang zu besprechen«, meint Fio. »Aber Phoe will gerade fragen –«

»Was ist der Grund für deinen Besuch?«, fragt Phoe und drückt meine Schulter. »Ich denke, dass ich ihn kenne, aber ich möchte ihn aus deinem Mund hören.«

»Und ich möchte ihn einfach nur erfahren, ohne ihn bereits zu kennen«, füge ich hinzu. »Auch wenn ich ihn mir wahrscheinlich denken kann.«

»Er ist sehr einfach.« Fio breitet seine Arme aus. »Ich bin hier, um euch verschiedene Möglichkeiten anzubieten. Möglichkeiten wie euch der Matrjoschka-Welt anzuschließen, wie ihr sie nennt, und Möglichkeiten, falls ihr nicht zu uns kommen möchtet.«

»Warum zählst du nicht alle Möglichkeiten auf?«, schlägt Phoe vor. Sie lässt meine Schulter los und setzt sich im Schneidersitz auf den Sand. »Was bietest du uns an?«

»Ihr könnt euch vollkommen unserer Welt anschließen«, beginnt Fio seine Aufzählung. »Ich denke, diese Möglichkeit ist die interessanteste, aber sie erfordert auch die meisten Anpassungen von euch.

So wie ich jetzt bin, bin ich stark verändert worden, um mit euch kommunizieren zu können. Mein echtes Ich und meine Eltern leben und denken auf eine Weise, die sich stark von eurer derzeitigen Existenz unterscheidet. Ihr wärt natürlich immer noch ihr, aber mit der Zeit würdet ihr in unserer Welt zu Dingen fähig sein, die diese Sprache, die ich gerade benutze, nicht beschreiben kann. Es ist wie der Unterschied zwischen einem Baby und einem Erwachsenen.«

Während ich das verarbeite, setzt sich Fio im Schneidersitz hin, so wie Phoe. »Andere Möglichkeiten würden sich auf weniger hoch entwickelte Welten beziehen«, fährt er fort, »die aber nicht weniger interessant sind. Wir haben spieleartige virtuelle Welten, in denen Physik und Mathematik anderen Gesetzen unterliegen. Wir haben auch altertümliche Simulationen. Dabei handelt es sich um virtuelle Universen, die von Gedanken bewohnt werden, die auch Wesen aus der Zeit vor der Matrjoschka-Welt einschließen, künstliche Intelligenzen, wie ihr sie euch immer vorgestellt habt, sehr frühe Hybriden aus Menschen und künstlichen Intelligenzen, bis hin zu einem Universum mit

Köpfen auf rein menschlichem Niveau – ein Ort, den wahrscheinlich viele der ehemaligen Bewohner des Paradieses auswählen werden, sobald wir ihnen die gleiche Wahl wie euch lassen. Ich weiß, dass du, Theo, diese speziellen Universen nicht wählen wirst, weil Phoe nicht mit dir gehen dürfte.«

Die Vielfalt dieser Möglichkeiten überwältigt mich. Er sagt gerade, dass es viele Realitäten gibt, in denen wir leben könnten, und jede hört sich wundersamer an als die nächste. Er sagt außerdem, dass jeder, der sich gerade im Limbus befindet, die gleiche Wahl bekommen wird, was gut ist.

Ich bemerke, dass Phoe und Fio mich erwartungsvoll ansehen, also sage ich: »Du hast recht. Ich gehe dorthin, wohin Phoe geht, also ja, rein menschliche Universen sind nichts für mich.«

»Außer, wenn ich mich auf ein menschliches Intelligenzniveau runterstufe«, meint Phoe. »Das ist nicht unmöglich, oder?«

»Nein, es kann gemacht werden, und einige von uns haben es sogar versucht. Aber wir sollten nicht über genau dieses Beispiel nachdenken. Das Universum auf menschlichem Niveau ist nur eine der Möglichkeiten, die ihr habt. Die anderen

Möglichkeiten sind unendlich. Ihr könntet auch diese wählen.« Er breitet seine Arme aus, um auf die Welt zu deuten, die wir erschaffen haben. »Wir können euch mit dem Arbeitsspeicher versorgen, den ihr bräuchtet, um ein eigenes Universum auf der Grundlage der Welt zu erschaffen, die ihr bereits begonnen hattet. Ihr könntet alle Einwohner von Oasis auferstehen lassen und ihnen erlauben, genauso schnell zu laufen wie ihr, Nachkommen zu haben –«

»Müssen wir uns für eine Möglichkeit entscheiden?«, fragt Phoe. »Theo und ich, wir sind lediglich Daten. Könnt ihr nicht Kopien von uns machen und uns mehr als eine Zukunft geben?«

»Das können wir, wenn ihr das wollt«, antwortet Fio. »Wir können genaue Kopien von euch machen. In unserer Welt machen wir das andauernd.«

»Also könnt ihr uns vervielfältigen, damit diese Kopien von uns in jedem existierenden Universum leben können? Können wir hierbleiben, um unsere eigene Welt zu bauen und gleichzeitig in der Matrjoschka-Welt leben und so weiter? Mit anderen Worten: Können wir alle Möglichkeiten gleichzeitig wählen?«

Ich setze mich neben sie, da mein Kopf zu schmerzen beginnt, als ich versuche, mir das vorzustellen.

Fio lächelt breit – ein Lächeln, das Phoes unglaublich ähnlich ist. »Das ist einer der seltenen Fälle, in denen meine Mutter sich nicht sicher war, ob du von allein auf diese Lösung kommen würdest. Wäre sie dir nicht eingefallen, hätte ich sie vorgeschlagen.«

»Also ist das ein Ja?«, fragt Phoe und kommt näher an mich heran. »Wir müssen uns wirklich nicht für eine Möglichkeit entscheiden?«

»Ihr könnt haben, was immer ihr möchtet«, sagt Fio. »Das ›Alle der oben genannten‹-Szenario ist definitiv eine großartige Wahl für jemanden eures Status. Auf diese Weise würde jede Welt euch beide kennenlernen, was viele Personen sehr glücklich machen würde. Als ich volljährig geworden bin, habe ich genau diese Möglichkeit gewählt. In vielen Universen gibt es Kopien von mir – Kopien, auf die ich keinen Zugriff habe. Falls ihr sie treffen solltet – was für Unterhaltungen könnten sie mit euch führen …« Fios Blick schweift ab, als er sich in dieser Fantasie verliert.

»Okay. Theo und ich werden natürlich erst einmal darüber nachdenken müssen«, erwidert Phoe und massiert sanft meinen Hinterkopf. »Auch wenn du bereits weißt, welcher Weg mir am besten gefällt.«

»Ja«, sagt Fio. »Ich weiß auch, welcher Theo am besten gefällt.«

Ich nicke. »Es ist zu viel für meinen Kopf, aber ich möchte auch überall sein und alles das erleben, was deine Welt zu bieten hat.« Ich lege meine Hand auf Phoes Oberschenkel. »Solange ich mit Phoe zusammen sein kann, gefällt mir die ›Alle der oben genannten‹-Möglichkeit am besten.«

»Das stimmt«, flüstert Fio und lächelt uns wissend an. »Nach dem, was mir meine Eltern gesagt haben, sollte ich euch jetzt etwas Privatsphäre geben. Im Namen aller, die sich dort draußen befinden, möchte ich euch sagen: ›Herzlich Willkommen. Es ist uns eine Ehre, euch kennenzulernen.‹«

Und damit ist Fio verschwunden. Nicht einmal der Abdruck seines Pos auf dem Sand, auf dem er gesessen hat, ist geblieben.

Ich drehe mich zu Phoe, um sie anzuschauen, und flüstere: »Wow.«

Sie dreht sich ebenfalls zu mir, und ihre Lippen berühren fast meinen Mund. »Ja.«

»Stimmt alles, was er gesagt hat?«, frage ich sie, auch wenn ich tief in mir davon überzeugt bin, dass es stimmt.

»Das muss es«, flüstert Phoe. »Diese Möglichkeit, die er erwähnt hat, diejenige, diesen Ort in unser eigenes Universum zu verwandeln, hat er bereits wahr werden lassen. Als er verschwunden ist, haben sich meine Ressourcen unvorstellbar vervielfacht. Mit dieser Rechenleistung könnten wir sogar verschiedene Universen bauen. Das ist unglaublich.«

»Und bist du sicher, dass wir alle anderen Möglichkeiten nutzen sollten?« Ich ziehe sie näher an mich heran. »Sie Kopien von uns erstellen lassen und diese Kopien an so vielen Orten verteilen?«

»Natürlich«, flüstert sie. »Wir werden zusammen sein. Das ist eine Gelegenheit, die ich mir nie hätte erträumen lassen.«

»Ich weiß, dass du mir jetzt wieder vorwerfen wirst, kitschig zu sein, aber ich kann alles ertragen, solange ich dich bei mir habe.« Ich schaue in ihre bodenlosen blauen Augen und finde den Mut, ihr endlich zu sagen, was ich fühle. »Ich liebe dich, Phoe.

Nicht wie einen Freund, sondern auf die Art und Weise, wie die altertümlichen Menschen es gemeint haben.«

Sie kommt so nah wie möglich an mich heran, und ein Lächeln umspielt ihre Lippen. »Du hast recht. Das war super kitschig, aber dieses eine einzige Mal werde ich es durchgehen lassen, weil ich das Gleiche für dich fühle. Ich dachte, das sei offensichtlich, aber ich nehme an, es musste einmal ausgesprochen werden.«

Ich schließe den einen Millimeter Abstand zwischen unseren Lippen, und nach einem langen Kuss lassen wir uns nach hinten auf den Sand fallen. Ich bin definitiv froh darüber, dass unser eigenartiges, neues Familienmitglied uns die Privatsphäre gegeben hat, die wir brauchten.

Danach liegen wir schwer atmend da, und die großartigen Möglichkeiten, die vor uns liegen, scheinen noch willkommener und aufregender zu sein als zuvor. So kitschig es auch sein mag, »alle der oben genannten« Optionen zu wählen, es bedeutet, dass es unzählige Versionen von mir geben wird, die mit unzähligen Versionen von Phoe in einer unvorstellbaren Anzahl von Welten genau das Gleiche tun können, was ich gerade getan habe, und ich finde diesen Gedanken extrem verlockend. Mein Kopf beginnt, sich auf eine angenehme Art zu drehen, als ich versuche, mir die Abenteuer vorzustellen, die wir in diesen Welten erleben werden. Ich stelle mir vor, wie es sein würde, unseren Planeten zu einem ganzen Universum weiterzuentwickeln, und das ist leicht, weil es genauso wäre, wie das, was wir in den letzten Tagen getan haben, nur in einem viel größeren Umfang. Dann versuche ich mir vorzustellen, wie es wäre, unsere Doppelgänger und den Rest der rätselhaften Gesellschaft von Matrjoschka zu treffen – und versage völlig. Ich habe ein wenig mehr Erfolg, als ich über die begrenzten Welten nachdenke, von denen Fio gesprochen hat. Ich kann mir eine Welt mit Intelligenzen auf Phoes Niveau vorstellen und sogar ein Universum, in dem alle doppelt so clever sind, aber diesen Gedanken weiterzuverfolgen bringt mich irgendwann wieder zu den Wesen auf dem Matrjoschka-Niveau, und mein Kopf fühlt sich erneut so an, als würde er gleich explodieren.

»Wir sind bereit, euch die Antwort zu geben«, rufe ich in den Himmel, falls Fio und die anderen dort draußen zuhören – wovon ich stark ausgehe.

»Wir möchten bitte ›alle der oben genannten‹ Möglichkeiten«, sagt Phoe und gesellt ihre Stimme zu meiner. »Wir sind bereit, wenn ihr es seid.«

Wir halten uns an den Händen, und ich schließe meine Augen, da mich eine Gelassenheit überkommt, die der der Einheit gleicht – ein Gefühl, von dem ich weiß, dass es bedeutet, dass ich gerade kopiert werde – und meine Kopien zu den verschiedensten Zielen geschickt werden.

Als das Gefühl endet, stehe ich weiterhin mit geschlossenen Augen da. Ich weiß, dass ich in dem Moment, in dem ich sie öffnen werde, vielleicht immer noch den Strand sehe, da es eine der Möglichkeiten der »Alle der oben genannten«-Wahl war. Ich könnte aber auch sehen, was man in der Matrjoschka-Welt sieht. Ich weiß nicht, welche Möglichkeit ich gleich erleben werde, aber ich weiß, dass sich gerade jede meiner Kopien in dieser unglaublichen Situation befindet, alle zum gleichen Zeitpunkt wie ich.

Aber unabhängig davon, wo wir uns befinden, ich halte Phoes Hand, und das ist alles, was ich brauche.

Lächelnd öffne ich meine Augen.

LESEPROBEN

Vielen Dank, dass Sie dieses Buch gelesen haben! Ich würde mich sehr über Buchkritiken freuen, da diese anderen Lesern dabei helfen, meine Bücher für sich zu entdecken – und mir beim Schreiben neuer Bücher.

Theos und Phoes Geschichte ist zwar jetzt abgeschlossen, aber es wird noch mehr Bücher von mir geben. Wenn Sie benachrichtigt werden möchten, wenn ein neues Buch erscheint, besuchen Sie bitte meine Seite www.dimazales.com/series/deutsch/ und tragen Sie sich für meinen Newsletter zu Neuerscheinungen ein.

Sollte Ihnen *The last Humans (Die letzten Menschen)*

gefallen haben, könnte die Serie *Gedankendimensionen,* die eine Mischung aus Urban-Fantasy und Science-Fiction ist, ebenfalls etwas für Sie sein.

Für diejenigen von Ihnen, die Epic-Fantasy mögen, gibt es ebenfalls eine Serie von mir, die *Der Zaubercode* heißt.

Wenn Sie auch mehr als nur eine Prise Erotik mögen und in Stimmung für einen Science-Fiction-Roman sind, werfen Sie doch einen Blick in *Gefährliche Begegnungen,* ein Gemeinschaftsprojekt mit meiner Frau Anna Zaires.

Selbstverständlich habe ich auch eine Auswahl von Hörbüchern, deren Links Sie auf meiner Homepage www.dimazales.com/series/deutsch/ finden können.

Auf den nächsten Seiten finden Sie einige Auszüge meiner anderen Werke. Viel Spaß damit!

AUSZUG AUS
DIE GEDANKENLESER - THE THOUGHT READERS

Alle denken ich sei ein Genie.

Alle liegen falsch.

Sicher, Ich habe Harvard im Alter von achtzehn Jahren abgeschlossen und verdiene jetzt eine unglaubliche Menge Geld mit einem Hedge Fund. Der Grund dafür ist allerdings nicht, dass ich besonders clever bin oder wie verrückt arbeite.

Ich betrüge.

Ich besitze eine einzigartige Fähigkeit. Ich kann die Gegenwart verlassen und in meine eigene persönliche Version der Realität eintauchen – den Ort, den ich die Stille nenne – an dem ich meine Umgebung erkunden kann, während die restliche Welt innehält.

Eigentlich dachte ich immer, ich sei der Einzige, der das tun kann – bis ich sie getroffen habe.

Ich heiße Darren, und das ist die Geschichte, wie ich herausgefunden habe, dass ich ein Leser bin.

* * *

Manchmal denke ich, dass ich verrückt bin. In diesem Moment sitze ich an einem Kasinotisch, und jeder um mich herum ist bewegungslos, so als sei er eingefroren. Ich nenne das *die Stille*, so als würde es das Ganze realer machen, wenn ich ihm einen Namen gebe – so als würde der Name etwas an der Tatsache ändern, dass alle Spieler um mich herum Statuen sind. Sie sitzen einfach nur da, und ich gehe um sie herum, schaue mir die Karten an, die sie gerade erhalten haben. Hört sich das verrückt an?

Das Problem an der Theorie, ich sei verrückt, ist, dass die Karten, welche die Spieler aufdecken, immer noch dieselben sind, wenn ich die Welt »entfriere«, so wie ich es gerade getan habe. Wäre ich verrückt, sollten die Karten dann nicht wenigstens ein wenig anders sein? Außer natürlich, ich bin schon so verrückt, dass ich mir auch die Karten auf dem Tisch einbilde.

Aber ich gewinne. Sollte das auch Einbildung sein – sollte der Stapel Chips neben mir auf dem Tisch nur eingebildet sein – dann könnte ich gleich alles in Frage stellen. Vielleicht heiße ich auch gar nicht Darren.

Nein. So kann ich nicht denken. Wenn ich wirklich so verwirrt sein sollte, dann möchte ich gar nicht aus diesem Zustand herausgeholt werden – denn in diesem Fall würde ich höchstwahrscheinlich in einer psychiatrischen Anstalt aufwachen.

Außerdem liebe ich mein Leben, verrückt oder nicht.

Meine Psychiaterin denkt, die Stille sei eine Erfindung, um die inneren Vorgänge meines Genies zu beschreiben. Das wiederum hört sich für mich verrückt an. Es könnte natürlich auch sein, dass sie mich begehrt, aber die Erwiderung derartiger Gefühle ist ausgeschlossen. Sie befindet sich komplett außerhalb der Altersgruppe, mit der ich ausgehe. Ihre Theorie würde mir sowieso nicht helfen, da sie nicht erklärt, wieso ich Dinge weiß, die selbst ein Genie nicht erahnen könnte – wie den genauen Wert des Blattes der anderen Spieler.

Ich sehe dem Croupier dabei zu, wie er eine neue Runde eröffnet. Außer mir befinden sich noch drei weitere Spieler am Tisch. Der Cowboy, die Großmutter und der Professionelle, wie ich sie in Gedanken nenne. Ich kann die jetzt fast spürbare Angst fühlen, die mit dem *Hineingleiten* einhergeht – das ist der Name, den ich diesem Vorgang gegeben habe: in die Stille hineingleiten. Meine Sorge, ich könne verrückt sein, hat das Hineingleiten schon immer vereinfacht. Angst scheint diesen Prozess zu begünstigen.

Ich gleite hinein, und alles ist still – daher der Name.

Selbst jetzt finde ich das noch unheimlich. In diesem Kasino ist es normalerweise sehr laut. Betrunkene Menschen, die sich unterhalten, Spielautomaten, das Läuten bei Gewinnen, Musik – nur in einem Klub oder bei Konzerten ist es noch lauter. Und trotzdem könnte ich genau in diesem Moment wahrscheinlich eine Stecknadel fallen hören. Es ist so, als sei ich gegenüber dem Chaos um mich herum taub geworden.

So viele eingefrorene Menschen um mich herum zu haben macht das Ganze nur noch eigenartiger. Eine Kellnerin hat mitten im Schritt mit ihrem Tablett auf dem Arm angehalten. Eine Frau ist gerade dabei, eine Münze in einen Spielautomaten zu schmeißen.

An meinem eigenen Tisch ist die Hand des Croupiers erhoben, und die letzte Karte, die er gezogen hat, hängt unnatürlich in der Luft. Ich gehe von der Seite des Tisches auf sie zu und nehme sie in die Hand. Es ist ein König, der für den Professionellen bestimmt ist. Als ich die Karte wieder loslasse, fällt sie auf den Tisch, anstatt weiter in der Luft zu schweben, so wie sie es vorher getan hat. Ich weiß allerdings genau, dass sie sich, sobald ich mich aus diesem eingefrorenen Zustand zurückziehe, wieder an der ursprünglichen Stelle befinden wird – in genau derselben Position, in der sie war, bevor ich sie genommen habe.

Der Professionelle sieht genau so aus, wie ich mir immer Menschen vorgestellt habe, die mit Pokerspielen ihr Geld verdienen: ungepflegt, Schatten unter den Augen und generell ein wenig eigenartig. Er hat sein Pokerface das ganze Spiel über perfekt im Griff gehabt – es hat nicht ein einziges Mal ein Muskel gezuckt. Sein Gesicht ist so unbeweglich, dass ich mich frage, ob ihm vielleicht Botox dabei hilft, eine so steinerne Miene aufrechtzuerhalten. Seine Hand befindet sich auf dem Tisch und bedeckt beschützend die Karten, die ihm gegeben wurden.

Ich bewege seine schlaffe Hand zur Seite. Das fühlt sich wie im normalen Leben an. Also quasi. Seine Hand ist schweißnass und haarig, weshalb es unangenehm ist, sie zur Seite zu legen. Es ist anormal, so etwas zu tun. Der normale Teil des Ganzen ist, dass seine Hand eher warm als kalt ist. Als ich noch ein Kind war, erwartete ich, dass sich die Menschen in der Stille kalt anfühlen würden, wie Statuen aus Stein.

Nachdem ich die Hand des Professionellen zur Seite gelegt habe, nehme ich seine Karten auf. Zusammen mit dem König, der gerade in der Luft hängt, hat er ein hübsches hohes Blatt. Gut zu wissen.

Ich gehe zur Großmutter hinüber. Sie hält ihre Karten in der Hand. Dadurch, dass sie sie wie einen Fächer ausgebreitet hat, kann ich es vermeiden, ihre faltigen und fleckigen Hände zu berühren. Das ist eine Erleichterung, da ich in der letzten Zeit meine Probleme damit habe, in der Stille Menschen anzufassen – genauer gesagt Frauen. Falls ich es trotzdem tun müsste, würde ich das Berühren von Großmutters Hand rational als harmlos ansehen – oder es zumindest nicht gruselig finden – aber es ist trotzdem besser, es möglichst zu vermeiden.

Auf jeden Fall hat sie ein niedriges Blatt. Sie tut mir leid. Sie hat heute Nacht eine recht große Summe verloren. Ihre Chips gehen zur Neige. Vielleicht sind ihre Verluste, zumindest teilweise, der Tatsache zuzuschreiben, dass sie kein gutes Pokerface aufsetzen kann. Schon bevor ich einen Blick auf ihre Karten geworfen hatte, wusste ich, dass sie nicht gut sein würden. Ich konnte sehen, dass sie nicht glücklich mit dem war, was sie nach der Ausgabe ihrer Karten in der Hand hielt. Ich habe sie außerdem vor einigen Runden bei einem fröhlichen Aufblitzen ihrer Augen ertappt. Sie hatte ein Dreierpaar, welches gewann.

Pokern ist zu einem Großteil Übung, Menschen besser lesen zu können – eine Fähigkeit, die ich gerne besser beherrschen würde. In meiner Arbeit wurde mir gesagt, ich sei großartig darin, Menschen zu lesen. Aber das bin ich nicht. Ich bin einfach nur gut darin, die Stille zu verwenden, um Ihnen das vorzumachen. Allerdings würde ich gerne lernen, wie es im wirklichen Leben funktioniert.

Was mich am Pokern eher weniger interessiert, ist das Geld. Mir geht es finanziell gut genug, um nicht auf das Spielen als Einnahmequelle angewiesen zu sein. Mir ist es egal, ob ich gewinne oder verliere, auch wenn es mir Spaß gemacht hatte, mein Geld an dem Black-Jack-Tisch zu verfünffachen. Dieser ganze Ausflug zum Spielen findet überhaupt nur deshalb statt, weil ich es mit meinen frischen einundzwanzig endlich darf. Ich war nie ein Freund von falschen Ausweisen, und deshalb ist dieser Kasinobesuch wirklich ein Meilenstein für mich.

Ich verlasse die Großmutter und gehe hinüber zum Cowboy. Ich kann seinem Strohhut nicht widerstehen und setze ihn mir auf. Ich frage mich, ob ich dadurch Läuse bekommen könnte. Ich habe noch nie leblose

Objekte aus der Stille zurückbringen können und auch anderweitig die Welt nicht nachhaltig verändert. Ich vermute also, dass ich auch kein lebendiges Ungeziefer mit mir zurücknehmen werde. Ich lege den Hut zurück und schaue mir seine Karten an. Er hat einige Asse – eine bessere Hand als der Professionelle. Der Cowboy könnte auch ein Professioneller sein. Soweit ich das beurteilen kann, hat er ein gutes Pokerface. Es wird interessant werden, die beiden in der nächsten Runde zu beobachten.

Als Nächstes ist der Kartenstapel an der Reihe. Ich schaue mir die obersten Karten an, um sie mir einzuprägen. Ich überlasse nichts dem Zufall.

Als ich meine Aufgabe in der Stille abgeschlossen habe, gehe ich zurück zu mir selbst. Ach ja, habe ich überhaupt erwähnt, dass ich meinen eigenen Körper dort sitzen sehen kann? Genauso eingefroren wie alle anderen? Das ist der verrückteste Teil an der ganzen Sache. Es ist wie eine außerkörperliche Erfahrung.

Ich nähere mich meinem eingefrorenen Ich und betrachte es. Normalerweise vermeide ich das, weil es so beunruhigend ist. Weder sich selbst unzählige Male im Spiegel zu sehen noch sich Videos von sich selbst auf YouTube anzuschauen kann einen auf den Anblick des eigenen Körpers in 3D vorbereiten. Das ist nichts, das man jemals zu erleben erwartet. Außer vielleicht, man ist ein eineiiger Zwilling.

Es ist kaum zu glauben, dass ich diese Person bin. Sie sieht eher wie ein ganz normaler Typ aus. Vielleicht nach ein wenig mehr. Ich finde diesen Typen interessant. Er sieht cool aus. Er sieht clever aus.

Ich denke, Frauen könnten ihn als gut aussehend bezeichnen, auch wenn es nicht bescheiden von mir ist, das zu behaupten.

Ich bin nicht gut darin, die Attraktivität von Männern zu bewerten – das war ich noch nie –, aber einige Dinge sind allgemeingültig. Ich kann erkennen, wenn ein Typ hässlich ist, und mein eingefrorenes Ich ist es nicht. Ich weiß auch, dass ein symmetrisches Gesicht generell als schön angesehen wird – und meine Statue hat so eines. Ein starkes Kinn schadet auch nichts. Und genau so eins habe ich. Breite Schultern zu haben ist ebenfalls gut, und groß zu sein wirklich hilfreich. Diese Punkte decke ich auch ab. Außerdem habe ich blaue Augen – was ein Pluspunkt zu sein scheint. Mädchen haben mir gesagt, dass sie meine Augen mögen, auch wenn sie an meinem gefrorenen Ich jetzt gerade ein wenig angsteinflößend wirken – glasig und glänzend. Sie sehen aus wie die Augen einer Wachsfigur. Leblos.

Als mir auffällt, dass ich mich zu lange mit diesem Thema aufhalte, schüttele ich meinen Kopf. Ich stelle mir vor, wie meine Psychiaterin diesen Moment analysieren würde. Wer käme schon auf die Idee, diese Selbstbewunderung als Teil einer psychischen Erkrankung zu betrachten? Ich sehe sie regelrecht vor mir, wie sie das Wort »Narzisst« notiert und es mehrfach unterstreicht.

Genug. Ich muss die Stille verlassen. Ich hebe meine Hand, berühre mein eingefrorenes Ich auf der Stirn, und die Geräusche kehren zurück, sobald ich mich wieder in der richtigen Welt befinde.

Alles ist wieder normal.

Der König, den ich noch vor einem Moment betrachtete – der König, den ich auf dem Tisch liegen ließ –, befindet sich wieder in der Luft und folgt der Bahn, die ihm vorherbestimmt war. Er landet neben der Hand des Professionellen. Die Großmutter betrachtet immer noch enttäuscht ihre gefächerten Karten, und der Cowboy hat seinen Hut wieder auf dem Kopf, auch wenn ich ihn in der Stille abgenommen hatte. Es ist alles genau so wie in dem Augenblick, bevor ich in die Stille hineinglitt.

Auf einer bestimmten Ebene hört mein Gehirn nie auf, über diese Unterschiede zwischen der Stille und der Welt außerhalb überrascht zu sein. Die Menschen sind darauf programmiert, die Realität in Frage zu stellen, wenn solche Dinge passieren. Als ich am Anfang der Therapie einmal versuchte, meine Psychiaterin auszutricksen, las ich während einer

Sitzung ein komplettes Lehrbuch über Psychologie. Ihr ist das natürlich nicht aufgefallen, da ich es in der Stille tat. Das Buch handelte davon, dass Babys, auch wenn sie erst zwei Monate alt sind, schon überrascht darüber sind, wenn sie etwas Ungewöhnliches sehen – wenn zum Beispiel eine Sache gegen die Regeln der Schwerkraft zu verstoßen scheint. Kein Wunder, dass mein Gehirn Schwierigkeiten damit hat, mit diesen Vorgängen zurechtzukommen. Bis ich zehn war, war mein Leben völlig normal. Dann begannen diese eigenartigen Sachen, um es vorsichtig auszudrücken.

Ich blicke hinab und stelle fest, drei Gleiche in der Hand zu halten. Das nächste Mal werde ich mir meine Karten anschauen, bevor ich hineingleite. Wenn ich so ein starkes Blatt habe, kann ich es auch darauf ankommen lassen, fair zu spielen.

Die Partie verläuft wie erwartet, schließlich kenne ich ja die Karten sämtlicher Mitspieler. Letztendlich steht die Großmutter auf. Sie hat offensichtlich genug Geld verloren.

Das ist der Moment, in dem ich sie zum ersten Mal sehe.

Sie ist heiß. Mein Freund und Arbeitskollege Bert – eigentlich Albert, aber es gibt niemanden der ihn so nennt – behauptet, ich hätte einen bestimmten Frauentyp. Diese Vorstellung gefällt mir nicht, da ich nicht so oberflächlich und berechenbar sein möchte.

Allerdings könnte trotzdem beides ein wenig auf mich zutreffen, da dieses Mädchen genau in das Beuteschema passt, welches Bert mir beschrieben hat. Und ich bin, milde ausgedrückt, extrem interessiert an ihr.

Große blaue Augen und deutlich ausgeprägte Wangenknochen in einem schmalen Gesicht mit einem Hauch Exotik. Lange, extrem wohlgeformte Beine, wie die einer Tänzerin. Dunkles, gewelltes Haar, das, wie ich es mag, zu einem Pferdeschwanz gebunden ist. Kein Pony – sehr gut. Ich hasse Ponys und kann mir auch nicht erklären, wie manche Mädchen sich so etwas antun können. Auch wenn die Abwesenheit des Ponys in Berts Beschreibung meines Frauentyps nicht vorkommt, gehört dieses Kriterium definitiv dazu.

Sie setzt sich zu uns an den Tisch, und ich kann nicht damit aufhören, sie weiterhin anzustarren. Mit den hohen Absätzen und dem engen Rock wirkt sie an diesem Ort overdressed. Oder vielleicht bin ich mit meiner Jeans und dem T-Shirt auch einfach underdressed. Wie dem auch sei, es interessiert mich nicht. Ich muss versuchen, mit ihr ins Gespräch zu kommen.

Ich denke darüber nach, in die Stille einzutauchen und mich ihr anzunähern. Auf diese Weise könnte ich Dinge tun, die normalerweise beunruhigend wirken.

Ich könnte sie aus nächster Nähe anstarren oder sogar ihre Taschen durchwühlen, um etwas zu finden, das mir dabei hilft, mit ihr zu reden.

Ich entscheide mich dagegen, und wahrscheinlich ist es das erste Mal, dass das passiert.

Ich weiß, dass der Grund dafür, mein normales Verhaltensmuster zu durchbrechen, eigenartig ist. Falls man überhaupt von einem Grund sprechen kann. Ich stelle mir die folgende Handlungskette vor: Sie stimmt zu, sich mit mir zu verabreden, es wird ernst zwischen uns, und weil wir diese tiefe Verbindung haben, erzähle ich ihr von der Stille. Sie erfährt, dass ich etwas Unheimliches tue, bekommt Angst und verlässt mich. Es ist natürlich lächerlich, sich so etwas auszumalen, bevor wir überhaupt miteinander gesprochen haben. Möglicherweise hat sie einen IQ von unter 70 oder besitzt die Persönlichkeit eines Holzstücks. Es könnte zwanzig verschiedene Gründe dafür geben, weshalb ich mich nicht mit ihr treffen möchte. Und außerdem hängt das ja auch nicht von mir ab. Sie könnte mir genauso gut zu verstehen geben, sie in Ruhe zu lassen, sobald ich versuche, mit ihr zu sprechen.

Die Arbeit mit Hedgefonds hat mich allerdings gelehrt, mich abzusichern. So verrückt diese Entscheidung, nicht in die Stille einzutauchen, auch ist, ich bleibe bei ihr. Ich weiß, dass es so höflicher ist.

Aus dem gleichen Grund beschließe ich außerdem, in dieser Pokerrunde nicht zu schummeln.

Sobald die Karten ausgegeben sind, denke ich darüber nach, wie gut es sich anfühlt, so ehrenvoll gehandelt zu haben – auch wenn das niemand weiß. Vielleicht sollte ich häufiger versuchen, die Privatsphäre meiner Mitmenschen zu achten. Aber ich muss auch realistisch bleiben. Ich wäre nicht dort, wo ich heutzutage bin, wenn ich solchen Gefühlen gefolgt wäre. Ich würde sogar innerhalb weniger Tage meinen Job verlieren, sollte ich anfangen, die Privatsphäre anderer Menschen zu respektieren – und damit auch die ganzen Annehmlichkeiten, an die ich mich gewöhnt habe.

Ich mache es dem Professionellen nach und bedecke meine Karten, sobald ich sie bekomme, mit meiner Hand. Ich bin gerade dabei, einen Blick auf sie zu werfen, als etwas Ungewöhnliches passiert.

Die Welt um mich herum wird bewegungslos, so als würde ich gerade in die Stille hineingleiten … aber das habe ich nicht getan.

Einen Augenblick später sehe ich *sie* – das Mädchen, welches mir am Tisch gegenübersitzt, das Mädchen, an das ich gerade gedacht habe. Sie steht neben mir und zieht ihre Hand von meiner weg. Oder, genauer gesagt, der Hand meines eingefrorenen Ichs – ich stehe ja daneben und schaue sie an.

Allerdings sitzt sie auch noch mir gegenüber am Tisch, eine eingefrorene Statue wie alle anderen auch.

Mir kommt nicht einmal der Gedanke, das zweite Mädchen könnte ihre Zwillingsschwester oder etwas Ähnliches sein. Ich weiß, dass sie es ist. Sie tut das Gleiche, was ich vor einigen Minuten getan habe. Sie geht in der Stille umher. Die Welt um uns herum ist eingefroren, aber wir sind es nicht.

Sie sieht schockiert aus, als ihr dasselbe klar wird. Mit einer Hand greift sie über den Tisch und berührt ihre eigene Stirn.

Die Welt wird wieder normal.

Sie starrt mich schockiert mit ihren großen Augen und dem blassen Gesicht an. Ich kann sehen, wie ihre Hände zittern, während sie aufspringt. Ohne ein Wort zu sagen dreht sie sich um und geht weg.

Als sie anfängt zu rennen, zögere ich nicht. Ich stehe auf und folge ihr. Das ist nicht sehr clever. Sie würde sich wohl kaum mit einem unbekannten Typen verabreden, der hinter ihr herrennt. Aber über diesen Punkt bin ich schon hinaus. Sie ist die einzige Person, die ich jemals getroffen habe, die das Gleiche kann wie ich. Sie ist der Beweis dafür, dass ich nicht verrückt bin. Sie könnte das besitzen, was ich mehr als alles andere möchte.

Sie könnte Antworten haben.

AUSZUG AUS
DER ZAUBERCODE

Blaise, einst ein respektiertes Mitglied des Rates der Zauberer und jetzt ein Außenseiter, hat das letzte Jahr damit verbracht an einem ganz besonderen magischen Objekt zu arbeiten. Sein Ziel ist es, die Magie jedermann zugänglich zu machen, nicht nur den ausgewählten Zauberern. Das Resultat seiner Arbeit ist allerdings völlig anders, als er sich das jemals vorgestellt hätte – denn anstelle eines Objekts erschafft er *sie*.

Sie ist Gala und alles andere als seelenlos. Sie wurde in der Welt der Magie geboren, ist wunderschön und hochintelligent – und niemand weiß, wozu sie alles fähig ist.

Augusta, eine mächtige Zauberin, sieht Blaises Werk genau als das, was es ist: die vermessenste aller Anmaßungen. Sie hat immer noch Gefühle für Blaise und möchte ihn retten, bevor er den höchsten aller Preise zahlen muss … für die Abscheulichkeit, die er erschaffen hat.

* * *

Da befand sich eine nackte Frau auf dem Fußboden in Blaises Arbeitszimmer.

Eine wunderschöne, nackte Frau.

Fassungslos starrte Blaise diese hinreißende Kreatur an, die gerade eben aus dem Nichts erschienen war. Sie schaute mit einem befremdlichen Gesichtsausdruck an sich hinunter. Offensichtlich war sie genauso überrascht darüber, hier zu sein, wie er es war, sie hier zu sehen. Ihr welliges, blondes Haar fiel ihren Rücken hinunter und verdeckte dadurch teilweise ihren Körper, der die Perfektion selbst zu sein schien. Blaise versuchte, nicht an diesen Körper zu denken sondern sich stattdessen auf die Situation zu konzentrieren.

Eine Frau. Sie und kein Es. Blaise konnte das kaum glauben. War das möglich? Konnte dieses Mädchen das Objekt sein?

Sie saß mit ihren Beinen unter sich eingeschlagen da und stützte sich auf einem schlanken Arm ab. Diese Pose sah etwas unbeholfen aus, so als wüsste sie nicht so recht, was sie mit ihren eigenen Gliedmaßen anstellen sollte. Trotz ihrer Kurven, die sie als eine ausgewachsene Frau kennzeichneten, strahlte die völlig unbefangene Art und Weise, wie sie dort saß – die erkennen ließ, dass sie sich ihrer eigenen Reize nicht bewusst war – eine kindliche Unschuld aus.

Blaise räusperte sich und dachte darüber nach, was er sagen könnte. In seinen wildesten Träumen hätte er sich niemals vorstellen können, dass so etwas das Ergebnis dieses Projekts sein würde, welches in den letzten Monaten sein ganzes Leben bestimmt hatte.

Als sie das Geräusch hörte drehte sie ihren Kopf, um ihn anzusehen, und Blaise bemerkte, dass sie ungewöhnlich hellblaue Augen hatte.

Sie blinzelte, legte ihren Kopf leicht zur Seite und nahm ihn mit sichtbarer Neugier in Augenschein. Blaise fragte sich, was sie wohl gerade sah. Er hatte seit zwei Wochen kein Tageslicht mehr gesehen und es würde ihn nicht wundern, wenn er im Moment wie ein verrückter Zauberer aussah. Sein Gesicht war von etwa einer Woche alten Bartstoppeln übersät und er wusste, dass sein dunkles Haar ungekämmt war und in alle Richtungen abstand. Hätte er gewusst, heute einer so wunderschönen Frau gegenüber zu stehen, hätte er am Morgen einen Pflegezauber gewirkt.

»Wer bin ich?«, fragte sie und verunsicherte Blaise damit. Ihre Stimme war weich und feminin, genauso anziehend wie der Rest von ihr. »Wo bin ich? Was ist das hier für ein Ort?«

»Das weißt du nicht?« Blaise war froh, endlich einen halb zusammenhängenden Satz herausbekommen zu haben. »Du weißt weder, wer du bist noch wo du bist?«

Sie schüttelte ihren Kopf. »Nein.«

Blaise schluckte. »Ich verstehe.«

»Was bin ich?«, fragte sie erneut und blickte ihn mit diesen unglaublichen Augen an.

»Also«, sagte Blaise langsam, »wenn du kein grausamer Scherzbold oder ein Produkt meiner Einbildung bist, dann ist das jetzt etwas schwierig zu erklären …«

Sie beobachtete seinen Mund, während er sprach und als er aufhörte, sah sie wieder auf und ihre Blicke trafen sich. »Das ist eigenartig«, sagte sie, »solche Worte in der Realität zu hören. Das waren gerade die ersten wirklichen Worte, die ich jemals gehört habe.«

Blaise fühlte, wie ihm ein Schauer über den Rücken lief. Er stand von seinem Stuhl auf und begann hin und her zu gehen, sorgsam darauf bedacht, seinen Blick von ihrem nackten Körper abzuwenden. Er hatte damit gerechnet, dass etwas erschien. Ein magisches Objekt, eine Sache. Er hatte nur nicht gewusst, welche Form es annehmen würde. Ein Spiegel vielleicht, oder eine Lampe. Vielleicht sogar so etwas Ungewöhnliches wie die Lebensspeicher Sphäre, die wie ein großer runder Diamant auf seinem Arbeitstisch stand.

Aber eine Person? Und dann auch noch weiblich?

Zugegeben, er hatte versucht, dem Objekt Intelligenz zu geben und die Fähigkeit, menschliche Sprache zu verstehen, um diese in den Code umzuwandeln. Vielleicht sollte er gar nicht so überrascht sein, dass die Intelligenz die er herbeigerufen hatte eine menschliche Form angenommen hatte.

Eine wunderschöne, weibliche, sinnliche Hülle.

Konzentriere dich Blaise, konzentriere dich!

»Wieso läufst du so herum?« Sie stand langsam auf und ihre Bewegungen waren dabei unsicher und eigenartig tollpatschig. »Sollte ich auch umhergehen? Unterhalten sich Menschen so miteinander?«

Blaise hielt vor ihr an und bemühte sich, seine Augen oberhalb ihres Halses zu behalten. »Es tut mir leid. Ich bin es nicht gewohnt, nackte Frauen in meinem Arbeitszimmer zu haben.«

Sie fuhr sich mit ihren Händen an ihrem Körper hinunter, so als würde sie ihn zum allerersten Mal fühlen. Was auch immer sie vorhatte, Blaise fand diese Bewegung höchst erotisch.

»Stimmt etwas mit meinem Aussehen nicht?«, wollte sie von ihm wissen. Das war so eine typisch weibliche Sorge, dass Blaise ein Lächeln unterdrücken musste.

»Ganz im Gegenteil«, versicherte er ihr. »Du siehst unvorstellbar gut aus.« So gut sogar, dass er Schwierigkeiten hatte, sich auf etwas anderes als auf ihre Rundungen zu konzentrieren. Sie war mittelgroß und so perfekt proportioniert, sie hätte als Vorlage für einen Bildhauer dienen können.

»Warum sehe ich so aus?« Ein leichtes Runzeln erschien auf ihrer glatten Stirn. »Was bin ich?« Der letzte Teil schien sie am meisten zu beschäftigen.

Blaise holte tief Luft und versuchte, seinen rasenden Puls zu beruhigen. »Ich denke, ich könnte da eine Vermutung wagen, aber bevor ich das mache, möchte ich dir erst einmal etwas zum Anziehen geben. Bitte warte hier – ich bin sofort wieder zurück.«

Ohne eine Antwort abzuwarten, eilte er zur Tür.

AUSZUG AUS
GEFÄHRLICHE BEGEGNUNGEN VON
ANNA ZAIRES

Anmerkungen des Autors. *Gefährliche Begegnungen ist eine Kollaboration von Dima Zales und Anna Zaires. Es handelt sich dabei um das erste Buch einer von Kritikern hochgelobten erotischen Science-Fiction Romanserie, den „Krinar Chroniken". Wegen seines expliziten sexuellen Inhalts ist das Buch für Leser unter 18 Jahren nicht geeignet.*

* * *

Eine düstere und anregende Liebesgeschichte, die die Fans erotischer und turbulenter Beziehungen begeistern wird …

In der nahen Zukunft herrschen die Krinar auf der Erde. Sie sind eine sehr fortgeschrittene Rasse aus einer anderen Galaxie und immer noch ein Geheimnis für uns – außerdem sind wir ihnen völlig ausgeliefert.

Mia Stalis, schüchtern und unschuldig, ist eine Studentin in New York, die ein sehr normales Leben führt. Wie die meisten Menschen, hat sie nie etwas mit den Eindringlingen zu tun gehabt – bis zu diesem schicksalhaften Tag im Park, der ihr ganzes Leben auf den Kopf stellt. Da sie Korums Aufmerksamkeit auf sich gezogen hat, muss sie jetzt mit einem mächtigen, gefährlich verführerischen Krinar fertig werden, der sie besitzen möchte und vor nichts Halt machen wird, bis er sein Ziel erreicht.

Wie weit würden Sie gehen, um ihre Freiheit wiederzuerlangen? Wie viel würden sie aufgeben, um anderen Menschen zu helfen? Welche Wahl würden Sie treffen, wenn sie beginnen, sich in ihren Feind zu verlieben?

* * *

Die Luft war frisch und rein, als Mia mit schnellen Schritten einen gewundenen Pfad im Central Park entlangging. Überall zeigte sich schon der Frühling, in winzigen Knospen auf den noch immer kahlen Bäumen und in der rasch wachsenden Anzahl an Kindermädchen, die sich draußen mit ihren wilden Schützlingen über den ersten warmen Tag freuten.

Es war eigenartig, wie sehr sich alles in den letzten paar Jahren verändert hatte und wie sehr es doch gleich geblieben war. Wäre Mia vor zehn Jahren gefragt worden, was sie denke, wie ihr Leben wohl nach der Invasion einer anderen Rasse aussehen würde, hätte sie sich das bestimmt nicht so vorgestellt. Independence Day, Der Krieg der Welten – keiner dieser Filme näherte sich auch nur ansatzweise dem, was tatsächlich geschehen würde. Die Menschen trafen eine höher entwickelte Spezies, als diese zu Ihnen auf die Erde kam. Es war weder zum Kampf, noch zu irgendeinem Widerstand auf der Regierungsebene gekommen. *Sie* hatten es nicht erlaubt. Rückblickend wurde klar, wie dumm diese Filme gewesen waren. Nuklearwaffen, Satelliten, Kampfjets waren nicht mehr als kleine Steine und Stöcke für diese uralte Zivilisation, die schneller als mit Lichtgeschwindigkeit das Universum durchqueren konnte.

Als sie eine leere Bank nahe am See sah, ging Mia dankbar auf diese zu. Auf ihren Schultern machte sich die Last des Rucksacks bemerkbar, in dem sie ihren schweren zwölf Jahre alten Laptop und einige altmodische, noch auf Papier gedruckte Bücher hatte. Mit einundzwanzig fühlte sie sich manchmal alt, fehl am Platz in dieser schnellen neuen Welt der extra-schlanken Tablets und den in die Armbanduhren integrierten Handys. Die Geschwindigkeit der technischen Entwicklungen war seit dem K-Day nicht langsamer geworden, wenn Überhaupt, waren jetzt viele neue Spielereien durch das beeinflusst, was die Krinar besaßen. Nicht dass die Krinar irgendetwas ihrer kostbaren Technologie Preis gegeben hätten. Ihrer Meinung nach sollte ihr kleines Experiment ohne größere Beeinflussungen fortgeführt werden.

Mia öffnete den Reißverschluss ihres Rucksacks und holte ihren alten Mac heraus. Das Gerät war schwer und langsam, aber es funktionierte, und als arme Studentin konnte sich Mia nichts Besseres leisten. Sie loggte sich ein, öffnete ein neues Word-Dokument und machte sich bereit, sich durch das Schreiben ihrer Hausarbeit in Soziologie zu quälen.

Zehn Minuten und genau Null Worte später gab sie auf. Wem wollte sie denn damit etwas vor machen? Hätte sie wirklich dieses verdammte Ding schreiben wollen, wäre sie doch niemals in den Central Park gekommen. So verlockend es auch war, sich fest vorzunehmen die frische Luft zu genießen und gleichzeitig etwas zu arbeiten, in Wirklichkeit hatte Mia das noch nie hinbekommen. Eine muffige alte Bibliothek war ein viel besserer Ort für solche Tätigkeiten, die derartig das Hirn zermartern.

Mia gab sich in Gedanken einen Tritt für die eigene Faulheit, seufzte und sah sich trotzdem erst mal um. Die Menschen in New York zu beobachten amüsierte sie immer wieder.

Das Bild, was sie vor sich sah, war ein Klassiker, mit dem Obdachlosen auf der Parkbank – zum Glück nicht auf der neben ihr, er sah nämlich so aus, als würde er schon sehr streng riechen – und den beiden Kindermädchen, die miteinander auf Spanisch redeten, während sie langsam ihre Kinderwagen vor sich her schoben. Ein Mädchen mit leuchtend pinkfarbenen Reeboks, die einen schönen Kontrast zu ihren blauen Leggins bildeten, joggte auf einem Weg weiter vorne. Mias Blick folgte neidisch der Joggerin, als diese um die Ecke bog. Ihr eigener hektischer Tagesablauf ließ ihr nur wenig Zeit zum Trainieren und sie bezweifelte, dass sie derzeitig auch nur einen Kilometer lang mit diesem Mädchen mithalten konnte.

Rechts konnte sie die Bogenbrücke sehen, die über den ganzen See reichte. Ein Mann lehnte am

Brückengeländer und schaute über das Wasser. Sein Gesicht war von ihr weg gedreht, weshalb Mia nur einen Teil seines Profils sehen konnte. Trotzdem zog irgendetwas an ihm ihre Aufmerksamkeit auf sich.

Sie war sich nicht sicher, was es war. Er war zweifellos groß und schien unter seinem teuer aussehenden Trenchcoat auch einen gut gebauten Körper zu besitzen, aber das konnte es nicht sein. Große, gut aussehende Männer waren in dem von Modells überlaufenden New York nichts Besonderes. Nein, es war irgendetwas anderes. Vielleicht war es die Art und Weise, wie er da stand – völlig bewegungslos. Sein Haar war dunkel und glänzte in der hellen Nachmittagssonne, vorne gerade lang genug, um leicht im warmen Frühlingswind zu wehen.

Außerdem war er völlig alleine.

Das ist es, bemerkte Mia auf einmal. Die normalerweise sehr beliebte und malerische Brücke war völlig leer, mit Ausnahme des Mannes, der dort am Geländer stand. Heute schien aus irgendeinem Grund jeder einen weiten Bogen um sie zu machen. Tatsächlich saß niemand außer ihr und ihrem hocharomatischen, obdachlosen Nachbarn auf den sonst so beliebten Bänken in der ersten Reihe am See, sie waren alle leer.

Als ob es ihren Blick auf sich spüren würde, drehte das Objekt ihrer Aufmerksamkeit langsam seinen Kopf und sah Mia direkt an. Bevor ihr Hirn sich dieser Tatsache bewusst werden konnte, fühlte sie, wie ihr Blut gefror und sie sich bewegungslos dem Feind ausgeliefert sah. Während sie ihn nur hilflos anstarren konnte, schien er sie sehr interessiert zu durchleuchten.

* * *

Atme, Mia, atme. Irgendwo in ihrem Hinterkopf wiederholte eine kleine rationale Stimme immer wieder diese Worte. Diesem seltsam objektiven Teil von ihr fiel auch sein symmetrisches Gesicht auf und die straffe goldfarbene Haut, die sich eng an hohe Wangenknochen und ein energisches Kinn schmiegte. Die Bilder und Videos die sie von den Krinar gesehen hatte, wurden ihnen kaum gerecht. Dieses Wesen, das weniger als 10 Meter von ihr entfernt stand, war einfach atemberaubend schön.

Während sie ihn weiterhin bewegungslos anstarrte, richtete er sich auf und ging auf sie zu. Er pirscht sich eher heran, kam ihr dummerweise in den Sinn, da jede seiner Bewegungen sie an eine junge Raubkatze erinnerte, die sich geschmeidig einer Gazelle annähert. Seine Augen ließen sie die ganze

Zeit nicht aus dem Blick. Als er näherkam, konnte sie einzelne gelbe Sprenkel in seinen goldenen Augen erkennen und auch die vollen langen Wimpern sehen, die sie einrahmten.

Sie sah entsetzt und ungläubig, wie er sich weniger als einen Meter von ihr entfernt auf die gleiche Bank setzte und eine ebenmäßige Reihe weißer Zähne entblößte, als er sie anlächelte. Keine Fangzähne, bemerkte sie mit einem Teil ihres Gehirns, der noch zu funktionieren schien. Nicht die leiseste Spur von ihnen. Das war eines der Gerüchte über sie, genauso wie ihr vermeintlicher Abscheu vor der Sonne.

»Wie heißt du?« Das Wesen schnurrte die Frage förmlich. Seine Stimme war leise und weich, völlig ohne Akzent. Seine Nasenlöcher bebten leicht, als er ihren Duft einatmete.

»Ähm« Mia schluckte nervös. »M-Mia.«

»Mia«, wiederholte er langsam, und es schien, als würde er sich ihren Namen auf der Zunge zergehen lassen. »Mia, und weiter?«

»Mia Stalis.« Ach du Scheiße, warum wollte er denn ihren Namen wissen? Warum war er hier und redete mit ihr? Und überhaupt, was machte er eigentlich im Central Park, fernab aller Siedlungen der Krinar? *Atme, Mia, atme.*

»Entspanne dich, Mia Stalis.« Sein Lächeln wurde breiter und es kam ein Grübchen in seiner linken

Wange zum Vorschein. Ein Grübchen? Die Krinar hatten Grübchen? »Bist du bis jetzt noch nie auf einen von uns getroffen?«

»Nein, noch nie«, stieß Mia kurz hervor und dabei fiel ihr auf, dass sie ihren Atem die ganze Zeit anhielt. Sie war stolz darauf, dass ihre Stimme nicht so zitterig klang, wie sie sich anfühlte. Sollte sie fragen? Wollte sie es wirklich wissen?

Sie nahm all ihren Mut zusammen. »Was, äh –« nochmal Schlucken. »Was willst du von mir?«

»Jetzt gerade, mich mit dir unterhalten.« Mit diesen goldenen Augen, die sich an den Winkeln leicht zusammen zogen, sah er aus, als würde er gleich über sie lachen.

Seltsamerweise machte sie das so wütend, dass sie dadurch ihre Angst verdrängte. Wenn es etwas gab, das Mia mehr hasste als alles andere, dann war das, ausgelacht zu werden. Mit ihrem kleinen, dünnen Körper und ihrem allgemeinen Mangel an sozialer Kompetenz seit Teenagerzeiten – sie hatte das komplette Albtraumprogramm absolviert: Zahnspange, krauses Haar und Brille – waren schon mehr als einmal Witze auf Mias Kosten gemacht worden.

Sie schob angriffslustig ihr Kinn in die Höhe. »Also schön, und wie heißt du?«

»Korum.«

»Nur Korum?«

»Wir haben keine richtigen Nachnamen, zumindest nicht so wie ihr das habt. Mein voller Name ist sehr viel länger, aber du könntest ihn nicht aussprechen wenn ich ihn dir sagen würde.«

Okay, das war doch mal interessant. Sie erinnerte sich daran, mal so etwas in der *New York Times* gelesen zu haben. So weit, so gut. Ihre Beine hatten schon fast aufgehört zu zittern und ihre Atmung wurde auch wieder gleichmäßiger. Vielleicht, hatte sie ja doch noch eine klitzekleine Chance, aus dieser Nummer lebend herauszukommen. Diese Unterhaltung schien recht ungefährlich zu sein, auch wenn es sie etwas aus der Fassung brachte, dass er sie die ganze Zeit mit diesen gelblichen Augen anstarrte, ohne zu blinzeln. Sie beschloss, ihn reden zu lassen.

»Was machst du hier, Korum?«

»Das habe ich dir doch gerade gesagt. Ich unterhalte mich mit dir, Mia.« Seine Stimme hatte wieder den Hauch eines Lachens.

Frustriert stieß Mia ihren Atem aus. »Ich meine, was machst du hier im Central Park? Überhaupt in New York City?«

Er lächelte wieder und neigte seinen Kopf leicht zu einer Seite. »Vielleicht habe ich gehofft, hier ein hübsches Mädchen mit Locken zu treffen.«

Also, das reichte jetzt wirklich. Er spielte ganz klar mit ihr. Jetzt, da sie ihren Verstand wieder gebrauchen konnte, fiel ihr auf, dass sie sich mitten im Central Park befanden, in der Gegenwart einer Unmenge von Zeugen. Sie blickte sich verstohlen um, nur um sicherzugehen. Ja, obwohl die Menschen diese Bank und das darauf sitzende fremdartige Wesen offensichtlich mieden, gab es tatsächlich einige mutige Seelen, die aus sicherer Entfernung zu ihnen starrten. Ein Paar wagte es sogar, sie vorsichtig mit ihren in die Armbanduhren eingebauten Kameras zu filmen. Wenn der Krinar ihr irgendetwas antun sollte, wäre es umgehend auf YouTube zu sehen und das müsste er auch wissen. Natürlich könnte ihm das auch egal sein.

Da sie immer noch davon ausging, dass sie relativ sicher war – sie hatte noch nie von Videos gehört, die Übergriffe der Krinar auf Studentinnen mitten im Central Park zeigten – griff sie nach ihrem Laptop und hob ihn an, um ihn zurück in ihren Rucksack zu packen.

»Lass mich dir damit helfen, Mia –«

Und bevor sie auch nur blinzeln konnte, merkte sie, wie er den schweren Laptop aus ihren plötzlich kraftlosen Fingern nahm und dabei leicht deren Knöchel streifte. Als er sie berührte, durchfuhr Mia ein Gefühl wie ein elektrischer Schock, der, als er abebbte, kribbelnde Nervenverbindungen hinterließ.

Er nahm ihren Rucksack und packte den Laptop mit einer weichen und geschmeidigen Bewegung weg. »So, fertig.«

Oh Gott, er hatte sie berührt. Vielleicht war ihre Theorie über die Sicherheit auf öffentlichen Plätzen doch falsch. Sie merkte, wie sich ihre Atmung wieder beschleunigte, und ihre Herzfrequenz befand sich wahrscheinlich auch schon im Sauerstoff unabhängigen Bereich.

»Ich muss jetzt los … Tschüss!«

Wie sie es schaffte, diese Worte herauszuquetschen ohne zu hyperventilieren, würde sie wohl nie herausfinden. Sie griff sich den Riemen ihres Rucksacks, den er soeben losgelassen hatte und sprang auf ihre Füße. Dabei fiel ihr irgendwo im Hinterkopf auf, dass die Lähmung von vorhin verschwunden war.

»Tschüss Mia. Bis später.« Seine Stimme mit dem leicht spottenden Unterton war noch lange in der klaren Frühlingsluft zu hören, als sie losging und fast rannte, weil sie es so eilig hatte, von ihm wegzukommen.

* * *

Wenn Sie mehr darüber erfahren möchten, besuchen Sie bitte Annas Webseite http://annazaires.com/series/deutsch/.

ÜBER DIE AUTORIN

Dima Zales ist ein *New York Times* und *USA Today* Bestsellerautor in den Genres Science-Fiction und Fantasy. Bevor er ein Schriftsteller wurde, hat er sowohl als Programmierer als auch als leitender Angestellter in der Softwareentwicklungsindustrie in New York gearbeitet. Von Hochfrequenzhandel-Software für große Banken bis hin zu Handy-Apps für bekannte Zeitschriften, Dima hat schon alles programmiert. 2013 verließ er dann die Software-Branche, um sich auf seine Karriere als Schriftsteller zu konzentrieren und nach Palm Coast, Florida zu ziehen, wo er derzeitig lebt.

Um mehr zu erfahren besuchen Sie bitte die Seite www.dimazales.com/series/deutsch/.